L'EVOLUZIONE DI EVELYN

UN ROMANZO DI VITA VERA

MARYANN MILLER

Traduzione di

AGATA VIRGILIO

Pubblicato 2021 da Next Chapter

Tascabile in edizione economica

Questo libro è un'opera di finzione. Nomi, personaggi, luoghi e avvenimenti sono il prodotto dell'immaginazione dell'autrice o sono usati in modo fittizio. Qualsiasi somiglianza con eventi, luoghi o persone reali, vivi o morti, è puramente casuale.

A mia sorella, Juanita. Grazie per tutti gli anni di amore e attenzione che hai dato a nostra madre. E grazie per essere la miglior sorella di sempre.

RINGRAZIAMENTI

Questo romanzo non sarebbe stato completato senza l'aiuto di Kathryn Craft, bravissima editor e amica. Quando ero persa, senza speranza, in mezzo alla prima bozza di questa storia, Kathryn ha preso il manoscritto, e me, sotto la sua ala e mi ha aiutata a capire come scrivere un romanzo così diverso dai misteri che avevo scritto in precedenza. Una volta terminata la prima bozza, di nuovo Kathryn mi ha offerto i suoi migliori consigli per la riscrittura.

Devo ringraziare anche la mia musa, ovvero lo spirito di mia madre, che un giorno ha cominciato a parlarmi nella doccia e mi ha spinta ad andare al computer e cominciare questo progetto.

1

EVELYN - GIUGNO 1923

EVELYN GUNDRUM SEDEVA ALL'OMBRA DELLE foglie che adornavano il grande olmo, scavando nella terra sabbiosa con un vecchio cucchiaio di argento ossidato che Miss Beatrice le aveva dato per giocare. Aveva anche una ciotola di plastica blu. Era crepata ma riusciva ancora a contenere la terra, se la maneggiava con cautela. Quando aveva il permesso di uscire, a Evelyn piaceva giocare nella sabbia vicino al portico, riempiendo metodicamente la ciotola, svuotandola, poi riempiendola di nuovo. Sua sorella, di due anni più grande, pensava che fosse un gioco sciocco. Viola preferiva stare sotto al portico con le sue bambole, più vicina a Miss Beatrice, che sedeva sulla sedia a dondolo spingendosi avanti e indietro, con un piede poggiato sul pavimento di legno sbiadito.

Avendo solo quattro anni, Evelyn non ricordava perché vivessero con Miss Beatrice o perché non la chiamassero Mamma. Evelyn non si ricordava nemmeno per certo da quanto tempo si trovassero lì, inoltre. Aveva dei vaghi ricordi di aver vissuto da qualche altra parte prima, ma si confondeva facilmente, e

Viola doveva spiegarle perché dovevano chiamare quella signora Miss Beatrice. Non era la loro mamma?

"No," le diceva Viola. "Nostra madre ci ha portate qui mesi fa. Beatrice è un'amica."

"Perché la mamma ci ha date a Miss Beatrice?"

"Te l'ho già detto."

"Dimmelo di nuovo."

Viola sospirava. "Va bene. Ma questa è l'ultima volta. Prometti che non me lo chiederai di nuovo."

"E se me lo dimentico?"

"Te lo dimentichi e basta. Sono stanca di ripetertelo. Dopo che Papà se n'è andato, Mamma è andata a Detroit con un uomo di nome John."

"Perché Papà se n'è andato?"

"Non lo so. Ora stai zitta così posso raccontarti il resto. Mamma ha detto che sarebbe tornata e avrebbe portato anche noi a Detroit, ma è successo qualcosa, e non ha potuto farlo. Così ci ha portate qui e vuole che viviamo con Miss Beatrice."

Evelyn non era nemmeno sicura di dove fosse "qui", ma si ricordava che Viola le aveva detto che Detroit era molto, molto lontana. Ogni tanto, la sua mente si interrogava sulla ragione per la quale la mamma non le aveva portate in quel posto chiamato Detroit. Le madri non abbandonano i loro piccoli. Era quello che Miss Beatrice le aveva detto mostrandole i gattini sotto il portico, l'estate precedente. Quel giorno, Miss Beatrice aveva messo del cibo per la mamma gatta.

Non avrebbero dovuto dar da mangiare a quella gatta, anche se Evelyn ogni tanto le lasciava un pezzo di pancetta quando Miss Beatrice era distratta. La gatta avrebbe dovuto cibare se stessa, e i suoi gattini, catturando i topi che spesso entravano nei sacchetti di farina nella dispensa.

"Perché stai dando da mangiare alla gatta? Hai detto tu di non farlo," aveva chiesto Evelyn.

Miss Beatrice diede un buffetto sulla spalla di Evelyn. "È solo per poco. La mamma gatta ha bisogno di cibo per stare vicino ai suoi piccoli fino a che non crescono."

"Perché?"

"Per restare vicina ai gattini e prendersi cura di loro."

"Ma non lo fa," disse Viola. "Ieri ha scacciato il piccolo. È morto."

"Quello era il più piccolo della cucciolata." Miss Beatrice sospirò e lentamente si rimise in piedi. "Probabilmente non sarebbe sopravvissuto comunque."

E ora i gattini se n'erano andati. E così la mamma gatta. Era sparita in un giorno d'inverno. Evelyn controllava ogni giorno, sperando che la gatta fosse tornata, ma non succedeva mai. Guardando lo spazio vuoto, pensava a ciò che Miss Beatrice aveva detto sulle madri e suoi piccoli. Evelyn non aveva capito la questione del più piccolo della cucciolata né perché la mamma gatta lo avesse spinto via. Era stato un gattino cattivo? Era quello che voleva dire essere il più piccolo? Era la stessa cosa per le mamme vere? La loro mamma?

Quando le domande minacciavano di intasarle la mente, Evelyn le rivolgeva a Viola, anche se sua sorella odiava la valanga di domande che Evelyn a volte non riusciva a trattenere. Viola aveva semplicemente riso. "Non essere sciocca. Noi non siamo gattini. E non c'è niente che non va in noi."

Evelyn provò a crederci. Ci provò davvero. E, a

volte, riusciva a dimenticarsi di quelle parole e a essere soltanto felice.

A volte.

Quel giorno sarebbe stato un giorno speciale. Questo era ciò che Miss Beatrice aveva detto a colazione quella mattina. Un ospite a sorpresa stava arrivando, e ora la pancia di Evelyn era piena di uova e toast, e indossava il suo prendisole preferito, giallo con le margherite bianche.

Quando uscirono fuori, Miss Beatrice le disse di fare attenzione a non sporcarsi il vestito, così Evelyn spinse la gonna tra le ginocchia e si piegò per scavare nella terra. Il sole filtrava attraverso le fronde dell'albero, creando una danza bianca e nera sulla sabbia a ogni alito di brezza. Degli uccelli erano posati sulle fronde alte, aggiungendo la loro canzone alla danza e, ogni tanto, un pezzo di conversazione tra Miss Beatrice e Viola fluttuava fino a lei.

"Ti prego, dimmi chi sta arrivando?"

"No, bambina. Devi restare sorpresa come tua sorella."

Le domande poste da Viola fecero crescere l'agitazione, e lo stomaco di Evelyn era sottosopra per l'emozione.

Pochi istanti dopo, una nuvola passò davanti al sole, ed Evelyn tremò per il fresco improvviso. Miss Beatrice aveva ragione sul fatto che era ancora troppo presto per un prendisole. Forse doveva andare a cambiarsi.

Evelyn si alzò e fissò la casa, notando che Miss Beatrice era stesa sulla sedia a dondolo, addormentata. Negli ultimi tempi, si era ritrovata a dormire frequentemente durante la giornata, cosa che sembrava molto strana a Evelyn. Solo i neonati facevano riposini. Giusto?

Miss Beatrice, inoltre, non mangiava più molto a pranzo e a cena, e il giorno prima Viola le aveva detto che forse stavano finendo il cibo. Per qualche ragione, Viola si preoccupava sempre che un giorno non ci sarebbe stato più niente da mangiare. Ma Evelyn aveva la sensazione che qualcosa non fosse a posto dentro Miss Beatrice. Una volta, passò davanti alla porta del bagno aperta e vide Miss Beatrice piegata sul lavandino. Stava tossendo forte, tenendo un fazzoletto sgualcito sulla bocca, ed Evelyn aveva visto vividi schizzi di rosso sul tessuto bianco prima che Miss Beatrice se ne fossa accorta e avesse chiuso la porta con il fianco. Anche se Evelyn sapeva che gli schizzi erano probabilmente sangue - si era ferita abbastanza spesso da riconoscere le macchie - non sapeva che cosa il sangue potesse significare. Eppure, sapeva che probabilmente non era un buon segno che si trovasse sul fazzoletto. La cosa le mandò un brivido di paura così profondo che Evelyn non riuscì a dire una parola a riguardo, nemmeno a sua sorella.

Ma se Miss Beatrice era malata, Viola avrebbe dovuto saperlo, così l'avrebbe aiutata a capire che cosa fare se la signora fosse morta le avesse lasciate tutte sole.

Evelyn posò lo sguardo su sua sorella, che era accanto a Miss Beatrice sul dondolo. Forse poteva dirglielo adesso. Sembrava che Miss Beatrice stesse bene e fosse addormentata. Cominciò a camminare verso gli scalini del portico ma si voltò quando sentì il rumore di un motore. Una grossa macchina grigia si fermò rimbombando davanti alla casa, e uscì una donna alta che indossava un vestito blu scuro con balze bianche, guanti bianchi, e un cappello con la tesa larga. Quando la donna camminò verso la casa, il vestito le si alzò intorno alle gambe, sollevato da una leggera brezza. Non era una delle signore che avevano già fatto visita a Miss Beatrice, e la curiosità distrasse Evelyn dalle sue preoccupazioni.

All'improvviso, Viola saltò in piedi, corse giù per i quattro scalini verso il vialetto di fronte, e si lanciò sulla donna. "Mamma!"

La signora si divincolò dal selvaggio abbraccio di Viola e rimase ferma per un momento, guardando prima Viola poi su per la stradina verso Evelyn.

Mamma?

Un altro brivido travolse Evelyn. Quella signora era la loro madre? Non sapeva se doveva correre anche lei ad abbracciarla, ma a quel punto Miss Beatrice si svegliò e gridò. "Regina. È bello che tu sia arrivata così in fretta."

Miss Beatrice si alzò lentamente dal dondolo e camminò per incontrare la signora ai gradini del portico. Le due donne si abbracciarono, e Viola corse incontro a Evelyn e la strattonò. "Vieni. Di' ciao alla Mamma."

Evelyn piantò i piedi nella sabbia, e Viola la strattonò ancora. "Andiamo!"

Cautamente, Evelyn si avvicinò di qualche passo. "Ciao." Quella parola fu appena un sussurro.

La donna che era Mamma si piegò e toccò delicatamente Evelyn sulla guancia. "Sei una piccola dolcezza."

"Entrambe voi bambine siete adorabili," disse Miss Beatrice. "Prego, entra. Dobbiamo parlare di che cosa faremo."

Le due donne entrarono in casa, lasciando le bambine nel cortile.

Ancora una volta, Viola strattonò Evelyn. "Andiamo ad ascoltare."

Più disposta a origliare che a parlare con una sconosciuta, Evelyn si intrufolò piano in casa, seguendo Viola verso la porta d'ingresso della cucina, attenta a rimanere nascosta. Dopo qualche momento, Evelyn ebbe il coraggio di affacciarsi dietro allo stipite e vide Miss Beatrice versare limonata nei bicchieri. Miss Beatrice faceva una limonata fantastica, ed Evelyn avrebbe voluto averne un bicchiere. Si avviò in cucina per chiederne uno, ma Viola la trattenne.

"Ho sete," disse Evelyn.

"Shhhh." Viola fece segno con le dita sulle labbra.

"Bambine? Che cosa state combinando lì?" Quasi niente sfuggiva all'udito acuto di Miss Beatrice o ai suoi occhi guardinghi.

"Guarda cos'hai fatto," disse Viola in un sussurro. Poi gridò. "Niente, Miss Beatrice."

"Allora andate a non fare niente da qualche altra parte."

Evelyn seguì Viola sul portico e si accovacciò sul dondolo. "Spingimi."

Se Viola si sedeva sul bordo del dondolo e stendeva le gambe più che poteva, riusciva a spingere il dondolo con un piede come Miss Beatrice. Così fece. "Forse la mamma è venuta a portarci a casa," disse Viola dopo un momento, alzando il piede e lasciando che il dondolo la cullasse avanti e indietro.

"Non capisco."

Viola appoggiò il piede a terra e diede un'altra spinta al dondolo. "Eri troppo piccola per ricordartene."

"Ricordarmi di cosa?"

"Qualsiasi cosa. Continui a dimenticarti di tutto. Devo ripeterti le cose di continuo."

Evelyn pensò alla possibilità che Miss Beatrice fosse malata. Era questo che aveva portato lì la loro mamma? Tutto sarebbe cambiato?

"Dovremo trasferirci?"

"Non lo so." Viola saltò giù dal dondolo. "Smettila di fare così tante domande."

Evelyn trattenne le lacrime. Faceva sempre arrabbiare sua sorella. Non lo faceva di proposito, ma finiva sempre per farlo. "Mi dispiace," sussurrò, ma Viola era già scesa dal portico e correva sul lato della casa verso il cortile sul retro.

Evelyn continuava ad aspettare che le cose avessero un senso, ma niente di ciò che stava succedendo lo aveva. Quella sera, a cena, il silenzio venne servito con il prosciutto e le patate. Miss Beatrice diceva sempre che l'ora di cena doveva essere piacevole, e aveva spesso storie da raccontare mentre mangiavano. Qualche volta raccontava persino delle barzellette, ma stasera era più riservata. Per via della compagnia?

Nemmeno l'appetito era quello di sempre. Lo stomaco di Evelyn era così stretto per il nervosismo che doveva forzare ogni boccone di cibo giù in gola. L'ospite prendeva porzioni minuscole di purè e fagiolini e ne prendeva a stento più di un boccone di ciascuno. Si limitava a spingere i fagiolini nel purè e farli girare per il piatto. Evelyn riusciva a stento a credere che quella donna fosse davvero la loro madre, a dispetto di quello che diceva Viola. Quindi forse Evelyn avrebbe dovuto chiamarla solo Regina, come faceva Miss Beatrice.

No, doveva dire Miss Regina. Quello era il modo educato per rivolgersi a un adulto.

Sapendo che non doveva permettersi di lasciare cibo nel piatto, Evelyn inghiottì a forza i pochi bocconi di purè rimasti, poi rivolse lo sguardo a Miss Beatrice. "Finito. Posso alzarmi per favore?"

"Non ancora. Tua madre ha qualcosa da dire."

"No, no. Diglielo tu", disse Miss Regina. "Sono più a loro agio con te."

Miss Beatrice sospirò e trattenne il respiro così a lungo che Evelyn si chiese se sarebbe mai riuscita a parlare. Poi cominciò a balbettare. "Beh, ecco... Io..."

"Oh, per l'amor del cielo. Non c'è bisogno di farla così lunga." Miss Regina guardò intensamente ciascuna bambina per un momento. "Ecco che cosa dovete sapere. Non potete più stare qui. Beatrice ha Il Cancro, quindi non può più tenervi. Non posso riprendervi con me, così mi sono organizzata per farvi stare in un'altra casa."

Le parole giravano nella testa di Evelyn, e tutto ciò che era uscita a cogliere era "Cancro" e "Non posso riprendervi".

Se Miss Regina era la loro madre, perché non poteva?

Viola diede voce a un'altra domanda, "Che tipo di casa?".

Il giorno successivo, Viola aiutò Evelyn a impacchettare le sue poche mutandine e altri due vestiti nella piccola valigia che condividevano. A colazione, quella mattina, Miss Regina aveva messo in chiaro che cosa potevano portare con loro, alcuni vestiti e un solo piccolo giocattolo, ma niente di più. Disse loro che l'istituto dove stavano andando aveva regole severe. Evelyn non capiva che cosa fosse un istituto. Non aveva mai sentito quella parola prima, ma il sudore freddo della preoccupazione le aveva impedito di chiedere cosa volesse dire.

Ora, Evelyn era sopraffatta dall'incertezza. Rimase ferma per diversi minuti, guardando la piccola mensola che ospitava i suoi giocattoli: una bambola di pezza che Miss Beatrice aveva cucito, un rocchetto di legno vuoto, tre blocchi di legno con numeri e lettere, e un piccolo cavallino di metallo. Che cosa doveva prendere? Era così difficile scegliere. Li amava tutti e ognuno era speciale.

"Sbrigati, " disse Viola. "Tra poco dobbiamo andare. Ecco, prendi la bambola."

"No." Evelyn corse via dallo scaffale e andò fuori, dove prese il cucchiaio d'argento dal mucchio di sabbia. Quanto rientrò, Viola disse, "È questo quello che prendi?"

Evelyn annuì.

"Perché?"

Evelyn fece un'alzata di spalle e fece per mettere il cucchiaio nella valigia. Viola allungò il braccio e glielo strappò di mano. "No. È sporco. Vai a lavarlo."

Qualche minuto dopo, Miss Regina arrivò e disse alle bambine di sbrigarsi. Le spinse fuori dalla porta e sul sedile posteriore della macchina, lasciando loro a malapena il tempo per abbracciare Miss Beatrice. Evelyn tentò di non piangere quando la salutò, ma qualche lacrima calda sfuggì e le scorse sulle guance. Si arrampicò sul sedile accanto a Viola e aspettò che Miss Regina facesse i suoi saluti e si mettesse al volante. Evelyn non era mai stata in una macchina prima, o almeno che lei ne avesse memoria e, quando il motore partì, il rumore che fece soffocò la melodia degli uccelli, ed Evelyn riuscì a malapena a sentire Miss Beatrice che gridava un ultimo saluto.

Poco dopo, le bambine sedevano in un ufficio all'orfanotrofio San Aemilian, mentre la loro mamma parlava a una signora vestita tutta di nero. La donna in nero indossava una strana cosa bianca sulla testa che le nascondeva i capelli ed era così stretta che c'erano dei segni dove incontrava le sue guance. Un velo nero era avvolto intorno alla cosa bianca. Evelyn sapeva che fissare non era buona educazione. Miss Beatrice gliel'aveva detto una volta al mercato quando avevano visto una donna con una grossa verruca sul mento, così Evelyn abbassò lo sguardo sulla valigia, provando a restare connessa alle cose che appartenevano al tempo con Miss Beatrice; al tempo in cui erano tutti felici. Ascoltando sua madre e l'altra donna parlare, Evelyn ebbe la sensazione che quella potesse essere la fine della felicità.

A quanto pareva, quello era il posto in cui sarebbe stata, e anche Viola. Miss Regina disse alla donna che non aveva spazio per le sue bambine a Detroit. Non aveva nemmeno soldi. Ciò le sembrò strano, dato che certo indossava un bel vestito e guidava una macchina. Miss Beatrice aveva un vecchio vestito sbiadito e niente macchina. Andava al mercato a piedi. Ma era riuscita a tenere Evelyn e Viola.

Evelyn guardò sua sorella, la cui faccia era diventata una maschera senza espressione. Le domande che Evelyn avrebbe voluto porre a sua sorella le si accumulavano nella testa. Prima di tutto, perché la loro madre continuava a chiamarle "le sue bambine" anziché usare i loro nomi? Ma la rigidità della mascella di sua sorella le fece trattenere le domande. Forse dopo avrebbe potuto liberare le domande. Quando Viola avesse sorriso di nuovo.

Miss Regina piegò il fazzoletto che teneva in mano, mentre ascoltava la donna vestita di nero. Quando alcuni fogli furono spinti oltre la scrivania perché Miss Regina li firmasse, si appoggiò il fazzoletto in grembo prima di prendere la penna che le era stata offerta. Evelyn guardò il fazzoletto che stava lì in un gomitolo, poi si allungò e in fretta e lo strinse a sé. Poi lo appallottolò nella tasca del suo vestito. Non fu sicura del perché. Lo fece e basta.

Una volta che le carte furono sistemate, Miss Regina si alzò e prese la sua borsa, senza dire una parola. Si voltò e abbracciò in fretta ciascuna delle bambine, appena un tocco, poi uscì dalla stanza.

All'inizio, appena arrivate in quel posto, Evelyn aveva pensato che l'alto, grigio edificio, ombreggiato da grandi alberi, fosse carino. Alcuni degli alberi erano coperti di bocci bianchi, e avevano lo stesso aspetto dell'albero nel giardino di Miss Beatrice. Alla fine dell'estate, regalava delle pere. Dei bambini giocavano su una distesa d'erba, ed Evelyn si era chiesta se fosse qualche tipo di scuola.

Non sarebbe stato bello stare in una scuola e imparare delle cose?

Ora non pensava che sarebbe stato bello.

Le lacrime le bruciavano gli occhi.

Evelyn si avvicinò a Viola e sussurrò, "Dove siamo?"

"È un orfanotrofio," sibilò Viola.

"Un cosa?"

"Un posto per gli orfani."

"Che cosa sono gli orfani?"

Viola sospirò e sussurrò, "Bambini che non hanno genitori."

"Ma..."

La signora in nero interruppe la domanda, prendendo ciascuna bambina per il braccio e conducendole fuori dall'ufficio e per un lungo corridoio che si apriva su una grande stanza. "Questo è il dormitorio delle femmine," disse la donna. "Qui è dove dormirete."

La stanza aveva letti a castello lungo tutte le quattro pareti, e la donna si fermò vicino a un letto. "C'è un contenitore di legno sotto il letto," disse, indicando. "Mettete lì le vostre cose. Aspettate qui finché la campanella suona per il pranzo. Potete chiamarmi Sorella Honora. Avete capito?"

Evelyn guardò Viola, che annuì, così Evelyn fece lo stesso.

"È nostra sorella?" chiese Evelyn dopo che la donna se ne fu andata.

"No.

"Allora perché..."

"Non lo so."

2

REGINA - GIUGNO 1923

REGINA NON SI GUARDÒ INDIETRO allontanandosi dal grande edificio grigio, la schiena dritta e la testa alta. Maledisse le lacrime che minacciavano di scenderle sulle guance. Le aveva tenute a bada, insieme alle emozioni, per riuscire a fare quello che doveva fare. Non era colpa sua se non poteva occuparsi delle bambine. Se solo non fosse stata bloccata in quel piccolo appartamento a Detroit. Se solo avesse funzionato con John, che l'aveva trascinata via da Milwaukee con la promessa di una vita grandiosa sul Grand Boulevard a Detroit. Ed era stata grandiosa fino all'incidente, e lei era diventata vedova ancor prima di essere di nuovo sposa. La madre di John l'aveva cacciata di casa, permettendole di prendere i suoi vestiti e nient'altro. E così eccola, due anni dopo, e più malridotta di quando era sposata con Fred.

Sembrava che Regina non avesse mai avuto alcuna fortuna. O forse era lei che attirava a sé la sfortuna.

Prima, c'era stato Fred. Era così affascinante, alto coi capelli scuri che gli cascavano sulla fronte, così seducente con quel sorriso malizioso. E gli piaceva fare festa. A entrambi piaceva fare festa, anche dopo essersi sposati e, quando il ciclo le era ritardato, aveva pregato in ginocchio di non essere incinta, ma Dio non l'aveva ascoltata.

Nell'abbaglio del nuovo amore e dell'iniziale desiderio di Fred di mettere su famiglia, aveva portato avanti la prima gravidanza.

In realtà, l'aveva portata avanti più perché aveva paura di uscire di nascosto e abortire. La sua amica Millie era quasi morta dissanguata in uno scuro, umido appartamento dove una donna "si occupava di tutto".

La seconda gravidanza era stata un "ops" quando il preservativo si era rotto e un piccolo spermatozoo era sopravvissuto alla pulizia che Regina aveva fatto dopo il divertimento. Comunque, più spaventata dall'idea di un aborto artigianale che da quella di avere un altro bambino, Regina si era rassegnata a essere madre di due figli. Fred non era più così smanioso di essere padre, dunque, quando arrivò il momento, portò Regina all'ospedale e la lasciò lì da sola nel reparto maternità. Era stato uno dei giorni più brutti della vita di Regina.

Non voleva un altro bambino. Non aveva neanche mai voluto essere una madre. Non era qualcosa che si era mai permessa di dire, nemmeno a se stessa, ma era la verità. Lei non era come le altre donne che non vedevano l'ora di avere dei bambini. Quelle donne che facevano le feste e si scioglievano di fronte ai neonati all'ospedale. Il duro lavoro di crescere dei bambini in circostanze difficili attenuava lo splendore dell'amore materno.

A quel tempo, diceva alle persone che stava facendo del suo meglio nelle circostanze in cui si trovava. La gente che conosceva Fred capiva e annuiva con empatia ma, in cuor suo, Regina sapeva di non star facendo del proprio meglio. Il meglio avrebbe voluto dire smettere di fumare e di bere. In quel modo avrebbe potuto pagare una cena in più alla settimana. E sarebbe stata abbastanza sobria da cucinare una cena in più.

Il matrimonio aveva cominciato ad andare in discesa poco dopo la nascita di Viola. Era allora che la realtà di avere un bambino l'aveva colpita. Durante i primi giorni all'ospedale, Regina aveva pensato che quella piccola cosina fosse la creatura più adorabile che avesse mai visto e le aveva dato il nome del suo fiore preferito. La bambina si meritava un bel nome. Ma tre settimane dopo, quell'adorabile faccina aveva cominciato a diventare paonazza e a contorcersi in grida terribili. La bambina piangeva giorno e notte, fino a che Fred non cominciò a passare sempre più tempo fuori casa, e Regina si chiedeva quanto tempo ancora sarebbe riuscita a resistere a quei pianti senza fare qualcosa di terribile. Fu allora che sua madre le fece notare che la bambina probabilmente aveva soltanto fame. Sembrava che Regina non avesse abbastanza latte. "Ma se bevi una birra quindici minuti prima di allattare la bambina, il latte ti scorrerà a fiumi."

Si scoprì che Mamma aveva ragione. Il latte aumentò e il pianto si fermò. Beh, non del tutto, ma abbastanza perché Regina non avesse più l'impulso di infilare un calzino, anziché il proprio seno, nella bocca della bambina.

Quando era nata la seconda bimba e Fred aveva mostrato scarso interesse, Regina aveva dato alla piccola il primo nome che le veniva in mente - Evelyn

Louise, usando il suo secondo nome. Forse quello avrebbe fatto scaturire un qualche legame emotivo. Dato che Fred non era lì per obiettare, Regina poteva scegliere qualunque maledetto nome volesse.

Fred non era molto propenso al visitare gli ospedali.

A sua discolpa, Fred venne a prenderla all'ospedale dopo le sue due settimane di degenza ma, una volta che furono arrivati a casa, non fu di grande aiuto con le bambine. Entrambe ancora piccole, per la verità. Viola aveva appena due anni, e se la neonata non stava gridando, era lei che gridava. "Probabilmente è gelosa," diceva la madre di Regina. "I primi figli sanno essere orribili con i più piccoli. Ringrazio di averne avuto solo uno."

Cinque mesi dopo, Fred disse che sarebbe andato a comprare le sigarette e non tornò. Se non fosse stata abbastanza arrabbiata da poterlo uccidere in caso si fosse di nuovo fatto vedere, Regina avrebbe riso di quel cliché. Quanti uomini avevano detto la stessa frase, e quante donne avevano creduto che i mariti sarebbero tornati? Aspettando ore, poi giorni, poi settimane, solo per finire tappate in casa con i figli. Senza lavoro. Senza soldi. E senza speranza?

Una settimana dopo che Fred se n'era andato, un uomo arrivò alla porta chiedendo di lui. A Regina non piaceva l'aspetto di quell'uomo ben vestito - abito ben stirato, cravatta colorata, e cappello uguale a quello di qualsiasi altro venditore che provava a strapparle un dollaro o due. Ma i suoi occhi erano diversi. Non avevano quell'amichevole bagliore inframezzato da battute di spirito. Erano severi e vuoti, e non portavano con sé un piacevole chiacchiericcio. L'uomo chiese invece, "Sai dov'è tuo marito?"

Regina odiava confessarlo ad alta voce, ma gli occhi di lui le mettevano pressione. "No. Non ho avuto sue notizie da quando se n'è andato giorni fa."

"Ti ha detto dove stava andando?"

"Fuori. Mi ha detto solo fuori." Regina non riusciva a costringersi a ripetere la pigra scusa che Fred aveva usato con lei. L'uomo se ne accorse.

"Ti aspetti che torni?"

L'indignazione le irrigidì la schiena e diede forza alla sua voce. "Se avesse voluto tornare, a questo punto sarebbe già qui."

L'uomo fece un mezzo passo avanti. "Non usare quel tono con me, signorina. Mi hai capito?"

Parlava piano, quasi con un tono da conversazione, ma la minaccia era come ghiaccio nei suoi profondi occhi blu. Regina annuì, inghiottendo l'orgoglio e la paura.

"Bene." L'uomo si fece indietro, ma lo sguardo severo nei suoi occhi non cambiò. "Fred deve dei soldi al mio capo. Un sacco di soldi."

Per un istante, Regina ricordò della grossa borsa a tracolla che Fred si era caricato sulla spalla quando se n'era andato, quel venerdì sera. Forse era...? Fece del suo meglio per mascherare ogni reazione esteriore.

"Recuperare quei soldi è il mio lavoro."

"Non so niente dei suoi soldi," disse Regina, odiando il modo in cui la voce le si rompeva nel pronunciare quelle parole. "Mi ha lasciata senza nulla. Solo le bambine e una montagna di bollette."

L'uomo non rispose e non si mosse. Mentre stavano lì in piedi, silenziosi, una goccia di sudore scivolò calda lungo la schiena di Regina. E se non le avesse creduto? E se fosse entrato con la forza? Se si fosse messo a perquisire la casa? Cercava di capire se sarebbe stata in grado di chiudere a chiave la porta prima che lui si muovesse, ma poi lui fece un passo indietro. Regina si sforzò di non lasciare trapelare il sollievo, mantenendo il contatto visivo.

"Quando il tuo maritino ritorna, digli che Bernie vuole i suoi soldi." Fece una pausa, come se volesse dare alle parole il tempo di essere assimilate, poi aggiunse. "Capito? A Bernie non piace fare del male a donne e bambini. Ma fa quello che deve fare."

L'uomo rimase ancora qualche secondo sull'uscio, poi si voltò e se ne andò. Regina chiuse a chiave la porta, in fretta. Poi appoggiò la fronte contro il legno. Oh, Fred, in che cosa ti sei cacciato?

La risposta a quella domanda si sarebbe fatta aspettare. Evelyn stava di nuovo gridando per farsi dare da mangiare, e Regina sentì il tiepido scorrere del latte che le riempiva i seni. Il trucco della birra funzionava ancora.

Fred stette via per sei mesi e poi, un giorno, tornò. Quando entrò dalla porta di ingresso, con la stessa nonchalance che avrebbe avuto se fosse stato via solo qualche ora, non disse dove era stato. Zoppicava notevolmente, ma non spiegò nemmeno quello. Spiegò davvero poche cose, e si limitò a tornare alla sua routine di rispondere al telefono e aprire la porta quando il campanello suonava. Dato che la maggior parte del tempo del giorno e della notte era a casa, non sembrava importargli se Regina usciva da sola, finché si occupava dei pasti e si prendeva cura delle bambine come prima cosa. Il matrimonio era più che finito, ma lui non chiese mai il divorzio. Nemmeno lei lo fece, perché lui le stava di nuovo sostentando. La stabilità aveva i suoi vantaggi.

Regina non chiedeva a Fred dove prendesse i

soldi che le dava per fare la spesa e pagare le bollette. Era semplicemente grata di poterlo fare. Lui non era granché come padre, manteneva un distacco piuttosto freddo tra sé e le proprie figlie, ma comunque dava loro le cene che Regina preparava. Quando era casa, era un po' doloroso vederlo scacciare ogni tentativo di affetto, ma lei razionalizzava pensando che ciò avrebbe reso le bambine più forti. Avrebbero imparato ad affrontare la delusione e la frustrazione. In caso le loro vite non si fossero rivelate granché meglio della sua.

Due mesi dopo, Fred se ne andò di nuovo.

Quella volta, non tornò più indietro.

Regina non ripensava volentieri a come erano andate le cose nei mesi dopo Fred e prima di John. Non andava fiera di alcune delle cose che aveva fatto, e certamente era stata una madre terribile per le bambine. Lasciandole sole per ore, quando usciva a raccattare qualche soldo. Ma era comunque convinta che le difficoltà avrebbero rafforzato le bambine in vista di ciò che avrebbe potuto attenderle in futuro.

E allora, qualche anno dopo, sembrava che avesse avuto ragione. La vita non sarebbe stata meravigliosa per la sue figlie. Regina non si faceva illusioni su come sarebbero state trattate all'orfanotrofio. Non era come una casa, una vera casa, e sarebbero state fortunate anche solo ad avere cibo e vestiti.

Era meglio di ciò che lei poteva offrire?

I suoi passi vacillarono mentre prendeva in considerazione di voltarsi e portarle via da lì. Ma poi che cosa avrebbe fatto? Le avrebbe portate in quell'appartamento malandato a Detroit? Avrebbe dato loro da mangiare ogni sera hot dog presi dal posto dove lavorava a Coney Island? Le avrebbe fatte dormire su un paglericcio nell'angolo del soggiorno? Le bambine forse l'avrebbero odiata per ciò che aveva fatto quel giorno, e quella era una realizzazione dolorosa. Ma comunque continuò a camminare. Era la cosa migliore per tutte loro. Regina forse non era la madre migliore del mondo, ma a una parte di lei importava delle sue figlie e sperava ferventemente in un futuro più felice per loro. Non pregava per quel futuro, tuttavia. Aveva superato da un pezzo i giorni delle preghiere, convinta che Dio l'avesse abbandonata anni prima.

3

EVELYN - SETTEMBRE 1925

SORELLA HONORA FACEVA TREMARE EVELYN. Aveva sempre fatto tremare Evelyn. A volte, quando guardava quel volto severo stretto nel velo, Evelyn temeva che la vescica le avrebbe ceduto e sarebbe stata punita due volte. Una per non aver pulito il pavimento abbastanza velocemente e l'altra per essersi sporcata. Così dicevano le sorelle parlando della pipì e della cacca. "Sporcarsi." Come se si fosse rotolata nel fango. Se non fosse stata immobilizzata dal terrore per la suora che aveva di fronte, Evelyn avrebbe trovato divertente quel pensiero.

Erano passati due anni da quando erano lì all'Orfanotrofio San Aemilian, ed Evelyn non era ancora riuscita a capire perché dovessero stare lì. Miss Regina o Miss Beatrice non potevano venire a prenderle e portarle via da quel posto terribile? Era tutto così confuso, ed Evelyn continuava a sperare che, un giorno, qualcuno le avrebbe amate abbastanza da tornare indietro e portarle con sé. A volte nei suoi sogni viveva insieme a entrambe le donne. Miss Beatrice non più malata e Miss Regina contenta di avere di nuovo le sue bambine. Viola diceva che sperare era sciocco. Inutile sognare. Niente sarebbe cambiato.

"Bambina. Mi stai ascoltando?"

Quelle parole severe scossero Evelyn. Annuì, incapace di far passare le parole oltre il groppo che aveva in gola.

"Perché non hai finito questo pavimento?" La suora fece cenno verso il corridoio con il suo bastone. "Sei lenta come una lumaca. A cosa sei buona?"

"Non lo so, Sorella." Un lieve sussurro.

Le sue parole furono accolte con un duro colpo sul fondoschiena di Evelyn. "Non parlare quando non è il tuo turno."

"Ma, io..."

Un altro colpo. "Ho detto di non parlare."

"Ma, lei..."

Stavolta, quando il bastone la colpì, la vescica di Evelyn cedette.

"Guarda cos'hai fatto. Sporca, disgustosa bambina. Togliti quelle mutandine. Subito."

Evelyn fece quello che le era stato detto, tenendo con attenzione l'indumento bagnato tra il pollice e l'indice. Sorella Honora prese le mutandine con la punta del suo bastone, poi le appoggiò sulla testa della bambina. "Le indosserai a cena."

"No! La prego, Sorella. No!"

"Basta. Vai!"

Stare nel mezzo della sala da pranzo, con l'odore nauseabondo di urina vecchia che le aleggiava intorno mentre gli altri bambini la indicavano e ridevano, fu l'esperienza più umiliante della giovane vita di Evelyn. Deglutì con forza e trattenne la bile che le stava salendo in gola. Non poteva vomitare. Non avrebbe vomitato. Se non voleva altre umiliazioni, non doveva vomitare.

Guardò oltre le file di tavoli i bambini che ridevano, concentrandosi sull'immagine della Vergine Maria in fondo alla grande stanza. Maria, Madre di Dio, doveva essere anche la loro madre. La loro amica, ma a Evelyn non sembrava né una madre né un'amica. Era solo quella signora in blu nel quadro.

Quando furono portati i carrelli e i bambini si misero in fila con le loro scodelle di metallo per avere la cena, l'aroma della carne e della salsa coprì momentaneamente l'odore acre dell'urina asciutta. A Evelyn venne l'acquolina in bocca. Diede uno sguardo ai carrelli. Per cena quella sera c'era l'arrosto con le patate e le carote e le cipolle. Uno dei piatti preferiti di Evelyn, che non le sarebbe stato consentito mangiare. I bambini che infrangevano le regole restavano senza cena, ma non tutti erano costretti a subire un simile imbarazzo. Quello era riservato per le trasgressioni peggiori.

Viola le passò oltre con la sua scodella per prendere posto a un tavolo vicino. Stava con la testa alta, senza nemmeno guardare Evelyn. Maria, una bambina di otto anni che era stata amichevole con Evelyn, la guardò di sfuggita, poi distolse lo sguardo, sedendosi accanto a Viola.

Quel disprezzo, come se Evelyn fosse una sconosciuta che non avevano mai visto, la ferì più profondamente delle risatine degli altri.

Per il resto della cena, le gambe di Evelyn tremarono a causa dello stare ferma in una sola posizione così a lungo, e la fame le brontolò nello stomaco. Eppure nessuno la guardava, a parte Sorella Honora, che sembrava tenere gli occhi fissi su di lei, come se volesse sorprendere Evelyn in qualche altra trasgressione. Non sapeva se Sorella Honora le avrebbe fatto indossare le mutandine sporche durante la preghiera della sera. Sperava davvero di no. Ma provava a essere forte per quella possibilità. Non voleva piangere. Non per la fame o per l'umiliazione. Voleva essere forte come sua sorella. Viola non piangeva mai quando le sorelle la picchiavano o la insultavano o le facevano fare cose orribili. Viola manteneva salda la mascella e le guardava negli occhi e tratteneva le lacrime.

In qualche modo, Evelyn doveva trovare la forza per fare così anche lei. Altrimenti, gli altri bambini avrebbero scoperto quanto fosse debole e se ne sarebbero approfittati.

Evelyn rimase in piedi per un'altra dolorosa ora mentre la preghiera della sera seguiva la cena, e la sua unica richiesta a un Dio che non era nemmeno sicura la stesse ascoltando fu che la sessione finisse prima che le sue gambe cedessero e lei cadesse. Una volta, quando Maria le era caduta addosso durante una punizione, aveva ricevuto dieci forti colpi dal bastone della Sorella sul retro delle gambe. Lo stesso destino avrebbe fatto zoppicare Evelyn per giorni.

Finalmente, quando Evelyn pensava di non poter restare in piedi più a lungo, terminò. Sorella Honora chiuse il libro delle preghiere serali e scese lungo la navata verso Evelyn. "Togliti quella pezza sporca dalla testa e vai a lavarti."

"Sì, sorella." Evelyn si voltò in fretta e si diresse verso il bagno. Si tolse i vestiti ed entrò in una grande tinozza che era usata per il bagno. L'acqua era fredda, ma non le importava. Prese la saponetta di soda caustica e si strofinò i capelli, poi si immerse sott'acqua, trattenendo il respiro per un lungo tempo. Avrebbe voluto restare lì sotto per sempre. Non dover più affrontare la Sorella. O avere fame. O essere presa in giro dagli altri bambini.

Evelyn riemerse dall'acqua, senza fiato. Due bambine più grandi erano entrate nel bagno. "Sbrigati," gridò una di loro. "Esci di lì, puzzona."

Evelyn uscì in fretta dalla tinozza e si asciugò con un asciugamano ruvido. Poi tirò fuori i vestiti puliti che aveva preso dal dormitorio e si vestì. Portò le mutande bagnate a uno dei rubinetti e le lavò, insaponandole e risciacquandole e insaponandole e risciacquandole per far andare via l'odore.

Dopo che le luci erano state spente da un po' e tutto era silenzioso nel dormitorio, Evelyn sentì un movimento delle lenzuola e sentì un tocco sulla spalla. Alzò lo sguardo su sua sorella. "Tieni," disse Viola, allungandole un pezzo di pane avvolto in un fazzoletto.

Evelyn afferrò il pane e ne prese un grosso boccone, mandando una cascata di briciole sulla sua camicia da notte.

"Stiamo facendo un disastro."

"Oh, caspita," disse Viola, abbassandosi sulla branda di Evelyn. Un sottile raggio di luce lunare che entrava dalla finestra cadde sulla camicia da notte di Evelyn, e Viola vide le briciole. Le spazzò sulla propria mano e poi le leccò via. "Fai attenzione. Se Sorella trova delle briciole, saremo punite entrambe."

"Scusa."

Viola sedeva sul bordo del letto. "Ora finiscilo. Poi pulisci il resto."

"Perché sei così gentile?"

"Perché è quello che fanno le sorelle."

"Ma non eri gentile in sala da pranzo."

Viola guardò nell'oscurità. "Non potevo."

Evelyn non capiva perché, ma quella era solo un'altra cosa che non capiva di quel posto o di come sua sorella si comportasse in modo diverso quando erano da sole. Quella sorella, quella che la notte le portava il cibo di nascosto, era quella che faceva sempre sentire meglio Evelyn per un po'. Toccò Viola per attirare la sua attenzione.

"Usciremo mai da qui?" "Non lo so."

"Quando sarò una mamma, non farò così."

Viola si accigliò. "Che cosa?"

"Dare via i miei bambini."

"Questo sarà tra molti anni. Non sai quello che farai." "Sì, lo so." La determinazione la fece sedere dritta. "Avrò una bella casa. Come Miss Beatrice. E tre bambini. E un padre. E una madre. E dei gattini che non scapperanno."

"Oh, caspita."

Evelyn ridacchiò. "Dici sempre cose buffe."

"Non è buffo. È perfetto."

Viola sospirò di nuovo, poi mise un braccio intorno a Evelyn. "Hai ragione."

"Tu che cosa desideri?" chiese Evelyn.

"Non lo so. Non ci penso molto."

Viola stette in silenzio per così tanto tempo che Evelyn si chiese se avrebbe detto qualcos'altro, poi Viola la abbracciò più stretta. "Dobbiamo pensare al presente, Evelyn. A come sopravviveremo in questo posto."

"Continuerai a occuparti di me?"

"Quando potrò. Ma devi imparare a occuparti di te stessa."

Un freddo brivido di paura percorse la schiena di Evelyn. "Non voglio."

"Devi farlo. Io dovrò occuparmi di me stessa, il che vuol dire che a volte..."

La frase rimase sospesa come se Viola non fosse sicura di come finirla, allora Evelyn capì. Il motivo per cui Viola l'aveva ignorata a cena.

"Sarò buona. Lo prometto." Ma anche mentre pronunciava queste parole, Evelyn sapeva che non aveva importanza. Essere buona non aveva portato sua madre ad amarla abbastanza per tenerla con sé. Non aveva impedito a Miss Beatrice di prendere Il Cancro. E non avrebbe impedito a sua sorella Viola di preferire a lei quello che era più utile per se stessa. Ma Evelyn non sapeva che cos'altro fare se non provare.

4

REGINA - OTTOBRE 1925

Regina finì il suo turno a Coney Island prima del previsto e corse a casa per lavare via un po' dell'odore di grasso e chili che le era rimasto addosso. Aveva intenzione di uscire quella sera, e non era il caso di odorare di hot dog. Erano due anni che faceva lo stesso lavoro, vivendo nello stesso minuscolo appartamento senza vasca e con un piccolo lavandino nell'angolo del bagno. Lavarsi i capelli nel lavello della cucina cra un'impresa che non intraprendeva molto spesso, e quella sera se la sarebbe risparmiata, sperando che una spruzzata di profumo avrebbe mascherato qualunque odore potesse esserle rimasto sui capelli.

Guardò lo spazio angusto che la circondava e sospirò. Da tempo aveva rinunciato al pensiero di andare a prendere le sue bambine. Quel pensiero l'aveva tormentata i primi mesi dopo averle lasciate all'orfanotrofio, ma non c'era modo che lei potesse farle entrare in quell'appartamento o nella sua vita lì a Detroit. Non che sarebbe riuscita a farle entrare a Milwaukee. Comunque, erano una famiglia, e c'erano momenti in cui Regina permetteva che le passasse per la testa il ricordo di un tempo migliore insieme a loro. Figurandosi i loro sorrisi da bebè, sentiva una fitta di dolore, ma non si abbondava mai all'impeto dell'emozione. Le bambine stavano meglio senza di lei, e poteva sempre soffocare il dolore della perdita con un'altra bevuta.

Indossò il vestito sbarazzino che aveva avuto fortuna di trovare al negozio dell'usato e si incamminò verso il Fatina's Bar. Era il suo posto preferito per rimediare qualche appuntamento, ma gli uomini che incontrava lì non erano granché. Di rado si facevano vedere più di una o due volte. Uomini che entravano e uscivano dalla sua vita, era uno schema che era cominciato con Fred ed era continuato con John, anche se John non l'aveva abbandonata di proposito. L'incidente che l'aveva ucciso non era stato colpa sua. Era stata la pioggia fitta e la strada stretta che l'avevo fatto schiantare dritto contro un furgone Mack. A volte si chiedeva se avrebbe mai trovato un uomo che sarebbe rimasto con lei. Qualcuno di stabile.

Ma basta con quell'autocommiserazione. Regina scacciò via i pensieri e scivolò su uno sgabello da bar, facendo segno al barista, Tino. Lui conosceva i suoi gusti e cominciò a versarle un boccale di birra alla spina.

Arrivò e piazzò la birra di fronte a lei. "Stai benissimo stasera, Regina."

Il complimento fu accompagnato da un occhiolino che suscitò un po' di calore in lei. Tino era un italiano scuro, bellissimo, con un corpo muscoloso che Regina avrebbe desiderato avere premuto contro il suo. Lui non si offriva mai, ma facevano quel giochetto ogni volta che lei arrivava, cioè spesso. Lei gli sorrise. "Non mi stuzzicare così."

Tino ridacchiò e andò a servire un altro cliente. Regina sorseggiava la birra ghiacciata, chiedendosi se sarebbe rimasta lì per cena - la madre di Tino cucinava la miglior pasta della città - o sarebbe andata a casa dopo aver finito la sua birra. Guardandosi intorno per la stanza, notò che non c'erano molte persone in giro di lunedì. Che peccato. Era da un paio di settimane che non ospitava un "amico" a casa, e ci stava sperando, ma la scelta era limitata quella sera. Considerando solo l'aspetto, l'uomo che stava tornando alla panca nell'angolo poteva essere una possibilità, ma lo stomaco le si capovolse nel sentire il puzzo che lo accompagnava. Forse era un po' libertina con il suo corpo, ma aveva i suoi standard. Non vomitare era uno di essi.

Regina sorseggiò la birra per qualche altro minuto. Aveva quasi deciso di andare a casa e scaldarsi l'hot dog che si era portata a casa dal lavoro quando la porta si aprì e un uomo che non aveva mai visto prima entrò. Che figura affascinante che era, in quell'impermeabile scuro c quel fedora marrone con una piuma blu. Le sue scarpe erano così luccicanti che avrebbe potuto usarne la punta come specchio se lui si fosse avvicinato.

Quando guardò verso il bar, il suo sguardo si posò su di lei per un momento, e lei gli mostrò il suo sorriso migliore. Le cose promettevano bene.

L'uomo si avvicinò e scivolò sullo sgabello accanto al suo. "Posso offrirti da bere?"

"Non ti conosco."

"Henry. Henry Stewart." Sorrise. "Ora mi conosci. Che cosa bevi?"

"Birra."

"Birra? Una bella signorina come te dovrebbe prendere qualcosa di meglio."

"In effetti non disprezzo lo Scotch."

"Ora cominci a ragionare." Henry fece cenno per attirare l'attenzione del barista. "Due bicchieri del tuo miglior Scotch."

Regina provò a ignorare l'occhiolino che Tino le fece insieme alle bevute. La conosceva troppo bene. Forse non doveva provare a uscire insieme a quel tipo nei prossimi quindici minuti.

Henry prese il suo bicchiere e toccò il suo. "Salute." Ne prese un sorso generoso. Regina prese un assaggio molto più piccolo. Era da un po' che non beveva roba forte. Non era il caso di soffocare mentre tentava di fare una buona impressione su quel tipo. L'alcol le scivolò giù per la gola, caldo e con facilità, e lei assaporò il gusto speziato che le era rimasto in bocca.

"Come ti chiami, bella signora?"

Lei esitò per un momento. C'era qualcosa del suo fascino spontaneo che la portava a chiedersi se non fosse il caso di scappare. Alla fine, alzò le spalle e disse, "Regina."

"Ah. Un bel nome italiano."

"I miei genitori erano tedeschi."

"Forse, ma ti hanno dato un nome italiano. Sai cosa significa?"

Lei scosse la testa. "Tu lo sai?"

"Significa 'colei che regna'. E direi che è appropriato."

Certo, si sentiva una regina a ricevere quelle attenzioni, ed era bello non dover fare la prima mossa. Alcuni uomini erano così ottusi che dovevi dire a voce alta quello che volevi. Quell'uomo era diverso. Sembrava capire. Poteva lei sperare in qualcosa di più di un paio di notti di divertimento?

Come se avesse sentito le sue riserve, Henry si spostò il cappello all'indietro e le lanciò un lungo sguardo inquisitore. "Sei sposata?"

"Dio, no."

"Non aspiri al distinto stato dell'unione coniugale?"

Regina resistette al desiderio di scoppiare a ridere. Certo aveva un modo strano di dire le cose. "Non è stato così distinto nella mia esperienza."

Henry le toccò la guancia, con un gesto così delicato che lei non fu nemmeno sicura di averlo sentito prima che lui ritraesse la mano. "Nessuno dovrebbe trattar male una regina."

Regina si trattenne dal darsi un pizzicotto. Era tutto vero? Aveva paura che se avesse sbattuto le palpebre si sarebbe svegliata dal sogno.

Ma non stava sognando. Henry era reale. Era tutto reale.

"Hai cenato?" le chiese.

"No."

"Nemmeno io. Conosci qualche posto da queste parti dove potremmo mangiare un boccone?"

"C'è sempre casa mia."

Gli ci volle così tanto a rispondere, che lei si preoccupò di essere stata troppo diretta.

"Non è una buona idea per stasera," disse, toccandole di nuovo la guancia. Stavolta, il tocco le scottò la pelle, e sentì una vampata di calore. O Dio, era proprio un seduttore. "L'attesa renderà tutto molto più dolce."

Andarono tre porte più in là in lussuoso ristorante italiano, dove lui disse che avrebbe potuto offrire una cena adatta a una regina italiana. E, mantenendo la parola, non andò a casa con lei quella notte. Ci vollero due settimane durante le quali si incontrarono quasi tutte le sera prima che lui soddisfacesse il desiderio che bruciava in lei.

Due mesi dopo, si sposarono.

Regina non parlò mai a Henry delle bambine, e glissò sui dettagli riguardanti Frank, dicendo che era stata una cosa da niente. Si erano sposati in fretta e avevano divorziato presto. Non sapeva perché non aveva rivelato nulla delle sue figlie. Beh, in realtà lo sapeva. Non pensava che Henry fosse come John, che non volesse bambini, ma non voleva correre il rischio che lui se la desse a gambe. Era stanca degli uomini della sua vita che fuggivano, ed era determinata a far sì che quello restasse. Anche se avesse voluto dire mentire. Era brava a mentire, vero?

5

EVELYN - DICEMBRE 1930

EVELYN SI STRINSE NEL SUO MAGLIONE MARRONE per difendersi dall'ara gelida del lungo atrio. Era una protezione scarsa contro il freddo che le entrava fino alle ossa e le faceva diventare le dita blu. Viola le aveva tolto il maglione dopo che Evelyn l'aveva preso per prima dalla borsa delle donazioni ma, dopo che Evelyn l'aveva pregata in ginocchio, gliel'aveva restituito. Evelyn era contenta di averlo, anche se era di un tessuto sottile e l'aria fredda riusciva ad entrarvi. L'inverno era più rigido dell'anno precedente, e anche di quello prima ancora.

Sorella Honora diceva che fuori non era più freddo del solito. Era solo che non c'era abbastanza carbone per riscaldare l'intero edificio. Il dormitorio era così gelido la notte, che tutti i bambini si rannicchiavano sotto le coperte spesse indossando ancora i vestiti.

L'unico angolo tiepido nell'intero edificio era la mensa, ed era lì che Evelyn era diretta ora. Viola doveva essere già lì.

Per tutta la settimana, Viola aveva terminato le faccende del mattino prima del previsto ed era stata sempre la prima nella fila per il pranzo. Oltre ad avere i migliori compiti da svolgere - era stata scelta per pulire l'altare della cappella - a Viola era permesso di frequentare le lezioni nel pomeriggio.

A Evelyn no.

Due anni prima, le brave sorelle avevano deciso che c'era qualcosa che non andava nel cervello di Evelyn. Era lenta. Era stupida. Non sarebbe mai stata in grado di imparare, quindi poteva anche stare tutto il giorno a fare le faccende. Quelle faccende erano il peggio in cui si potesse sperare, sempre a pulire il pavimento, cosa che le lasciava le mani arrossate e le provocava vesciche e calli.

Evelyn provava a far finta di non dare importanza al fatto che Viola avesse la vita più facile ma, a volte, il risentimento si faceva strada. Evelyn era sicura che sarebbe potuta essere brava e sveglia quanto Viola se solo le sorelle le avessero date una chance. Avevano sempre poca pazienza con lei. Volevano che desse la soluzione ai problemi di matematica all'istante. Nell'istante esatto. Senza darle il tempo di cui aveva bisogno per trovare la risposta corretta. E leggeva troppo piano. Almeno era quello che Sorella Marie diceva di fronte alla classe intera.

Non era una novità che Evelyn leggesse piano e balbettasse quando doveva leggere ad alta voce. Tutti in classe la fissavano, inclusa Sorella Marie, con l'impazienza che le faceva aggrottare le sopracciglia sotto al velo bianco. Avere tutti gli occhi della stanza puntati addosso faceva venire voglia a Evelyn di scappare via e nascondersi. Era sicura che tutti fossero pronti a ridere nell'istante esatto in cui avesse fatto un errore di pronuncia. E, naturalmente, l'ansia faceva sì che l'errore arrivasse in fretta.

La risata seguiva.

Entrando nel tepore relativo della grande mensa, Evelyn vide diversi bambini in fila per prendere un vassoio e farsi servire da Sorella Magdalene, che stava dietro alle grosse padelle di metallo pronta a centellinare le porzioni di cibo. Evelyn dovette percorrere tutta la fila, passando accanto a Viola, per raggiungere la fine e aspettare. Saltare la fila e mettersi vicina a sua sorella era impossibile. Era un'infrazione che poteva far mettere entrambe in punizione, e Viola era determinata nel suo proposito di stare avanti a Evelyn.

A ogni pasto, i bambini dovevano stare in fila finché tutti non fossero entrati ordinatamente nella mensa. A quel punto Sorella Honora si recava in cima alla stanza e guidava la preghiera prima che si potesse cominciare a servire. Nell'ultimo periodo, Evelyn si era accorta che le porzioni di cibo stavano diminuendo, così come i rifornimenti di carbone. Prima il porridge era solo per la colazione, ma qualche volta, adesso, lo mangiavano anche per pranzo o per cena. Sorella Magdalene, che aveva il comando della cucina, diceva che una volta arrivate la primavera e l'estate, quando avrebbero avuto la possibilità di coltivare l'orto, l'offerta della mensa sarebbe migliorata. Solo che al momento non c'erano abbastanza soldi per comprare tutto ciò di cui l'orfanotrofio aveva bisogno.

Viola si era messa a mangiare con alcune delle ragazze più grandi, così Evelyn si sedette con altre undicenni e mangiò lentamente la sua ciotola di porridge. Voleva trattenersi nella sala da pranzo finché poteva, solo per stare al calduccio per qualche minuto in più. Quel pomeriggio avrebbe dovuto pulire il pavimento nel dormitorio, ed era il posto più freddo dell'edificio. Ma non poteva rimandare per sempre. Grattò l'ultimo boccone dalla ciotola, poi portò la scodella vuota al carrello dove mettevano i piatti sporchi. Qualche ragazzina fortunata li avrebbe lavati nel relativo tepore della cucina.

Dopo aver lasciato la ciotola, Evelyn si recò nella stanza vicina alla cucina dove era tenuto l'occorrente per pulire e prese un secchio e uno spazzolone.

Una volta arrivata nel dormitorio delle ragazze, andò alla sua branda e tirò fuori una scatola di sigari da sotto. La scatola conteneva alcuni pastelli, della carta, una bella pietra che aveva trovato l'estate prima vicino al ruscello che scorreva dietro all'orfanotrofio, e il cucchiaio che aveva preso da Miss Beatrice. La sola cosa che la legava a un tempo più felice.

Conteneva inoltre ancora il fazzoletto di sua madre, che non era il ricordo di un tempo più felice, ma che custodiva comunque. Il panno non tratteneva più il dolce odore del profumo di sua madre. Quello era andato via da molto tempo, ma a Evelyn non importava. Un tempo era appartenuto a quella donna misteriosa che desiderava conoscere.

Facendo scorrere un dito lungo il bordo di pizzo del fazzoletto, Evelyn pensò a sua madre. Dov'era adesso? Pensava mai a lei e a Viola? Poi pensò a Miss Beatrice. Il cancro se l'era forse presa?

"Che stai facendo?"

Sorpresa, Evelyn guardò in su e vide Sorella Honora. "Niente, Sorella. Solo..."

"Che cos'hai lì?"

"Niente... Io..." Evelyn provò a lasciar cadere il fazzoletto nella scatola, ma Sorella Honora lo afferrò. "Per favore non lo prenda. È l'unica cosa che mi resta di mia madre."

La Sorella per un momento guardò il pezzo di

stoffa che aveva nella mano, ed Evelyn vide una speranza.

"Tua madre ti ha lasciato qui, bambina. Perché dovrebbe importarti di uno stupido fazzoletto?"

Le parole colpirono Evelyn al cuore. "Potrei averlo indietro, per favore?"

La sua preghiera era appena un bisbiglio, ma anche quella fu ignorata.

La Sorella tenne il fazzoletto, ed Evelyn fece scivolare la scatola di nuovo sotto alla branda, con le lacrime che le bruciavano gli occhi. Sbatté le palpebre per far sparire le lacrime, non volendo mostrare debolezza, e si mise in piedi. La Sorella era ancora lì, che guardava, e un leggero formicolio di allarme si manifestò sulla schiena di Evelyn. Non era un buon segno quando la Sorella stava lì come una statua, con gli occhi che sembravano penetrarle dentro. "Come punizione per esserti sottratta ai tuoi doveri, non avrai la cena."

La rabbia si fece spazio, ed Evelyn lottò per controllarla. Tutto ciò era così sbagliato. Non si stava sottraendo al dovere. Lavorava sodo, ma la sapeva troppo lunga per dare voce ai suoi pensieri. Niente era giusto o equo in quel posto orribile.

"Pulirai anche il dormitorio dei ragazzi."

Evelyn scacciò via la rabbia e annuì.

"Non startene lì impalata." La Sorella batteva il suo bastone sul pavimento per sottolineare le parole. "Torna al lavoro."

Evelyn scansò la Sorella e prese lo spazzolone. Quando finì il pavimento nel dormitorio delle ragazze, l'acqua era congelata e le sue mani erano rosse e doloranti per aver maneggiato lo spazzolone. La campanella della cena aveva suonato alcuni minuti prima, dunque quello non era un buon momento per andare in cucina a prendere dell'acqua calda. Non solo non voleva vedere gli altri bambini che mangiavano, non voleva essere sotto lo sguardo di Sorella Honora, così Evelyn decise di finire con l'acqua fredda. Spingendo con il manico dello spazzolone, fece scivolare il secchio lungo l'irregolare pavimento di legno verso il dormitorio dei ragazzi, che era proprio come quello delle ragazze, solo che puzzava di sudore e di qualcos'altro che non sapeva ben identificare.

Mentre strofinava, Evelyn pensava a quello che Viola le aveva detto a proposito di come alcuni bambini erano finiti lì, e si chiese quali ragazzi fossero stati abbandonati dalle loro mamme e quali no. Viola le aveva detto che alcuni bambini non avevano un padre o una madre. Erano morti, e i bambini non avevano un posto dove andare, così erano arrivati lì al San Aemilian. Evelyn si chiese se sapere che i tuoi genitori non avevano scelta nell'abbandonarti rendesse più facile stare lì. Quando Evelyn era cresciuta abbastanza da capire che sua madre aveva scelto di lasciarla, quella realizzazione aveva provocato una profonda ferita che faceva ancora male. Quei primi anni di ignoranza erano stati migliori. Avrebbe preferito non sapere quale sensazione fosse l'abbandono.

Evelyn finì di pulire il pavimento in tempo per andare alla cappella per la preghiera della sera. Rimase inginocchiata sul duro scranno di legno per un'ora, tremando di freddo e stringendosi al petto le mani congelate. Tutte le suore sedevano nella prime due file, i bambini rimanevano su quelle posteriori, tutti rivolti verso l'altare con le statue giganti di Maria e Giuseppe ai lati di Gesù sull'enorme crocifisso.

Sorella Marie guidava le preghiere, tutte in latino,

e i bambini mormoravano in responso, le loro voci che si fondevano insieme in una specie di canto. Spesso, Evelyn pensava che il momento della preghiera fosse l'ora migliore della giornata. Poteva infilarsi nell'ultima fila e ascoltare il suono dolce delle voci che recitavano le parole in un lento mormorio. Non conosceva le parole, ma il ritmo le era sempre di conforto.

Quella sera, tuttavia, non sentiva niente al di fuori del freddo che le entrava nelle ossa e una fame che le faceva contorcere lo stomaco. Non vedeva l'ora di andare nel dormitorio e rannicchiarsi nel letto con Viola. La regola usuale era un bambino per ciascuna branda ma, per via del freddo estremo, le Sorelle permettevano ai bambini di stare in due. I bambini potevano anche entrare nel letto con i loro vestiti indosso, così Evelyn non si tolse il maglione né le scarpe.

"Non darmi calci," disse Viola rannicchiandosi sotto la coperta.

"Non lo farò. Starò ferma."

Una volta che tutti si furono sistemati, Sorella Honora spense le luci, e mentre l'oscurità avvolgeva la stanza, il solo suono nella stanza era quello dei dolci mormorii dei bambini che si bisbigliavano l'un altro. Quando i mormorii si trasformarono lentamente nei profondi respiri del sonno, Evelyn si spostò più vicina alla schiena di Viola, cercando tutto il calore che poteva prenderne. "Stai dormendo?"

"Zitta."

"Voglio chiederti una cosa."

"Ho detto zitta."

"È importante."

Viola si girò verso sua sorella. "Cosa?"

"Perché non c'è più carbone né cibo?"

"Non lo so."

"Non te lo dicono a scuola?"

"Qualche settimana fa, Sorella ha detto qualcosa sulle banche che chiudevano e la gente che perdeva soldi."

"Che significa?"

Viola sospirò. "Non lo so per certo. Ma Sorella ha detto che la gente che prima ci aiutava non può più farlo. Ha qualcosa a che fare con una depressione."

"Che depressione?"

"Non lo so. Sorella non ci ha detto che cosa fosse."

"La gente avrà indietro i soldi?"

"Oh, ma quando smetterai di farmi questa domande? Non sei più una bambina."

Evelyn si morse il labbro per trattenere le lacrime. Viola aveva ragione. Non erano più bambine ma, nel profondo, Evelyn si sentiva ancora quella piccola che aveva guardato sua madre andare via senza capire perché. Si sentiva ancora quella bambina che credeva che, se si fosse comportata bene e avesse fatto quello che dicevano, tutto sarebbe andato per il meglio.

Chiuse gli occhi e provò a scivolare nel sonno, e allora pensò a una cosa. E se fosse riuscita a procurarsi dei soldi per l'orfanotrofio? Magari avrebbe potuto dare il cucchiaio a Sorella Honora, perché lo vendesse. Allora ci sarebbe stato più carbone e più cibo. E magari la Sorella le avrebbe sorriso e le avrebbe detto che era una brava bambina. E tutto sarebbe andato a posto.

Lasciò che quel pensiero la trasportasse nel sonno ma, poco tempo dopo, un forte rumore metallico la svegliò. Metallo contro metallo in un ritmo rapido, intermittente e assordante. Si sedette, provando a ricordare quando avesse già sentito quel rumore. Poi le venne in mente. Le prove antincendio. Una volta al mese, si esercitavano su come uscire dall'edifico in caso di incendio, ma non avevano mai fatto una prova la notte. Lo facevano sempre durante la giornata. A volte, facevano finta che fosse notte e andavano nel dormitorio per imparare come uscire. Ma quella era una prova o era tutto vero?

Viola tirò via la coperta e spinse Evelyn. "Muoviti! Dobbiamo uscire."

Evelyn cascò giù dalla branda e prese la sua scatola dei tesori, con il rumore che diventava più forte. Sorella Honora entrò, battendo un grosso cucchiaio di metallo contro una bacinella. "Mettetevi in fila e uscite come ci siamo esercitati. NON CORRETE! Prendete le vostre coperte e muovetevi velocemente e ordinati."

"C'è davvero un incendio?" chiese Evelyn alla Sorella.

"Sì. Ora vai."

L'impulso di correre era forte, ma Evelyn lo tenne a bada. Un qualche istinto le diceva che se anche una sola persona si fosse lasciata prendere dal panico, tutti l'avrebbero seguita. Strinse la scatola a sé mentre Viola prendeva la coperta dal letto. Si presero per mano e seguirono la fila di ragazze giù nell'atrio. L'odore acre di fumo bruciava le narici di Evelyn. Sorella Magdalene stava nel mezzo del grande atrio, dirigendo le file di bambini verso le porte principali. I ragazzi venivano dall'altro lato, e le due file si muovevano a fianco. Altre due Sorelle stavano alle grosse porte di quercia e le aprivano così che i bambini potessero passare di lì.

Fuori, i bambini si accalcavano nel grande spazio del prato, coperto da diversi centimetri di neve che brillavano sotto la luce della luna. Evelyn era grata di essere andata a letto con le scarpe, ma comunque aveva i piedi freddi, e tremava sotto la coperta insieme a Viola. Le suore stavano in fila tra i bambini e l'edificio in fiamme, ma Evelyn riusciva ancora a vedere le fiamme che che si arrampicavano sul lato dell'edificio come grosse dita gialle e arancioni.

Molti dei bambini più piccoli avevano cominciato a piangere, e Sorella Honora aveva detto a tutti loro di essere coraggiosi. "Siate semplicemente grati che siamo riusciti a uscirne vivi."

"Com'è partito il fuoco?" chiese Viola.

"Nella cucina," disse la Sorella. "Il cuoco ha lasciato il forno aperto per scaldarsi. Della brace deve essere caduta fuori."

Evelyn guardò di nuovo verso il fuoco. Era incredibile che una sola piccola brace avesse potuto causare quell'inferno. Nonostante gli sforzi dei pochi vicini che erano accorsi per provare a fermare l'incendio, sembrava che le fiamme avessero consumato quella che era stata la sua casa per quasi otto anni. Il lato dove c'era la cucina era andato, e l'avido fuoco si era spostato sulla facciata dell'edificio. I secchi d'acqua che la gente aveva buttato sulle fiamme non avevano sortito alcun effetto. Che cosa sarebbe successo adesso che l'orfanotrofio non c'era più?

Dopo qualche minuto, la gente fece un passo indietro e lasciò cadere i secchi, lasciando che l'incendio bruciasse. Il custode, il Signor Mugliardi, corse da Sorella Honora, il suo respiro che si condensava nell'aria fredda. "Oh, che tragedia. Abbiamo fatto del nostro meglio."

"Sì. L'avete fatto. E grazie per l'impegno."

La gentilezza non era una cosa che Evelyn avesse

mai visto in Sorella Honora, e la sua risposta al Signor Mugliardi la sorprese.

"Siete riusciti a chiamare le autorità?" chiese la Sorella al Signor Mugliardi.

"Sì, signora. Stanno arrivando per portare i ragazzi all'edifico vuoto al Lutheran."

"È molto gentile da parte vostra lasciarci usare l'edificio."

"È per i bambini, signora. Dicono che la ragione non abbia importanza quando si tratta di aiutare i bambini."

Evelyn guardò l'uomo alto e scarno allontanarsi. Dov'era quest'altro posto dove sarebbero andate? Quanto era lontano? Sua madre le avrebbe trovate, lì? Strinse la fredda mano di Viola. "Ho paura."

"Anch'io."

Ma Viola non sembrava spaventata. Aveva lo stesso sguardo determinato che Evelyn le aveva visto così tante volte da quando erano state lasciate lì. Quello che Evelyn aveva provato così duramente ad acquisire per se stessa.

6

EVELYN - DICEMBRE 1931

Quella che avrebbe dovuto essere una sistemazione temporanea al Seminario Luterano si trascinò per un altro anno. Durante le prime settimane di permanenza, Evelyn aveva imparato che l'edificio nel quale erano stati portati era usato per ospitare giovani uomini che si preparavano a diventare sacerdoti. Non sapeva che le altre religioni avessero dei seminari. Certo, non sapeva molto sulle altre religioni, ma sapeva dei seminari e dei seminaristi. Tutti i bambini pregavano per loro durante la preghiera della sera. Sorella Honora aveva detto a tutti loro quanto fosse importante pregare per gli uomini che sarebbero diventati guide della chiesa.

Quando si erano rifugiati per la prima volta nell'edificio, era stato con grande gioia che aveva scoperto che il seminario aveva già brande, lenzuola e coperte. Non c'era cibo, invece, così durante il primo giorno lo stomaco di tutti brontolò per la fame finché non furono portate le provviste. Dato che tutto era stato perso nell'incendio, i bambini indossarono per una settimana intera i vestiti con cui erano scappati. Alla fine di quella settimana, arrivarono in dono nuovi vestiti, ed Evelyn fu molto contenta di potersi fare un bagno e indossare qualcosa che non puzzasse di fumo.

Dopo quasi un anno, il ricordo dell'incendio era stato messo in ombra dalla mancanza di cibo. E non c'erano state nuove donazioni di vestiti da un po'. I due vestiti che erano stati dati a Evelyn poco dopo l'incendio le stavano bene al tempo, ma da allora era cresciuta. In più di un modo. Le brave Sorelle erano rapide a sottolineare alle ragazze che i loro seni appena spuntati non sarebbero serviti a niente finché non avessero avuto figli. Non dovevano toccarle, né permettere a nessun altro di toccarle, soprattutto a un ragazzo. Nessuno diceva che quella regola non sembrava applicarsi a Sorella Honora. A volte, la Sorella entrava quando le ragazze facevano il bagno. Per assicurarsi che si stessero lavando adeguatamente, diceva. Ma a volte prendeva una pezza e cominciava a lavare una delle ragazze, soffermandosi a lungo sulle morbide, rotonde sporgenze sul petto.

Evelyn rabbrividiva ogni volta che sentiva arrivare la Sorella. Arrivava sempre nella sala da bagno canticchiando, come per annunciare il suo arrivo. La prima volta fu la peggiore per Evelyn. Le altre ragazze distolsero lo sguardo, affrettandosi a finire di lavarsi per uscire il prima possibile, lasciando Evelyn da sola con la Sorella. Sapevano che cosa sarebbe successo.

Anche Evelyn lo sapeva, e aveva temuto quel momento.

La Sorella prese la pezza dalla mano di Evelyn e la massaggiò delicatamente sui suoi seni in erba, senza dire una parola, solo canticchiando. Evelyn tenne gli occhi bassi, odiando il fatto che quel massaggio le faceva indurire i capezzoli e mandava una scossa di calore alle sue parti intime. Era uno strano miscuglio di repulsione e... Non riusciva a trovare una parola per descrivere l'altro sentimento causato da quella strana sensazione là sotto.

Quando il massaggio finì, Evelyn osò lanciare uno sguardo alla faccia della Sorella. C'era un sorriso, ma in qualche modo le sembrava sbagliato, quasi come un inquietante cartone animato, e non incontrò lo sguardo di Evelyn.

Evelyn aspettò diversi lunghi minuti dopo che la Sorella fu uscita prima di tirar fuori dalla vasca da bagno il proprio corpo gocciolante e raffreddato. Si asciugò in fretta e andò alla pila di vestiti puliti sulla panca. Appoggiato sopra al suo vestito c'era il fazzoletto che la Sorella aveva preso da Evelyn molto tempo prima. Quella vista fermò il respiro in gola a Evelyn. Aveva pianto la perdita di quel fazzoletto per diverse settimane dopo che le era stato preso, ma con il tempo si era fatta forza. In confronto a tutte le altre perdite della sua vita, quella era stata insignificante.

Comunque, allungò la mano, prese il morbido pezzo di stoffa e, tenendoselo contro la guancia, pianse per il breve momento di felicità che le diede.

La settimana successiva, la Sorella entrò di nuovo nella sala da bagno quando c'era Evelyn. Stavolta, la Sorella aveva un sorriso che sembrava più sincero, e un pensiero folle attraversò la mente di Evelyn. Quel sorriso voleva dire che la Sorella era contenta di vederla? Importava alla Sorella? L'averle riportato il fazzoletto era stato una sorta di gesto di scuse per l'orribile trattamento subito da Evelyn nel corso degli anni?

"Grazie per il fazzoletto," disse Evelyn, con la voce rotta.

La Sorella non rispose, fece cenno a Evelyn di finire di spogliarsi. La preoccupazione, mista a uno strano senso di aspettativa, travolse Evelyn mentre l'aria fredda le faceva venire la pelle d'oca. Le emozioni si facevano guerra l'un l'altra mentre lei provava a capire che cosa stesse succedendo al suo corpo. La Sorella allungò una mano e passò le dita sul petto di Evelyn. Ancora una volta, i suoi capezzoli risposero al tocco. Era sbagliato. Evelyn lo sapeva. Ma la faceva sentire tutta tiepida. La Sorella si avvicinò per mettere la mano intorno al piccolo seno, ed Evelyn si chiese se era così che ci si sentiva ad essere amati.

Non aveva mai provato il conforto di appoggiarsi sul seno della madre, o di avere quel tipo di amore, se quello era amore.

Quel giorno, il tocco della Sorella le sembrò diverso e aprì una voragine di desiderio nel profondo di Evelyn. Voleva quel conforto. Quell'amore. Così accorciò la breve distanza tra di loro, allungandosi per toccare la Sorella nello stesso modo in cui lei veniva toccata.

"Smettila," disse la Sorella, scacciando via Evelyn con una spinta su una spalla. Evelyn indietreggiò, scivolando sull'acqua sul pavimento. Cadde forte sul sedere, e un dolore lancinante le scorse sulla schiena.

La Sorella la guardò. "Non farlo mai, mai più."

"Ma..."

"Questa è una cosa sbagliata e peccaminosa."

"Ma..."

"Hai capito?"

Evelyn non sapeva se la verità avrebbe causato ancora più rabbia, così rimase in silenzio. Non capiva. Niente di tutto ciò. Ma pensava che se fosse rimasta sul pavimento bagnato, forse la Sorella non l'avrebbe colpita di nuovo. Annuì in fretta, anche se avrebbe voluto urlare, *perché tu puoi toccarmi senza che sia un peccato?*

Evelyn si alzò, silenziosa, mentre la Sorella ricominciava a canticchiare e continuava a massaggiare il corpo di Evelyn. Non c'era più nessuna fonte di calore. Solo una fredda onda di rabbia e repulsione che faceva rabbrividire Evelyn. La Sorella non sembrò accorgersene. Canticchiò e la massaggiò per qualche altro minuto, poi lasciò cadere la pezza ai piedi di Evelyn e se ne andò.

Evelyn si vergognava così tanto che stavolta non raccontò nemmeno a Viola che cos'era successo. Per tacito accordo, nessuna delle ragazze aveva mai detto molto riguardo a ciò che succedeva nella sala da bagno. Ma Evelyn ne aveva parlato a Viola dopo quella prima volta. Voleva sapere se Viola aveva provato le sue stesse sensazioni quando c'era stata la sua prima visita da parte della Sorella, ma Viola si era rifiutata di parlarne.

Per diverse settimane dopo, Evelyn evitò la sala da bagno. Aveva ancora il compito di asciugare dopo che i bagni erano finiti, e aveva la possibilità di darsi una lavata veloce quando era lì da sola. Tenendosi i vestiti addosso, si lavava in fretta la faccia e metteva la testa nel lavandino per sciacquare lo sporco dai capelli. Tutte le ragazze avevano capelli molto corti, tagliati una volta al mese da un'altra delle brave sorelle, così a Evelyn ci volevano solo pochi minuti per asciugarli con un asciugamano. Poi asciugava in fretta l'acqua e scappava via, sperando che la Sorella non entrasse. Quando Evelyn entrò nel corridoio, per poco non si scontrò con Maria. "Oh, scusa. Ti serve qualcosa lì dentro?" Evelyn fece cenno oltre la sua spalla.

"No. La Sorella mi ha mandato a prendere il resto dei bambini. Dobbiamo andare tutti in mensa."

Che cosa strana. Era metà mattina. Non andavano mai in mensa a meno che non fosse per un pasto.

"Sai per quale motivo?" chiese Evelyn seguendo Maria.

"La Sorella non l'ha detto."

Anche se Evelyn sperava ardentemente che la Sorella avesse delle buone notizie da dargli, un qualche istinto le diceva il contrario, mentre si affrettava a unirsi agli altri bambini riuniti nella fredda mensa. Senza il calore dei forni che mitigavano il freddo e portavano il confortante odore di cibo, il senso di imminente disastro provato da Evelyn si intensificava.

Dopo che gli ultimi bambini furono entrati, Sorella Honora avanzò rigidamente in cima alla stanza e disse a tutti i bambini di sedersi. Per un momento, tutto ciò che si sentì fu lo strusciare delle sedie sul pavimento di legno, poi silenzio. I bambini sapevano di non dover parlare se non interrogati.

"Bambini. Oggi vi porto delle notizie molto difficili. Come sapete, Dio ci ha mandato molte sfide in anni recenti. La Grande Depressione..."

Per un momento, la mente di Evelyn viaggiò. La Sorella continuava a dirlo, "La Grande Depressione," come se fosse qualcosa di meraviglioso, ma Evelyn non sapeva che cosa avesse di così fantastico. Gli ultimi anni erano stati pieni di giorni di fame, di freddo e di miseria.

"... l'orfanotrofio dovrà chiudere."

Evelyn rivolse di nuovo l'attenzione alla Sorella. Che cosa aveva detto?

"Abbiamo fatto degli accordi perché alcuni di voi vadano a lavorare..."

Evelyn si rivolse a Viola. "Di cosa sta parlando?"

"Shhh! Se non fossi stata tutto il tempo con la testa tra le nuvole, lo sapresti."

"L'orfanotrofio chiuderà ufficialmente tra due settimane. Vi incontreremo individualmente per farvi sapere dove andrete a stare. Ecco tutto."

Il silenzio che seguì fu totale; Evelyn riusciva a sentire il battito del suo cuore che batteva contro la cassa toracica. Quello era peggio dell'incendio. Molto peggio. E non era sicura che le piacesse un Dio che poteva far loro una cosa simile.

"E il Natale, Sorella?"

Evelyn si guardò intorno per vedere chi avesse fatto quella domanda. Era stata Marie, e lo sguardo che la Sorella lanciò alla ragazza rese Evelyn grata di non essere stata lei quella ad aver chiesto.

"Non ci sono soldi per il cibo," disse la Sorella. "Come puoi aspettarti un Natale?"

A Evelyn non importava, ma sapeva che i bambini più piccoli speravano in qualcosa di speciale per le feste. L'anno precedente, l'incendio si era preso il Natale. E ora questo? Se solo ci fosse stato un modo. Evelyn alzò la mano. Aveva il coraggio di dire qualcosa? "Oh, scusi Sorella."

"Cosa?"

"Magari se ci fossero dei soldi. Voglio dire... Ho un cucchiaio d'argento. Sarei felice di..."

"Di fare cosa?"

"Potrebbe averlo. Venderlo e..."

La Sorella rise, e quel suono fu tutto fuorché piacevole. "Stupida bambina. Pensi che aiuterebbe? Un solo cucchiaio d'argento non porterebbe abbastanza soldi per comprare neanche un solo regalo, figuriamoci..." La Sorella lasciò svanire la frase facendo cenno verso la folla di bambini. Scosse la testa e si voltò. "Sciocca, sciocca bambina."

Evelyn guardò il pavimento così che nessuno potesse vedere le lacrime che le brillavano negli occhi e poi le scorrevano sulle guance. Quando avrebbe imparato?

Così il Natale arrivò e se ne andò senza che niente rendesse speciale quel giorno. Nemmeno dei fiori sull'altare per la Messa di Natale. Non ci fu altro che porridge da mangiare per tutti i tre pasti della giornata, ed Evelyn provò a non pensare all'anatra arrosto e alla patate che di solito mangiavano per le feste. Il giorno successivo, Sorella Magdalene entrò nella mensa dove Evelyn stava pulendo i tavoli e le diede un colpetto sulla spalla. "Sorella Honora vuole vederti."

"Posso finire di lavare i tavoli? Ne sono rimasti solo due."

"No. Ha detto di andare subito."

"Sì, Sorella." Evelyn andò in cucina per rovesciare il secchio d'acqua nel grande lavello di acciaio. Lavando velocemente lo straccio e strizzandolo, si interrogò su quella chiamata. Raramente le faccende venivano interrotte. Non per una ragione qualsiasi. Perciò, Evelyn portava con sé una bella quantità di preoccupazione mentre si affrettava nella piccola stanza che Sorella Honora aveva trasformato nel suo ufficio. Non era sistemato bene come lo spazio che aveva al San Aemilian, ma la Sorella era comunque riuscita a dare un'aria di ufficialità alla stanza. Quando Evelyn entrò, Sorella Honora le fece cenno di sedersi sulla sedia di legno di fronte alla scrivania, che era invasa di carte. La Sorella sedeva dall'altra parte e stava frugando tra le scartoffie. Ne tirò fuori una e alzò lo sguardo su Evelyn. "Abbiamo trovato un lavoro per te."

"Un lavoro? Dove? A fare...?"

"Per favore non interrompermi. Ti dirò tutto quello che ti serve sapere, e non farai domande. Hai capito?"

Evelyn annuì, e la Sorella guardò le carte mentre parlava. "Starai con una famiglia a Milwaukee. Hanno bisogno di una ragazza per occupasi dei bambini e aiutare con le faccende di casa." Sorella fece una pausa e fece un'annotazione sul foglio di fronte a lei. "Il lavoro non è diverso da quello che hai fatto qui."

Evelyn inghiottì l'impulso di chiedere di Viola. Dove sarebbe andata? Sarebbero state divise? O era possibile che sarebbero andate nello stesso posto?

"Riguardo al tempo che hai trascorso qui." La Sorella fece una pausa e incrociò lo sguardo di Evelyn. "Non ne parlerai. Mai. Non una parola su niente. È chiaro?"

Evelyn inghiottì forte e annuì appena.

"La privacy è di primaria importanza." La Sorella enfatizzò ciascuna parola con un forte colpo della penna sulla sua scrivania. "Quando non abbiamo nient'altro, abbiamo sempre la nostra privacy. Non è vero?"

Evelyn non sapeva se la Sorella volesse davvero una risposta, ed Evelyn avrebbe avuto il coraggio di dire la verità? Non c'era stata alcuna privacy da quando era arrivata lì. Le suore guardavano costantemente i bambini. Nelle classi. Nella mensa. Una delle

Sorelle camminava anche per il dormitorio la notte dopo che le luci erano state spente. Poi c'era quello che succedeva nella sala da bagno ma di quello, Evelyn decise, non avrebbe mai parlato. Era troppo orribile. Troppo vergognoso perché se ne potesse mai parlare a voce alta con un'altra persona.

Così, invece di dire qualcosa, Evelyn annuì di nuovo. Stava diventando brava ad annuire, anche quando avrebbe voluto gridare.

"Questo è tutto," disse la Sorella. "Sarai portata nella tua nuova casa alla fine della settimana." Quando Evelyn non si mosse, la Sorella fece cenno verso la porta. "Puoi andare."

Evelyn si alzò e si avviò verso la porta, poi si voltò. Non aveva pianificato di farlo. Aveva previsto di uscire in silenzio come la bambina ubbidiente che avrebbe dovuto essere, ma doveva sapere. "Per favore, Sorella? Che ne sarà di Viola?"

Quello sguardo fu come una doccia di acqua gelata. "Che cosa ho appena detto della privacy, signorina? Queste sono informazioni che non ti riguardano."

"Ma..."

"Puoi andare."

Evelyn strinse le labbra forte per evitare di dire qualcos'altro e uscì.

Il giorno in cui sarebbe dovuta partire, Evelyn stava vicino alla branda con Viola. Anche sua sorella se ne sarebbe andata quel giorno, ma non sapeva ancora dove. Avevano entrambe delle piccole valigie aperte, per impacchettare le loro misere cose. Evelyn guardò sua sorella. "Non voglio andare da qualche parte senza di te."

"Non spetta a noi decidere. Smettila di fare la bambina."

"Non sto facendo la bambina." Evelyn spinse da una parte la biancheria per far spazio alla scatola di sigari con i suoi tesori. "È solo che non voglio che ci separino."

Viola si avvicinò e abbracciò Evelyn. "Lo so. Mi dispiace."

Evelyn rimase nell'abbraccio per alcuni momenti, poi chiese, "Riusciremo a vederci?"

"Non lo so. La Sorella ha detto che le sistemazioni sono private."

"L'ha detto anche a me. E non lo capisco." Evelyn si allontanò da sua sorella e chiuse la valigia. "Ciascuna dovrebbe sapere dov'è l'altra. Non so se posso sopravvivere senza di te."

"Non essere sciocca. Certo che puoi. Sei più forte di quanto pensi."

Evelyn sorrise a sua sorella, volendo credere a quelle parole, ma non si sentiva forte. Non era sicura di cosa volesse dire essere forte.

"Sai che giorno è oggi?" chiese Viola.

Evelyn scosse la testa.

"È il Primo dell'Anno. Un Nuovo Anno. Un nuovo inizio." Viola sorrise, ma Evelyn non riusciva a capire se quel sorriso fosse reale o solo improvvisato per farla sentire meglio.

Viola chiuse la sua valigia, poi la sollevò e uscì, gridando, "Abbi cura di te, sorellina."

Guardando sua sorella unirsi a Sorella Magdalene, che avrebbe portato Viola alla sua nuova a casa, Evelyn singhiozzò per le lacrime che non riuscì a trattenere. Non stava piangendo per sua sorella. Viola sarebbe stata bene. Era quella forte. Evelyn piangeva per se stessa. Ora sua madre non l'avrebbe mai trovata. A Viola non sembrava importare, ma a Evelyn importava. Le importava così tanto che quasi le toglieva il fiato.

7

EVELYN - GENNAIO 1932

EVELYN, INDOSSANDO UN VESTITO DA CASA sbiadito che qualcuno aveva donato all'orfanotrofio, aspettava sotto il portico con la sua tracolla in una mano. L'altra mano era stretta con forza da Sorella Honora. Si trovavano di fronte a una porta che era al centro della più grande casa che Evelyn avesse mai visto - con ogni probabilità quattro o cinque volte più grande di quella in cui viveva con Miss Beatrice. Il portico si estendeva lungo la facciata e su un lato della casa, e delle imponenti colonne bianche sostenevano un balcone.

La Sorella bussò forte alla porta e, pochi istanti dopo, si sentirono dei passi. Allora la pesante porta di legno si aprì rivelando una bella, giovane donna dal sorriso luminoso. Un bambino, che indossava pantaloni corti e un bavaglino su una camicia bianca, giocava intorno alla gonna ampia della donna. Sembrava sui quattro anni.

"Signora Hershlinger?" chiese la Sorella.

La donna annuì.

"Questa è la bambina di cui parlavamo la scorsa

settimana." La Sorella spinse Evelyn un po' più vicino alla porta aperta. "È una brava lavoratrice."

"Sì. Come mi ha detto al telefono." La donna si fece da parte. "Entrate."

Evelyn seguì Sorella Honora dentro casa e vide il bambino scorrazzare per l'ingresso, le sue scarpe di pelle che facevano rumore sul pavimento. Girò dietro a un angolo e sparì. "Lui è Jonathan," disse la donna. "È un po' timido. Prego, seguitemi."

Le accompagnò in un salotto che conteneva molti pezzi di ottimo mobilio, il più grande dei quali era un divano rivestito di stoffa a fantasia floreale. Il tessuto era così brillante che poteva essere seta. Evelyn esitò nel sedervisi anche se la signora le aveva invitate a farlo, ma la Sorella non aveva simili scrupoli. Si sedette in fretta, tirò fuori diverse carte da una valigetta di pelle e le consegnò alla signora. "Queste sono tutte le informazioni che abbiamo sulla bambina."

"Evelyn, giusto?" La donna sorrise a Evelyn. "È un bellissimo nome. Il mio nome è Sarah Hershlinger. Il cognome è difficile da pronunciare, quindi puoi chiamarmi Sarah."

"Alle ragazzine non è permessa una simile confidenza," disse la Sorella. "La chiamerà Signora Hershlinger o Signora."

"Sì, signora," disse Sarah, poi fece l'occhiolino a Evelyn.

Fu allora che Evelyn sentì che forse non sarebbe stato così male. Sulla via per quella casa, la Sorella le aveva raccontato che quella famiglia era stata abbastanza fortunata da mantenere la propria ricchezza durante la Grande Depressione, e anche Evelyn era fortunata a poter lavorare lì. La Sorella aveva detto che avrebbe avuto una stanza per sé, ma Evelyn non sapeva che effetto le avrebbe fatto. Odiava essere divisa da Viola. Non riusciva nemmeno a ricordarsi un tempo in cui loro due non erano state insieme, e sarebbe stato così strano. Dormire da sola. Nessun corpo tiepido a cui accoccolarsi quando faceva freddo. Anche se magari il freddo non sarebbe stato un problema in quella casa. Era molto tiepido in quel bel salotto. Si sedette con cautela sul bordo di uno dei cuscini del divano e appoggiò la sua piccola valigia sul pavimento accanto ai piedi.

"Questo è l'accordo tra lei e la Casa per Orfani San Aemilian." La Sorella tirò fuori altri due fogli di carta dalla valigetta. "Lei accetta di garantire vitto e alloggio alla bambina orfana di nome Evelyn Gundrum in cambio di faccende domestiche e di cura dei bambini."

"Potremmo anche darle un piccolo stipendio."

"Non è necessario. I bambini non lavorano per soldi."

"Tutte le ragazzine hanno bisogno di qualcosa in tasca da spendere per le cose speciali." Sarah sorrise a Evelyn, poi guardò di nuovo la Sorella. "Sarebbe un problema per il San Aemilian?"

La Sorella esitò per un momento, assumendo quell'espressione che la faceva sempre tremare, ed Evelyn temeva che la Sorella insistesse per non farle ricevere soldi. "Certo che no," disse la Sorella, con un tono che faceva intendere che non le andava del tutto bene. "Questo è tra lei e la bambina."

Adesso Evelyn era sicura che le sarebbe piaciuto lì, e che anche Sarah le sarebbe piaciuta. Quello era un altro lato della Sorella che non aveva mai visto. Arrendersi a qualcuno.

"Se per favore mi può firmare entrambe le copie

del contratto," disse la Sorella. "Ne lascerò una a lei."

Appena Sarah ebbe firmato i documenti, la Sorella prese la sua copia. "Bene. Questo chiude la trattativa. Se la bambina dovesse essere insolente o darle qualsiasi problema, una bella ripassata la rimetterà in riga."

"Sono certa di sì."

La trattativa si concluse, la Sorella si alzò e Sarah fece lo stesso, così anche Evelyn si mise in piedi. Prima di andarsene, la Sorella si rivolse a Evelyn. "Bada alle tue maniere. Non c'è nessun posto dove potrai andare se ci saranno problemi."

Un tremito di paura scosse Evelyn. "Sì, Sorella."

"Molto bene, allora." Sorella Honora raddrizzò la schiena e uscì dalla stanza. Sarah la seguì, ma Evelyn non si mosse. Era ancora paralizzata dalla paura. Non riusciva a immaginarsi di restare tutta sola lì fuori nella grande città. Provò a sorridere quando Sarah tornò, ma dentro tremava.

"Stai bene?" chiese Sarah. "Sei così pallida."

"Farò qualsiasi cosa lei mi chieda." Evelyn non riuscì a trattenersi. "La prego non mi cacci via."

"Oh, cara." Sarah prese il braccio di Evelyn e la guidò verso una sedia. "Non abbiamo nessuna intenzione di cacciarti. Siamo noi che abbiamo chiesto una ragazzina dolce come te."

"Davvero?"

Sarah sorrise. "Sì. E sapevo che saresti stata perfetta."

Evelyn non sapeva che cosa rispondere. Nessuno le aveva mai parlato come quella signora. E nessuno l'aveva mai chiamata perfetta.

Dopo un momento, Sarah disse, "Sei pronta a conoscere i bambini? Credo che Jonathan sia andato nella stanza dei giochi."

Evelyn prese la sua valigia e seguì Sarah, che le fece strada verso una stanza sul retro della casa. Quando entrarono, fu come entrare in un regno magico. Accese pareti giallo limone illuminavano la stanza e scaffali rossi, blu e verdi coprivano tre pareti. Alcuni degli scaffali contenevano libri, altri traboccavano di piccoli giocattoli e puzzle. La quarta parete aveva dei tavoli e delle sedie ai lati di una grande finestra.

In mezzo alla stanza c'era una casa delle bambole - una casa delle bambole molto grande. Una bambina con dei codini biondi sedeva sul pavimento spostando delle bambole da una stanza all'altra della casetta. Sembrava un po' più grande di Jonathan, e indossava un vestito rosso con delle balze bianche intorno al collo e all'orlo. Le sue gambe erano piegate da una parte, e delle luccicanti scarpe nere sbucavano dal vestito. Evelyn rimase meravigliata di fronte a quanto era carina quella bimba.

"Abigail," disse Sarah. "Per favore alzati e di' ciao a Evelyn. È la ragazza che è venuta a lavorare qui. Ti ricordi, ti ho parlato di lei la scorsa settimana."

"Sì, Mamma." La bambina si alzò maldestramente in piedi e si avvicinò. "Ciao, Evelyn. Speriamo che ti piacerà stare qui."

"Dov'è tuo fratello?" chiese Sarah.

"Si nasconde nel suo fortino." Abigail indicò un angolo della stanza nascosto da una torre di scatole.

Sarah rise. "Ad Abigail piace giocare con i suoi giocattoli nuovi. A sua fratello piace giocare con le scatole in cui sono stati consegnati."

Avendo la scelta, anche a Evelyn sarebbe piaciuto

costruire qualcosa con le scatole, ma si tenne quel pensiero per sé. Non avrebbe saputo dire se Sarah approvasse il gioco del bambino oppure no, e non voleva rischiare di suscitare alcuna disapprovazione.

"Jonathan," disse Sarah. "Vieni fuori un secondo. Evelyn starà qui con noi nel futuro prossimo, quindi per favore fai il gentiluomo e vieni a conoscerla."

Jonathan tolse di mezzo una sezione delle scatole e sbucò fuori. Aveva gli stessi capelli castano chiari di sua madre e di sua sorella, ma aveva un po' di difficoltà a guardare Evelyn.

"Ciao, Jonathan," disse Evelyn.

La sua risposta fu a malapena un borbottio.

"Mi piace il tuo fortino," disse Evelyn.

"Davvero?" A quel punto alzò lo sguardo, gli occhi azzurri che brillavano di entusiasmo. "Vuoi giocare?"

Sarah sorrise. "Non adesso," disse. "Potrà giocare con te più tardi. Deve prima sistemare le sue cose."

La stanza di Evelyn era in cima a una lunga rampa di scale sul retro della casa. La scala era subito accanto alla cucina, così vi si fermarono in modo che Evelyn potesse conoscere la cuoca, Hildy, prima di salire al piano di sopra. "Tutti i servitori sono sistemati su questo piano," disse Sarah quando raggiunse la cima delle scale. "Oltre a Hildy, abbiamo Genevieve, la domestica. La aiuterai con le sue faccende."

"Sì, signora."

"Il Signor Martinelli, il custode, vive in una piccola stanza sopra alle stalle, quindi non ci sono uomini su questo piano."

La stanza che sarebbe stata di Evelyn era alla fine del piccolo corridoio. "Devo scusarmi. Questa è la più piccola delle stanze del piano di sopra," disse Sarah, aprendo la porta.

Evelyn non riusciva a immaginarsi perché la donna si scusasse per la stanza. Lo spazio era adeguato. Anzi, più che adeguato. Il letto era stretto, ma in questo modo lasciava spazio per un tappeto che sembrava molto caldo e soffice per camminarci a piedi nudi. Una piccola scrivania d'acero si trovava sotto a una finestra con delle belle tende bianche tenute aperte da fiocchi dorati, e sul lato opposto al letto c'era un alto cassettone, anch'esso di acero. C'erano così tanti cassetti; Evelyn si chiese se sarebbe mai riuscita a riempirli tutti.

"Oh, è molto carina," disse Evelyn.

"Hildy ha pulito ieri la stanza per te." Evelyn entrò e guardò se fosse rimasta della polvere sulla scrivania. "Ma da ora in poi, sarà tua responsabilità tenerla pulita e ordinata."

"Sì, signora."

"Oh, ti prego chiamami Sarah."

"Sì, signora." Evelyn si sentì le guance arrossire. "Voglio dire, ci proverò."

Sarah rise. "Puoi mettere le tue cose nel cassettone. Il Signor Martinelli deve essersi dimenticato di portare l'armadio. Per ora, puoi appendere i tuoi vestiti a quel piolo nell'angolo."

"Dice che devo togliermi il vestito?"

"Che cosa? No. Intendevo i tuoi altri vestiti."

"Non ho altri vestiti."

Sarah sembrò scioccata, ma lo nascose presto con un sorriso. "Oh. Capisco. Beh, dobbiamo rimediare."

E Sarah rimediò. Nel giro di un mese, l'armadio nella stanza di Evelyn conteneva quattro nuovi vestiti, un cappotto lungo, e una giacca. Quello stesso mese,

Evelyn si era anche abituata a una comoda routine. Il lavoro era quasi una vacanza paragonato alla pulizia del pavimento all'orfanotrofio, che le lasciava le dita ferite e sanguinanti. Lì, Evelyn spolverava e passava il battitappeto nel salotto al piano terra tutti i giorni. Sarah lo voleva sempre pulito, nell'eventualità che qualcuno dei suoi amici fosse passato a trovarla. Evelyn dava anche una mano alla cuoca, tagliando verdure, sbucciando patate e tagliando la carne a fette sottili per i bambini, che consumavano molti dei loro pasti in cucina con Evelyn e gli altri servitori.

Quella gentilezza era meravigliosa, ma Evelyn aveva paura che non sarebbe durata, quindi stava attenta a non far nulla che potesse cambiare la situazione facendo arrabbiare Sarah o suo marito.

Un giorno, dopo che Evelyn era lì da quasi due mesi, Sarah annunciò che avrebbe tenuto una cena il sabato successivo e chiese a Evelyn se le sarebbe piaciuto aiutare a servire. "Puoi aiutare Hildy a portare i piatti al tavolo da pranzo e reggerli così che gli ospiti possano prendere quello che vogliono."

"Volentieri," disse Evelyn.

"Bene. Ti procurerò un bel grembiule bianco da indossare sopra al tuo vestito grigio."

Quel sabato sera, Evelyn si legò il grembiule intorno alla vita e sistemò la parte superiore del vestito così che le balze non si spiegazzassero. Non vedeva l'ora di aiutare Hildy e mostrare a Sarah che era in grado di fare qualsiasi cosa le venisse chiesta.

"Ecco." Hildy passò a Evelyn un vassoio. "Questi sono antipasti. Usa queste pinze d'argento per metterne uno su ciascuno dei piattini sul tavolo. Ricordi cosa ti ho detto sui piatti e l'argenteria?"

"Sì, signora. Il piattino vicino al bicchiere per

l'acqua è per gli antipasti." Evelyn annuì guardando il vassoio che teneva in mano. "Lo userò anche per portare il pane. Poi lo porterò via."

"D'accordo. Bene."

Evelyn si recò nella sala da pranzo, notando il sorriso che Sarah le aveva rivolto, e portò gli antipasti con attenzione. Prima ne aveva assaggiato uno in cucina e non le era piaciuto. Una specie di roba di pesce su un piccolo cracker.

Tutto andò per il meglio fino a che Evelyn non si trovò ad aiutare Hildy con il piatto principale. Il vassoio con il grande tacchino arrosto era stato messo di fronte alla Signora Herschlinger perché fosse tagliato e servito, e Hildy portava tra gli ospiti una grande ciotola di patate. Evelyn la stava seguendo con un grande recipiente di salsa e, quando provò a infilarsi tra due sedie per servire la signora sulla sua destra, l'uomo sulla sinistra si piegò troppo e colpì il braccio di Evelyn. Della salsa fuoriuscì dal recipiente e finì sul vestito della signora. Lei si alzò immediatamente in piedi e usò il tovagliolo per ripulire quel disastro.

Evelyn rimise gelata per un momento poi guardò Sarah. "Mi dispiace davvero. Per favore non mi picchi. Per favore! Non lo farò più. Prometto che sarò buona."

Le parole le uscirono come un treno in corsa, e Sarah si alzò, avvicinandosi velocemente verso Evelyn. Evelyn mostrò un'espressione terrorizzata a Sarah, che la guardò a lungo. Allora Sarah disse, "Cara, non c'è problema. È stato un incidente. E lei non è arrabbiata. Io non sono arrabbiata. Non avere paura."

"Quindi non mi picchierà?"

"Oh, Gesù caro, no." Sarah attraversò lo spazio che le divideva e prese Evelyn tra le braccia, mormorando, "Va tutto bene. Va tutto bene. Va tutto bene. Non devi aver paura. Nessuno qui ti picchierà. Te lo prometto."

Nonostante la promessa, Evelyn non riusciva a rilassarsi completamente. Prestava estrema attenzione a tutto quello che faceva, la memoria del sonoro schiocco del bastone di Sorella Honora non si era mai allontanata dalla sua mente.

La maggior parte delle sere, Evelyn aiutava i bambini con il bagno, anche se a volte Sarah se ne occupava personalmente, e facevano quotidiane passeggiate intorno alla proprietà così che i bambini potessero prendere aria fresca.

Quasi sempre i bambini erano rispettosi e collaborativi, ed Evelyn si godeva le passeggiate. Le faccende erano semplici e le lasciavano molto tempo per stare con i bambini nella stanza dei giochi o a leggere in salotto.

Il Signor Hershlinger era di una pasta molto più dura di quella di sua moglie, ed Evelyn a volte credeva che assomigliasse molto a Sorella Honora, tutto rigido e formale ed esigente. Durante la settimana lavorativa stava in città per lavoro, a volte si tratteneva la notte, e quando la sera tornava alla casa in campagna era sempre piuttosto tardi. Preferiva cenare da solo con sua moglie. Mentre aspettava suo marito, Sarah spesso sedeva in cucina e guardava mentre tutti gli altri mangiavano, spizzicando un pezzo di carne o una mollica di pane. Sedersi intorno al tavolo in quel modo faceva sempre tornare alla memoria i pranzi con Miss Beatrice, ed Evelyn si accorse presto che Sorella Honora aveva avuto ragione. Era davvero fortunata a essere lì.

I fine settimana erano speciali. Tutti i sabati, che ci fosse pioggia o bel tempo o neve, la famiglia faceva un picnic nel grande gazebo bianco nel giardino sul retro, coinvolgendo sempre Evelyn. Quei picnic, con il pollo fritto, l'insalata di patate e il pane fatto in casa, erano deliziosi, e i bambini si rincorrevano sull'erba, giocando ad acchiappino. Era un gran divertimento, e persino il Signor Hershlinger perdeva un po' della sua rigidità e rideva di fronte ai giochi dei bambini. A volte, portavano i cestini di cibo e i giocattoli in un parco vicino dove c'erano altalene e scivoli per giocare. Evelyn adorava l'altalena, levarsi su in alto e lontano, immaginando di poter librarsi nel cielo.

La domenica, l'intera famiglia andava in chiesa la mattina. I servitori non erano obbligati ad andare ma se volevano potevano seguirli. A Evelyn piaceva andare a Messa. Le piaceva la solennità di tutta l'esperienza. Lo spazio scuro adorno di bellissime opere d'arte. La musica solenne che volteggiava dall'enorme organo e riempiva tutti gli angoli. Le piaceva persino ascoltare le parole in latino. Non provava nemmeno a seguire il messale, preferendo chiudere gli occhi e lasciare che i suoni le arrivassero in un lieve, dolce mormorio.

Dopo la chiesa, la famiglia si riuniva per un grande, sontuoso pasto. Era l'unico giorno della settimana in cui ai bambini era permesso di mangiare nella sala di pranzo. Il Signor Hershlinger preferiva un'atmosfera più formale dei picnic per le cene della domenica, quindi Evelyn aveva la responsabilità di assicurarsi che i bambini si comportassero bene e usassero le buone maniere. I bambini potevano parlare solo se interpellati, e Sarah a volte si curava di fargli una domanda, ma solo una.

Nonostante la rigida formalità dei pasti, questi erano sempre piacevoli, e la vita era così più bella rispetto a quella all'orfanotrofio. A volte Evelyn fingeva di non essere solo una servitrice. Fingeva di essere davvero parte di quella bellissima famiglia.

Le giornate erano sempre così piene che Evelyn aveva a malapena il tempo di pensare a sua madre o a sua sorella. Era la notte che si interrogava su di loro. Dov'erano? Che cosa stavano facendo? La nostalgia di sua sorella le causava un dolore che la trafiggeva come un pugnale nel petto, e non poteva fare a meno di chiedersi se lei a Viola mancasse così disperatamente. Il pensiero di non mancarle le faceva sempre venire le lacrime agli occhi, ma Evelyn faceva del suo meglio per tenersi la tristezza per sé. Che cosa poteva volere di più della gentilezza che aveva trovato lì?

8

REGINA - 1938

La taverna era poco popolata per un sabato sera, ma in fondo era ancora presto. Probabilmente si sarebbe riempita dopo le nove. Regina e Henry avevano cominciato a tornare regolarmente lì nel posto in cui si erano conosciuti, e lei amava soprattutto ricordare quella bellissima sera che aveva cambiato così drasticamente la sua vita. Anche se ora erano sposati da più di dieci anni, Henry era ancora molto romantico e, quella notte, le aveva regalato una rosa rossa da indossare sul bavero del cappotto.

Lei lo guardò attraverso la nebbia di fumo che volteggiava per la stanza, cavalcando la brezza creata dalle ventole che pendevano dal soffitto. Lui sorrise. Il suo sorriso aveva il potere di farla sciogliere dall'interno.

Appoggiò il suo boccale di birra sul tavolo, prese un respiro profondo, e poi disse, "Voglio che tu trovi le mie bambine."

Henry si chinò in avanti come se non avesse sentito bene. "Cosa?"

"Sei in grado di trovare le mie bambine?"

Lui sollevò una mano. "Aspetta. Torna indietro. Quali bambine?"

Regina riusciva a stento a far passare le parole oltre il groppo che aveva in gola. Era come se un grosso serpente le si fosse attorcigliato intorno al collo. "Le mie figlie."

"Hai dei bambini?" Lui la guardò per un lungo istante. "Perché non me l'hai detto?"

"Avevo paura."

"Di che cosa?"

"Che mi avresti lasciata."

Regina ci aveva pensato per settimane, ma le ci era voluto tutto quel tempo per avere il coraggio di chiedere a Henry. Ora lo guardava con attenzione attendendo la sua risposta. Era arrabbiato? Avrebbe fatto come John e l'avrebbe lasciata? A Henry ci volle così tanto per rispondere che la sua paura aumentò. I palmi delle sue mani erano bagnati di sudore, eppure tremò per un brivido improvviso.

Henry prese un lungo sorso di birra e poi mise il boccale sul tavolo, appoggiandolo esattamente sul cerchio di condensa che aveva lasciato prima. "Sono deluso."

Regina avrebbe voluto chiedergli perché, ma aveva paura.

"Me l'hai tenuto nascosto? Per tutto questo tempo?"

"Lo so. Lo so. Avrei dovuto dirtelo subito. Ma dopo John... quando gli ho detto delle mie bambine... non le voleva."

"Come si può non volere dei bambini?"

Quella domanda la colse di sorpresa. E fece un po' male. Forse stava giudicando anche lei?

Negli anni in cui erano stati sposati, Regina aveva

parlato a Henry di Frank e John, evitando accuratamente il fatto di avere due figlie. Era stata probabilmente la vergogna, più di qualsiasi altra cosa, ad aver custodito quel segreto.

"Parlamene, Regina. Dimmi tutto."

E così fece. Senza tralasciare nulla. Fissandolo per tutto il tempo, cercando un qualche segno di risposta. Non ce ne furono.

"Continui a chiamarle 'le tue bambine'. Come si chiamano?"

"Viola ed Evelyn."

Henry prese un altro sorso di birra, poi disse, "Avete avuto contatti da quando le hai lasciate all'orfanotrofio?" "Molto pochi."

Non ci fu risposta a quest'affermazione, e Regina tamburellò le dita sul tavolo in un ritmo leggero. L'espressione di Henry era indecifrabile.

Lui sospirò, poi chiese, "Perché ora?"

"Perché ora cosa?"

"Perché vuoi cercarle ora?"

Regina ci pensò per un lungo momento prima di rispondere. "Perché vorrei vedere come sono diventate."

"È solo per questo?"

"No." Deglutì forte, con le lacrime che le bruciavano gli occhi. "Voglio dire loro che mi dispiace."

Henry allungò il braccio e prese la sua mano nella sua. Era tiepida e rassicurante. "Quando hai avuto le ultime notizie su di loro?"

"Circa sei o sette anni fa. L'orfanotrofio ha dovuto chiudere. Non so dove siano andate le bambine."

"Nessuno te l'ha detto?"

Regina scosse la testa. "L'ultima volta che ho chiamato, la superiora non c'era. Quella che ha risposto al telefono ha detto che non poteva dirmi niente sulle bambine."

Dopo un altro lungo istante, Henry sospirò e disse: "Allora non ci resta che trovarle."

Non era un commento campato in aria. Era un poliziotto di Detroit, quindi poteva chiedere aiuto alla polizia di Milwaukee come favore professionale. "Sono sicuro che potranno aiutarmi nel localizzare le bambine."

"Non sono più bambine," disse Regina. "Sono grandi."

"Lo so," disse Henry. "Ma erano bambine quando hai perso i contatti con loro. Ed erano bambine quando sono andate all'orfanotrofio. Ed è lì che è probabile trovare qualche traccia di dove sono state mandate dopo."

Regina finì la sua birra, divisa tra la smania di rivedere le sue figlie e la paura di come sarebbe potuta essere una riunione. Era così silenziosa che Henry finalmente le toccò il braccio. "Stai bene?"

"Sì. Penso di sì. Voglio dire, certo."

"Mi ci vorrà un po' di tempo per abituarmici. Ma mi piacciono i bambini."

Regina gli mostrò un sorriso debole. "Lo so."

Ci volle qualche mese, ma alla fine un avvocato che aveva gestito gli accordi di lavoro per i bambini che erano stati all'orfanotrofio trovò gli indirizzi di entrambe le ragazze. Henry si occupò della corrispondenza tra Milwaukee e Detroit al lavoro, e un giorno tornò a casa con la buona notizia. Non si tolse nemmeno il cappotto e il cappello prima di consegnarla a Regina, che era in cucina a preparare la cena.

Regina guardò le informazioni che Henry aveva avuto dal sua collega e scritto nella sua precisa calligrafia sul retro di una busta. Non disse nulla per un tempo infinito. Guardava le parole e i numeri che componevano i due indirizzi di Milwaukee.

Henry si tolse il cappello e si sfilò dal cappotto. "Se vuoi andarci, posso prendere qualche giorno libero, e possiamo andarci in macchina. Abbiamo bisogno di una vacanza."

"Non so se dovrei presentarmi così." Regina si sedette al tavolo, non sicura che le gambe avrebbero continuato a reggerla. Era stordita. Non si aspettava che l'investigatore avrebbe davvero trovato le ragazze. "L'ultima volta che mi hanno vista è stata quando le ho lasciate all'orfanotrofio. Magari non vogliono vedermi."

"O magari vogliono."

Regina gli fece un piccolo sorriso. "Sei sempre così ottimista."

"Uno di noi deve pur esserlo." Henry appoggiò il cappotto sullo schienale di una sedia e andò al fornello per accendere il fuoco sotto la caffettiera di alluminio. "Vuoi del caffè?"

Regina annuì. "Forse dovrei prima mandare una lettera, dire loro che mi piacerebbe andare a trovarle."

"Potresti farlo." Henry prese due tazze bianche da una credenza.

"Nella lettera dovrei scrivere la data specifica in cui potrei andare?"

"Certo."

Regina consultò il calendario appeso al muro sopra il telefono. "Tra quattro settimane? Potrei imbucare la lettera domani. Sai quanto ci vuole perché una lettera arrivi lì?"

"Non lo so." Henry portò le tazze di caffè sul tavolo. "Forse una settimana?"

"Allora forse dovremmo aspettare che loro ci rispondano."

"Bevi il tuo caffè." Henry si sedette e le fece cenno. "Vedrò quando mi danno dei giorni liberi al lavoro. Poi decideremo una data in cui andare."

"Ma volevo inviare una lettera domani." Regina tornò al tavolo. "Prima di cambiare idea."

Henry sorrise. "Allora manderemo più avanti un'altra lettera con la data. Possiamo permetterci due francobolli."

Regina rise. Henry riusciva sempre a farla ridere.

Evelyn chiuse il libro che stava leggendo quando Sarah entrò nella biblioteca. Anche Jonathan e Abigail avevano dei libri. Quella era l'ora di lettura, che veniva rispettata tutti i giorni. I bambini non avevano più bisogno di aiuto per leggere. In realtà, avevano di gran lunga superato l'abilità di lettura di Evelyn e spesso la aiutavano con le parole che non capiva. Sarah raggiunse Evelyn, la quale sedeva sulla comoda sedia in stile Queen Anne che era la sua preferita. "È arrivata una lettera per te," disse Sarah, consegnandole una piccola busta bianca.

"Per me?" Evelyn non riusciva a ricordarsi l'ultima volta che era arrivata una lettera per lei.

"Sì. È timbrata Detroit, Michigan."

Detroit? Evelyn non conosceva nessuno lì. Chi al mondo poteva averle mandato una lettera da così lontano?

"La apri adesso?" chiese Sarah. "O preferisci aspettare di essere sola nella tua stanza?"

"No. Va bene." Evelyn infilò un'unghia sotto il

risvolto della busta e lo alzò. Dentro c'era un solo foglio di carta. Lesse le prime righe del testo, sbatté le palpebre, poi le lesse di nuovo.

Le lacrime le riempirono gli occhi e una le scese calda sulla guancia.

"Oh, no," disse Sarah. "Ti sono arrivate delle brutte notizie?"

Evelyn scosse la testa. "È da parte di mia madre."

I bambini erano presi dai loro libri e non stavano prestando attenzione, ma Sarah fece segno a Evelyn di andare dall'altro lato della stanza. Si sedettero su due sedie che fiancheggiavano un tavolino nell'angolo. "Credevo che fossi orfana," disse Sarah. "Hai lavorato per noi tutto questo tempo e non ci hai mai detto che tua madre era viva?"

"Mia madre non è mai stata una argomento semplice di cui parlare."

"Capisco." Sarah fece una pausa. "Vuoi dirmi che cosa c'è nella lettera?"

Evelyn alzò le spalle.

"È stato solo il fatto di avere notizie da tua madre che ti ha fatta piangere?"

"In parte." Evelyn sospirò. "Vuole venire qui."

"Oh." Sarah appoggiò la schiena alla sedia. "Sarebbe una cosa negativa?"

Evelyn alzò di nuovo le spalle. Non sapeva se sarebbe stata una cosa negativa o meno. Non sapeva come sentirsi a riguardo. Era stordita.

Dopo qualche secondo, Sarah chiese, "Perché tua madre vuole venire a trovarti?"

"Ora vive a Detroit. Con un nuovo marito. Vuole che noi lo conosciamo."

"Noi?"

"Io e mia sorella."

"Hai una sorella?"

Evelyn annuì. "Si chiama Viola."

Sarah lanciò uno sguardo ai bambini che erano ancora presi dai loro giochi, poi si rivolse di nuovo a Evelyn. "Una madre e una sorella? Sono così stupita che tu sia riuscita a tenerlo segreto."

"Prima di venire qui, Sorella ha detto che era una cosa privata, e noi avremmo dovuto tenerla privata."

Nel silenzio che seguì, Evelyn si chiese se Sarah fosse arrabbiata e provò in fretta a difendersi. "A volte ho pensato di dirtelo," disse Evelyn. "Sei stata così gentile e..."

"Non c'è problema." Sarah interruppe il suo flusso di parole. "Hai fatto bene a fare come ti era stato detto. Ero solo sorpresa. Tutto qui. Mi sono chiesta in passato perché le Sorelle non ci avessero dato più informazioni su di te, ma mi ero immaginata che fossi semplicemente un'orfana, e quindi non ci fosse molto da dire."

Evelyn si mise a muovere il risvolto della busta avanti e indietro e avanti e indietro finché Sarah non allungò la mano e la fermò. "Che cosa vuoi fare?" chiese Sarah.

"Non lo so."

"Tua madre ha richiesto una risposta?"

Evelyn annuì. "Vuole sapere dove possiamo incontrarci."

Evelyn cominciò a dire qualcosa, poi si fermò per un momento, battendosi un dito contro il mento. Finalmente, il tamburellare si fermò, e Sarah chiese, "Sai dov'è tua sorella?"

"No. Solo che è andata a lavorare con una famiglia da qualche parte vicino a Milwaukee."

"Ma tua madre sa dov'è?"

Evelyn tirò fuori la lettera e la lesse di nuovo. "Sì. Mia madre dice di aver mandato una lettera anche a Viola."

"Allora dovremo trovare anche lei." Sarah prese le mani di Evelyn tra le sue e le alzò il mento. "E sei vuoi vedere tua madre e suo marito, ci possiamo organizzare."

"Quindi dovrei dire di sì."

"Solo se vuoi. Dovresti pensarci su."

"Lo farò."

"Bene." Sarah sorrise. "E qualunque cosa deciderai per noi andrà bene."

"Grazie."

"Perché adesso non vai in camera tua? Io preparo i bambini per la cena."

"Oh, no. Non posso. Devo fare il mio lavoro."

Sarah toccò la busta tra le mani di Evelyn. "Hai bisogno di tempo per metabolizzare la notizia. Vai. Insisto."

Sopraffatta dalla profondità della gentilezza di Sarah, Evelyn pensò che il suo cuore sarebbe esploso in mille pezzi. Desiderava così disperatamente abbracciare Sarah, ma a parte una pacca sulla spalla o una stretta di mano, non c'erano mai stati scambi di affetto tra loro.

Evelyn si alzò in piedi. "Grazie."

Sarah la toccò delicatamente sul braccio, e Evelyn dovette uscire in fretta e furia dalla stanza per sfuggire a quell'impulso selvaggio. Una volta arrivata nella sua stanza, si sedette alla piccola scrivania e tirò fuori la lettera per leggerla di nuovo. Sua madre aveva incluso un numero di telefono. Doveva forse chiamare? Evelyn non era una grande amante del telefono ed era contenta che la maggior parte delle volte fosse la cameriera a rispondere quando il telefono di casa squillava. Tuttavia, c'erano state un paio di occasioni in cui Evelyn aveva dovuto rispondere, e si era impappinata. Odiava sentirsi così poco sicura di se stessa da non poter rispondere a una semplice chiamata, ma quella era l'orribile verità. Non importava quanto Sarah si complimentasse con lei, Evelyn non poteva dimenticare le parole severe di Sorella Honora che la riducevano alle lacrime e all'incertezza. "Sei una stupida bambina. Non imparerai mai niente."

Dunque non avrebbe chiamato sua madre. Essenzialmente, sarebbe stato come provare a parlare con quello sconosciuto che aveva chiamato l'altro giorno.

Aprendo il cassetto della scrivania, Evelyn prese un foglio di carta da lettere color crema che la piccola Abigail le aveva regalato il Natale precedente. Ogni pagina aveva piccole rose nell'angolo in alto a destra. Abigail era così fiera di averla scelta e di averla pagata con i suoi soldi. Posizionando per bene il foglio sulla scrivania, Evelyn prese una penna dalla tazza, che conteneva due penne e tre matite, e cominciò.

Cara Mamma, scrisse Evelyn, poi si fermò. Era meglio scrivere "cara" o semplicemente "mamma"? Decise di lasciare il saluto così e pensò a che cosa mettere dopo. Non era abituata a scrivere o ricevere lettere, quindi non era sicura di come una lettera dovesse cominciare. La lettera di sua madre cominciava con, "Spero che tu stia bene," ma a Evelyn non sembrava la cosa giusta da dire. Non credeva di poterlo scrivere e crederci davvero. Aveva messo via con cautela qualunque ricordo di sua madre alcuni anni prima, dato che erano così dolorosi. Questa richiesta, arrivata come un vero shock, aveva scosso la scatola delle memorie, e sensazioni terribili minacciavano di uscire.

Evelyn prese un respiro e provò a spingere via quelle emozioni. Doveva solo scrivere una semplice riposta. Poteva farcela. Seguirono diversi altri minuti di dibattito interiore su quali parole usare nella lettera, dopo i quali Evelyn decise semplicemente di dire a sua madre che era la benvenuta per una visita e di farle sapere gentilmente per quale data aspettare il suo arrivo. Poi sigillò la lettera e la portò al piano di sotto. Le lettere da imbucare venivano sempre lasciate in un vassoio d'argento su un tavolino all'ingresso, così che il Signor Hershlinger potesse prenderle e portarle in città. Evelyn aveva visto spesso delle buste che erano state scritte da Sarah, e qualche volta una o due scritte da Hildy o Genevieve, ma quella era la prima volta che Evelyn avrebbe usato quel servizio di corriere informale.

Il pensiero di che cosa sarebbe potuto derivare dallo scambio epistolare le portava un misto di entusiasmo e apprensione. Non riusciva nemmeno a immaginarsi come sarebbe stato vedere sua madre dopo così tanto tempo. La immaginava ancora come quella splendida donna che era arrivata su quella bella macchina, ma quell'immagine piacevole si era sbiadita con il passare del tempo. Si sarebbero almeno riconosciute?

Dopo cena, quando i bambini erano andati nelle loro stanze ed Evelyn stava aiutando Hildy a pulire la cucina, arrivò Sarah. Chiese a Evelyn di aspettare che Hildy finisse e se ne andasse in camera sua. A quel punto Sara chiese a Evelyn se avesse preso una decisione nei riguardi di sua madre.

"Le ho detto che può venire."

"Bene. Faremo del nostro meglio per darle il benvenuto."

Evelyn non era sicura di come si sentisse al riguardo, ma Sarah non le diede molto tempo per pensarci. "Stavo tentando di capire come potremmo trovare tua sorella, e ho pensato che un approccio diretto sarebbe stato la cosa migliore. Tua madre conosce l'indirizzo di Viola, quindi magari potremmo chiamarla."

Evelyn fece quasi cadere la pila di piatti che aveva appena preso in mano. "Chiamare mia madre?"

"Sì. Se ha messo il suo numero di telefono nella lettera."

C'era un numero nella lettera ma, come sempre, il pensiero di usare il telefono faceva sudare i palmi e battere il cuore all'impazzata a Evelyn. "Non so se posso farcela. Magari puoi farlo tu?"

Sarah si toccò il mento con un dito. "Non so se tua madre apprezzerebbe una simile intrusione da una sconosciuta."

"Capisco."

"Ma potrei tentare un'altra strada. Amo risolvere misteri. È molto più gratificante del lavoro a maglia."

Evelyn sorrise. Era ben consapevole di quanto Sarah detestasse le attività che le donne erano solite praticare.

Due giorni dopo, Sarah entrò nella stanza dei giochi dove Evelyn e i bambini sedevano a uno dei tavoli, libri da colorare e pastelli sparsi sulla superficie. A Evelyn piaceva colorare con Jonathan e Abigail, e loro erano entusiasti quando lei disegnava un gatto o un coniglietto su una delle pagine. Quel giorno, stava aiutando Abigail a disegnare un coniglio. "Evelyn," disse Sarah, toccandole una spalla. "Posso parlarti un secondo?"

Evelyn si alzò dalla sedia e seguì Sarah nell'ingresso, "È successo qualcosa?"

"No. Volevo solo dirti che ho localizzato tua sorella."

"Oh." Lo stupore fu tanto che fece tremare le ginocchia di Evelyn, e si appoggiò contro il muro per tenersi in piedi. Non si aspettava che sarebbe successo così in fretta. "Come?"

"Non è stato molto difficile. Il mio avvocato mi ha aiutata a trovare informazioni sulla famiglia dove lavora tua sorella."

"Le hai parlato?"

"Ho pensato che magari avresti voluto farlo tu per prima."

"È molto lontana?"

Sarah scosse la testa.

"Oh." Pensare di essere state vicine tutti quegli anni. Evelyn si era convinta a non prendere nemmeno in considerazione la possibilità di vedere Viola di nuovo. Era l'unico modo in cui poteva essere in qualche modo felice lì. Sorella Honora era sempre stata così pronta nel ricordare ai bambini, "Non è d'aiuto rimuginare su qualcosa che non potete cambiare."

Così, come per i sentimenti verso sua madre, Evelyn aveva rimosso con cautela anche tutti i sentimenti verso sua sorella. Erano come piccoli tesori tenuti in una scatola che non veniva mai aperta. Fino ad oggi.

"Quando posso vederla?"

"Quando preferisci. Potrete avere un giorno intero per familiarizzare di nuovo."

"Qual è il suo indirizzo? Dovrei mandarle una lettera."

"Credo che forse dovresti superare la tua riluttanza a usare il telefono." Sarah sorrise e passò un foglietto nella mano di Evelyn. "Qui c'è il suo numero."

"Vai pure," Sarah la incoraggiò. "Lascio fare a te."

Sarah andò nella stanza dei giochi ed Evelyn rimase incollata al pavimento per diversi lunghi minuti. Poi prese un respiro e camminò verso il telefono. Alzò la cornetta e l'operatore la accolse. "Posso aiutarla?"

"Sì. Vorrei effettuare una chiamata."

"Il numero, per favore."

Evelyn lesse i numeri che erano scritti sul pezzo di carta.

"Un momento, per favore."

Evelyn si passò il telefono nell'altra mano, e si strofinò il palmo sudato sulla gonna. Poi sentì un'altra voce. "Salve."

"Salve. Vorrei parlare con Viola Gundrum per favore."

"Sono io Viola. Con chi parlo?"

Evelyn sprofondò nella sedia, grata che quella fosse sempre lì accanto al tavolo del telefono. "Sono tua sorella."

"Evelyn?"

"Hai altre sorelle?"

Ci volle un momento, ma poi Evelyn sentì una risatina dall'altro capo della linea. "Non posso credere che stiamo parlando dopo tutto questo tempo." disse Viola. "Come mi hai trovata?"

"La signora per cui lavoro ha usato il suo avvocato per investigare. Posso raccontarti tutto quando ci incontreremo." Il pensiero di vedere sua sorella faceva desiderare a Evelyn che ciò potesse avvenire subito. "Ma prima dimmi dove lavori adesso e come stai."

"Non è un buon momento per parlare," disse Viola. "Ho poco lavoro di giovedì. Potresti venire qui dopodomani? Così potremmo vederci."

Viola era stata così sbrigativa che Evelyn si chiese se per caso anche lei non avesse timore del telefono.

"Evelyn?" la svegliò Viola.

"Oh. Sì. Sono certa di poter venire. A che ora?"

"Nel pomeriggio. Verso le tre?"

"Va bene. Dammi l'indirizzo."

Evelyn prese una penna e scrisse con attenzione le informazioni sul piccolo foglio di carta sulla scrivania e la salutò. Riagganciò, con l'emozione che le faceva venire il fiato corto. Sua sorella. Avrebbe finalmente rivisto sua sorella.

9

EVELYN - 1938

Il giorno della visita, Evelyn scelse di prendere il bus per raggiungere l'indirizzo dove Viola viveva. Sarah si era offerta di farla portare dal loro autista, ma Evelyn aveva preferito così. Mentre il bus rombava per la strada, traballando quando incontrava una buca, lei avrebbe voluto che andasse più veloce. Si spinse in avanti sul sedile come se ciò potesse farlo accelerare. La notte prima, Evelyn era riuscita a malapena a dormire per l'attesa della visita, immagini di una gioiosa riunione che le scorrevano nella mente. L'appoggio e la compagnia di sua sorella le erano mancate terribilmente ed era ansiosa di rivederla.

Sarah aveva aiutato Evelyn a trovare la strada su una cartina e a organizzare il tragitto in bus. Non era complicato, ed Evelyn scese alla fermata del bus che distava tre strade da dove Viola abitava. Camminando nel sole di inizio primavera, Evelyn notò i giardini trascurati di fronte alle case, pieni di aiuole e cespugli che sembravano aver bisogno di qualche attenzione. La pittura si staccava da alcune case, e una aveva le persiane tutte sbilenche. Le uniche cose piacevoli della passeggiata erano il sole caldo e i tulipani che erano spuntati in alcune aiuole. Controllò attentamente gli indirizzi prima di trovarsi di fronte a una casa di legno che era tenuta giusto un po' meglio di quelle dei vicini.

Evelyn andò alla porta e suonò il campanello. Mentre aspettava che la porta si aprisse, il cuore le batteva contro la cassa toracica come un uccellino che provava a scappare dalla gabbia. Quando Viola finalmente arrivò, Evelyn rimase senza parole. Sua sorella era così bella. E così cresciuta. E così all'opposto di Evelyn. Sarah le diceva spesso che era bella, ma Evelyn faceva fatica a crederci. Non si era mai sentita bella, o competente, o sicura di sé. La piccola voce nella sua testa continuava a ripeterle tutte le parole negative che le Sorelle le avevano rovesciato addosso. "Sei stupida. Sei brutta. Non combinerai mai nulla." Lei provava sempre a mettere a tacere la voce, ma quella era persistente.

Viola si avvicinò e strinse Evelyn, con un abbraccio che le ricordò che l'affetto era sempre lo stesso. Evelyn si sentì così calda e sicura tra le braccia di sua sorella che la cingevano, che odiò quando dovettero staccarsi per entrare in casa. Seguendo sua sorella attraverso un piccolo ingresso e oltre un salotto, poi una sala da pranzo e poi nella cucina, Evelyn pensò a quanto fosse tragico che in tutti quegli anni fossero state così vicine senza saperlo. Non parlavano mentre camminavano, e Evelyn sentiva in sua sorella una tensione che non aveva colto al primo abbraccio. La cucina dove Viola la condusse era così angusta, e la casa così diversa da quella di Sarah, che Evelyn si chiese se lì Viola fosse trattata bene. Le misere decorazioni che aveva visto nella sala da pranzo e nel salotto l'avevano portata a pensare che quella famiglia fosse povera. Forse più povera di Miss Beatrice.

Evelyn non riusciva a trovare niente da dire, ora pentendosi di non aver concesso a Sarah di accompagnarla. Sarah era sempre così brava a gestire le situazioni scomode e a iniziare conversazioni piacevoli.

"Non posso stare molto," disse Viola, facendo cenno a Evelyn di sedersi al piccolo tavolo.

"Devi andare da qualche parte?"

"No." Viola camminò verso il fornello dove una caffettiera di alluminio stava sul fuoco. "Tra poco devo preparare la cena."

"Oh." Evelyn non sapeva cos'altro dire. In casa Hershlinger, l'ospite sarebbe stato invitato a restare per cena. Era chiaro che quella casa era gestita diversamente e, di nuovo, Evelyn si chiese se i proprietari fossero gentili con sua sorella.

"Vuoi del caffè?"

"Non sarebbe male." Evelyn si tolse i guanti e li appoggiò sul tavolo, creando una singola macchia bianca sulla formica rosso scuro. "Sono così contenta che nostra madre ci abbia messe in contatto di nuovo. Mi sei mancata."

"Anche tu mi sei mancata." Viola spense il fuoco sotto alla caffettiera e preparò due tazze. "Spero che non ti dispiaccia bere caffè riscaldato."

"Certo che no."

Viola servì un piattino di biscotti di zucchero insieme al caffè, e Evelyn si mise a mangiucchiare un biscotto prima di chiedere, "Ti trovi bene qui?"

"Devo lavorare molto duramente." Viola alzò le spalle. "Ma non così duramente come mi ricordo che tu lavoravi al San Aemilian."

"Te ne ricordi?"

"Certo che sì. Odiavo il modo in cui le Sorelle ti facevano pulire i pavimenti tutti i giorni."

"Non hai mai detto niente. Perché non hai mai detto niente?"

"Che utilità avrebbe avuto?" sospirò Viola. "Non avrebbe cambiato niente." Evelyn giocherellava con il cucchiaio, girandolo ripetutamente. "Per tutto quel tempo, ho creduto che non ti importasse. Sembravi così contenta di avere il lavoro meno duro."

"Non ero contenta. Ero grata."

"C'è una differenza?"

"Certo. Io sorridevo e mi mostravo allegra in modo che le Sorelle dicessero che ero una così brava, buona bambina. E mi premiavano. Tu eri una bimba così triste e cupa, e penso che amassero tormentarti."

"Non sapevo come altro fare. Non potevo fingere di essere felice."

Viola prese un sorso di caffè, poi appoggiò la tazza. "Ma guardati adesso. La prima cosa che ho notato quando sei arrivata alla porta è stato il tuo sorriso. Forse stavi solo fingendo?"

Evelyn ridacchiò. "Hai ragione. Sono felice."

Quel promemoria fece realizzare a Evelyn che sotto certi aspetti la sua vita e quella di sua sorella si erano scambiate. Si fermò con un biscotto a metà strada verso la bocca per riflettere su come si sentiva a riguardo. Escludendo il fatto che non si sarebbe mai potuta rallegrare per la sventura di un altro, sarebbe stata contenta di quello scambio.

"Hai già sentito quando arriverà Mamma?" chiese Viola.

"No. Sto aspettando un'altra lettera." Evelyn diede un morso al biscotto. "E tu? Hai ricevuto altre lettere?"

"Solo quella."

"Che te ne pare di vederla dopo tutto questo tempo?"

Viola alzò le spalle. "È pur sempre nostra madre."

Evelyn raccolse le briciole con un dito. Riportare alla mente l'immagine di sua madre aveva stimolato emozioni per sopprimere le quali aveva lavorato duramente. La ragione per cui non lasciava mai che i ricordi di sua madre venissero a galla era che facevano riemergere la rabbia per essere stata abbandonata. Lei e Viola un tempo condividevano quella rabbia, insieme alla branda all'orfanotrofio, ma adesso Viola sembrava aver dimenticato.

"Una madre non lascia i suoi bambini," le ricordò Evelyn.

"È stato molto tempo fa. E non siamo più bambine."

"Questo significa che dovremmo solo dimenticare tutto del nostro passato?"

Viola sospirò. "A che serve pensarci? È meglio dimenticare tutto e guardare al futuro."

"A che serve far finta che non sia mai successo?" Evelyn non sapeva se sarebbe stata in grado di perdonare o dimenticare.

"Non ho dimenticato. E non sto fingendo," disse Viola, con gli occhi blu profondo che brillavano. "Le circostanze cambiano. Le persone cambiano. O almeno alcune persone cambiano."

"Che significa?"

"Vedo che ti lagni ancora." Non appena le parole furono uscite, Viola si portò una mano alla bocca come per farle tornare indietro.

Viola era stupita come lo era Evelyn. Quella non era la ricongiunzione che Evelyn si era aspettata.

Anche se non sarebbe mai stata forte come sua sorella, non era più una bambina piagnucolosa. Come poteva Viola anche solo suggerire di dimenticare quei terribili anni all'orfanotrofio? Cominciò ad alzarsi.

"Forse dovrei andare."

Viola si allungò oltre il tavolo per fermarla. "No. Mi dispiace. È solo che..."

"Viola!" Una donna dal volto severo entrò nella cucina riservando appena uno sguardo a Evelyn, per poi continuare. "Il bagno ha bisogno di una pulita. La piccola Betha si è ammalata. E poi dovresti fare le altre faccende."

"Sì, signora," disse Viola. "Lei è mia sorella. Evelyn. Le ho parlato di lei l'altro giorno."

Evelyn non era sicura di cosa la sorprendesse di più, l'incertezza che sentiva nella voce di sua sorella o la freddezza della donna che annuì appena prima di sgattaiolare fuori dalla stanza.

"Mi dispiace." Viola si alzò e prese i piatti dal tavolo. "Davvero. Non pensavo davvero quello che ti ho detto prima. Sul serio."

"Mi ricordo quanto odiavi quando piangevo."

Viola le offrì un sorriso. "Sì. Provavo così tanto a renderti forte."

"Sei sempre stata tu quella forte."

"Non ne sono così sicura." Quand'è che Viola era cambiata? Non si era mai fatta intimidire. Nemmeno quando la punivano. Stava ferma in piedi di fronte alla Sorella, senza trasalire quando sentiva preparare la cinghia. Senza lasciarsi sfuggire nemmeno una lacrima. E ora era una specie di timido topolino.

La Signora Martin si accostò alla porta della cucina. "Viola!"

"Sì, signora. Sto arrivando." Viola si rivolse a Evelyn. "Vorrei che potessimo stare ancora insieme."

"Capisco." Evelyn prese i suoi guanti e si alzò. "Posso aiutarti a riordinare?"

"Sarebbe ottimo."

Evelyn portò il piatto di biscotti sul bancone e li appoggiò dove Viola le aveva indicato. Poi prese il suo cappotto dallo schienale della sedia e se lo infilò. "La Signora Hershlinger, Sarah, la signora per cui lavoro, ha detto che potremmo cenare insieme a casa sua quando la Mamma e Henry arrivano. Potrebbe andare bene per te?"

"Dovrò organizzarmi per conto mio per incontrarli," disse Viola. "La Signora Martin ha bisogno di me tutti i giorni."

"Oh." Evelyn prese un respiro per coprire la sua delusione. "Allora forse dovremmo incontrarci da qualche parte qui vicino."

"Meglio se aspettiamo di vedere quando arrivano. E poi facciamo programmi."

"Se preferisci." Evelyn si mise i guanti.

"Ti aspetto alla porta."

"Non importa. Forse devi andare a occuparti della bambina."

Viola annuì. "Sì. Grazie." Diede un abbraccio veloce a Evelyn e la accompagnò verso l'ingresso. Viola si girò nell'altra direzione, ed Evelyn raggiunse la porta da sola.

10

EVELYN - APRILE 1938

Evelyn stava sotto il portico a guardare verso la strada. Henry e sua madre sarebbero arrivati quel giorno. Una neve di primavera inoltrata era caduta nella notte, ma il Signor Martinelli aveva ripulito il vialetto quella mattina, e nel primo pomeriggio il sole stava sciogliendo in fretta qualunque residuo di bianco rimasto sui ciuffi d'erba nuova. Nonostante ciò, Evelyn tremava.

Nel corso degli ultimi giorni, Evelyn aveva pensato molto a tutto ciò che era cambiato da quando era stata lasciata sull'uscio dell'orfanotrofio insieme a Viola. Ovviamente la loro madre non le aveva lasciate letteralmente sull'uscio, ma in quel modo l'emozione tramandava il ricordo, e adesso i sentimenti erano così forti che traboccavano dall'angolo del cuore dove lei li aveva relegati. Rabbia, tristezza, delusione, e più di un cenno di vergogna. Che cosa avevano fatto di male lei e Viola per far sì che la loro madre non le volesse? Certo, se fossero state abbastanza brave, la loro madre non le avrebbe lasciate. Giusto?

E adesso, all'apprensione si aggiungeva un miscuglio di emozioni.

Si stava tormentando la cuticola del pollice con l'indice quando Sarah arrivò vicino a lei e le mise un braccio intorno alla spalla. "Andrà tutto bene."

"E se non fosse così? Non ho idea di che cosa dirle."

"Ti aiuterò io." Sarah spostò il braccio sul fianco di Evelyn e le diede una piccola stretta.

Ebbe quella rassicurazione, quando una macchina girò in fondo alla strada e si infilò nella strada circolare che conduceva alla casa.

Il respiro di Evelyn le si bloccò in gola.

La macchina che portava sua madre sempre più vicino era di un rosso acceso e scintillava alla luce del sole, ma per tutto il resto quel momento assomigliava così tanto a quel giorno di tanti anni prima sul portico di Miss Beatrice, che Evelyn perse la compostezza che era riuscita a raccogliere. Gli anni si sciolsero come la neve di quella mattina, e lei fu di nuovo la bambina con le gambe tremanti e le lacrime che le bruciavano gli occhi.

Sarah le diede un'altra stretta. "Sarà un incontro piacevole. Vedrai."

Annuendo, Evelyn prese un respiro e raddrizzò la schiena. Poteva affrontare quel ricongiungimento.

Sarah invitò dentro la compagnia, e durante il trambusto di sistemare i cappotti sull'appendiabiti nell'ingresso e delle presentazioni formali, Evelyn rimase in disparte e guardò. Sua madre sembrava più calma di come Evelyn la ricordava da Miss Beatrice. Felice, persino. Henry Stewart era più basso di come se lo aspettava. In qualche modo, la sua immagine di poliziotto era più alta e imponente. Persino il Signor Hershlinger sarebbe potuto essere più forte di quell'uomo che stava nell'ingresso reggendo il suo Fedora marrone in una mano, l'altra che toccava Regina sulla schiena. In realtà la toccava a malapena, ma c'era un legame che a Evelyn era familiare dai romanzi che aveva letto. Per Evelyn, le storie che parlavano di persone che si amavano valevano lo sforzo di capire le parole.

Sarah fece cenno a Evelyn. "Perché non porti i tuoi ospiti in salotto? Lì potrete avere un po' di privacy."

Evelyn ci provava, ma non riusciva a nascondere il panico che aveva negli occhi. Era facile essere risoluta quando non doveva muoversi o parlare. Sarah le diede una pacca sulla spalla e le lanciò uno sguardo che diceva, "Andrà tutto bene."

Regina ed Henry si sedettero sul divano, ed Evelyn prese la sedia Queen Anne dal lato opposto. Le sue dita stropicciavano il tessuto della gonna. Si era vestita bene per l'occasione, indossando una blusa color lavanda con il pizzo e bottoni di perla e una gonna grigia stretta in vita. Una fascia nera accentuava la sua vita stretta.

"Sei diventata proprio una bella ragazza," disse Regina dopo alcuni momenti di doloroso silenzio.

"Grazie."

Seguì un altro lungo silenzio, poi Henry si schiarì la voce. "È bello incontrarti finalmente. Tua madre parla spesso di te."

"Davvero?" Evelyn lanciò uno sguardo a sua madre. Pensava che da tempo non le importasse più se sua madre pensasse o meno a lei, e la speranza che le parole di Henry le avevano creato la colse di sorpresa.

"Beh, certo. Non ho smesso di pensarti solo perché..."

Sembrava incapace di concludere ed Evelyn si chiese perché. Era una bugia? Sapeva che spesso le persone dicevano una cosa ma ne pensavano un'altra. Questa era un'altra cosa che aveva imparato dalla lettura. Come le persone potevano giurare una fedeltà che non esisteva. Ma non sapeva come riconoscere qualunque doppio gioco in mezzo a una vera conversazione. Fu contenta quando Sarah arrivò alla porta per chiedere se qualcuno volesse qualcosa da bere. "Magari del tè caldo?"

"Sì. Sarebbe fantastico." Evelyn si alzò. "Vado ad aiutare Hildy."

"Ma..." Sarah provò a fermare Evelyn dallo scappare dalla stanza, ma la giovane donna le passò accanto senza fermarsi. Sarah fece un sorriso a Regina ed Henry. "Torniamo subito con il tè."

"Che succede?" Sarah chiese entrando nella cucina dove Evelyn stava sistemando su un vassoio le tazze cinesi dipinte con rose gialle. Hildy stava al fornello a occuparsi della teiera.

Evelyn guardò di sfuggita Sarah. "È anche più difficile di quello che pensassi."

"Certo. Siete state separate molti anni e ci sono ancora molte cose che dovete condividere."

"Ma comunque..."

"Ma comunque cosa?"

"È mia madre." Evelyn si asciugò una lacrima che le era scivolata sulla guancia. "Dovrei provare qualcosa."

Sarah mise un braccio intorno a Evelyn. "Non preoccuparti delle emozioni adesso. Pensala come l'incontro con una nuova amica. Prendetevi del tempo per conoscervi e dimentica il resto."

Assomigliava molto a ciò che le aveva detto Viola, eppure Evelyn sentiva che fosse più un consiglio che un'accusa.

La lacrime adesso le scendevano generosamente, e Sarah prese un fazzoletto dalla tasca e glielo porse.

Hildy arrivò con la teiera. "Va tutto bene, Mamma?"

"Sì, Hildy. Evelyn ha solo bisogno di un momento per ricomporsi."

Hildy appoggiò la teiera sul vassoio che Evelyn aveva preparato e scosse la testa. "Una strana faccenda questa."

"Sì. Sono d'accordo," disse Sarah, poi spinse Evelyn a muoversi. "Dovremmo tornare di là prima che comincino a chiedersi se il tè siamo andate a prenderlo in Cina."

Un po' di umorismo era quello di cui Evelyn aveva bisogno. Sorrise sollevando il vassoio d'argento e lo portò in salotto, dove lo poggiò su un tavolino. Facendo attenzione a non rovesciarlo, nonostante il tremore delle sue mani, servì il tè per poi spostare il piatto di *scones* su un altro tavolino accanto a sua madre ed Henry. Si sedette di fronte a loro con la sua tazza. Sarah si sedette accanto a lei su un'altra sedia Queen Anne, ed entrambe si misero a sorseggiare e sorridere in un silenzio imbarazzante, l'unico suono percepibile era quello della ceramica contro la ceramica ogni volta che una tazza veniva appoggiata su un piattino.

Evelyn stava cercando qualcosa da dire quando Sarah finalmente ruppe il silenzio. "Avete fatto un buon viaggio?"

"Sì." Regina prese un biscotto dal vassoio. "Ci

siamo fermati a Chicago e abbiamo visitato un locale che faceva dell'ottima musica jazz."

"Ho letto su un giornale che ci sono un sacco di delinquenti a Chicago," disse Sarah. "Eravate preoccupati?"

Henry scosse la testa. "Penso che riconoscano un poliziotto da lontano."

Evelyn non era sicura di che cosa intendesse, ma Sarah rise, quindi forse era una battuta. Evelyn sorrise per educazione.

"Rimanete con noi per cena vero?" chiese Sarah. "Hildy si è superata con l'arrosto."

"È molto gentile da parte vostra," disse Regina. "Ma speravamo di poter vedere Viola prima. Dalla lettera ho capito che non si potrà unire a noi per cena."

Evelyn era rimasta delusa quando aveva saputo che i Martin non avevano concesso la sera libera a Viola. Sarebbe stato così più semplice familiarizzare di nuovo con la loro madre se Viola avesse potuto essere lì e attirare una parte dell'attenzione. In quella situazione, Evelyn si sentiva come una bambola in vetrina con sua madre ed Henry che la fissavano. Distoglievano lo sguardo quando Sarah parlava, ma i loro occhi tornavano subito a Evelyn.

"La tua altra figlia vi aspetta a un orario preciso?" chiese Sarah.

"Le ho detto che avremmo chiamato una volta arrivati," disse Regina. "Speravamo di poter usare il vostro telefono."

"Ma certo." Sarah si alzò. "È nell'ingresso. Posso accompagnarvi."

Regina guardò Henry. "Vai tu."

Le ginocchia di Evelyn tremavano per il nervosismo nel vedere Henry andare via con Sarah. Che cosa avrebbe detto a sua madre?

"Lui aveva il numero." Regina ruppe il silenzio teso. "Io no."

"Oh."

Regina prese un altro boccone di *scone*. "È molto buono."

"Sì. Hildy è una cuoca eccezionale."

"Ti piace qui?"

"Sì. È molto bello."

Fu un sollievo quando Henry e Sarah tornarono. Di fronte allo sguardo interrogativo di Regina, Henry disse, "Viola non può uscire. Vorrebbe che ci incontrassimo domani."

"Dove?"

"Lei ha suggerito l'hotel."

"Allora cenerete con noi stasera," disse Sarah.

"Non vogliamo scomodarvi," disse Regina.

"No, assolutamente. Avevamo previsto di invitarvi e avevamo già preparato. Sarete affamati dopo tutti i vostri viaggi."

"Sì, grazie," disse Regina.

"Dirò a Hildy di essere pronta a servire la cena non appena il Signor Hershlinger arriva a casa dal lavoro."

"Devo stare dietro ai bambini?" chiese Evelyn.

"No, cara. Hildy ha chiamato sua nipote per aiutarla a preparare la cena per i bambini."

"Quanti ne avete?" chiese Henry.

"Due. Abigail e Jonathan. Vi piacerebbe incontrarli?"

"Sarebbe bello."

"Lisa può accompagnarli giù mentre io vado da Hildy."

L'attesa dell'arrivo del Signor Hershlinger fu resa più piacevole dai bambini. Evelyn era orgogliosa di quanto fossero educati con sua madre e Henry, ed era così contenta di vedere quanto Henry apprezzasse la loro compagnia. Si chiese per un attimo se lui fosse un padre. Sicuramente sua madre l'avrebbe menzionato nella lettera. Poi ebbe una realizzazione improvvisa. Non sapeva da quanto tempo sua madre e Henry fossero sposati. Chiedere sarebbe stato sgarbato, ma la curiosità era forte. Per fortuna, il Signor Hershlinger tornò a casa prima che lei avesse l'impulso di indagare, e si spostarono tutti in sala da pranzo.

Evelyn era stata nella sala da pranzo principale nelle occasioni speciali, quando c'era bisogno del suo aiuto per servire gli ospiti in una serata particolare, o per occuparsi dei bambini la domenica. Quel giorno, si sentiva così strana a essere seduta al grande tavolo di quercia apparecchiato per cinque e a essere servita da Hildy, anche se l'occhiolino che lei le offrì insieme al piatto di roast beef alleggerì un po' il suo disagio.

Sarah e suo marito mantennero la conversazione vivace nel corso della cena, parlando dei bambini e indagando sulla vita di Regina e Henry a Detroit. Regina non disse molto ma Henry raccontò la storia di come si erano conosciuti, e Sarah sembrò entusiasta. "Sembra una storia che potrebbe aver scritto una delle sorelle Bronte."

Evelyn annuì. Riusciva facilmente a vedere Henry come un personaggio di una delle storie d'amore che aveva letto. Era carismatico, e bello, e aveva un umorismo intelligente. Si chiese quanto lui sapesse delle circostanze che avevano fatto finire lei e sua sorella all'orfanotrofio. Forse Regina gli aveva raccontato perché il padre di Evelyn se n'era andato. Aveva condiviso tutti i segreti di famiglia? Conosceva tutte le brutte cose e amava Regina lo stesso?

"Dato che non me ne importa nulla di queste storie romantiche," disse il Signor Hershlinger, "Mi piacerebbe sapere di più sul tuo lavoro in polizia, Henry."

Mentre il centro della conversazione si spostava sugli uomini, Evelyn infilzava una patata arrosto, senza però riuscire a mangiare. Le sue emozioni sembravano essersi tutte riunite in gola, rendendo quasi impossibile inghiottire. Per fortuna, nessuno disse nulla riguardo al fatto che aveva sparso per il piatto le patate e le carote senza mangiarle, a parte Hildy, che fece un *tsk tsk* quando passò a portare via i piatti vuoti della cena.

Dopo il piatto principale, si spostarono di nuovo in salotto per il dessert. Il Signor Hershlinger aveva proposto brandy e sigari nel suo studio, ma Henry aveva rifiutato. Evelyn pensò che fosse un po' strano. Quando gli Hershlinger avevano ospiti, gli uomini normalmente si allontanavano dopo cena, preferendo l'alcol al caffè.

Oggi, Hildy aveva servito torta di pesche e caffè, e dopo che tutti si furono sistemati, Henry si schiarì la voce, guardò Evelyn, e disse, "Ci stavamo chiedendo se potresti prendere in considerazione di venire a vivere a Detroit?"

Che cosa? Trasferirsi? Evelyn rimase gelata per un momento, la forchetta a metà strada verso la sua bocca. Poi guardò sua madre, chiedendosi se fosse qualcosa che lei desiderasse. Faceva parte del piano sin dall'inizio? Se sì, ne dovevano aver parlato. Ma perché gliel'aveva chiesto lui e non lei? E non avrebbero dovuto chiederglielo in privato?

La stanza era appesantita dal silenzio e Sarah si portò una mano alla gola. "Oh caspita," disse. "Questa è una richiesta considerevole."

"Certo," disse Henry, rivolgendosi a Sarah. "Vogliamo solo che lei ci pensi su."

Ancora sconvolta, Evelyn attendeva che sua madre dicesse qualcosa. Qualsiasi cosa. Evelyn certo non avrebbe mai preso in considerazione una cambiamento così drastico se sua madre non l'avesse voluto. Poi un altro pensiero la colse. Se sua madre lo voleva, perché adesso, dopo così tanti anni?

Dato che sua madre continuava a non parlare, Evelyn riappoggiò la forchetta sul piatto e si rivolse a Henry. "Che cosa avevate in mente?"

"In mente?"

"Sì. In quale veste vivrei da voi? Avete bisogno di una cameriera?"

Henry scosse la testa in fretta. "No. No. Non è per questo che ho chiesto." Guardò Regina. "Non era quello a cui pensavamo, giusto?"

"No, certo che no."

Finalmente, parole che uscivano dalla bocca di sua madre, ma non parole di incoraggiamento. Comunque, era un inizio.

"Dove andrei a stare?" chiese Evelyn. "Che cosa farei?"

"Io... speravamo che saresti venuta a stare da noi," disse Henry.

Evelyn guardò sua madre, che annuì. Ci si poteva fidare del messaggio di quel cenno? Evelyn avrebbe avuto il coraggio di rispondere di sì? "Non so che cosa dire."

"Non devi decidere adesso," disse Henry. "Tua madre e io sappiamo che probabilmente non è quello che ti aspettavi."

"No. Non lo è."

"Magari Evelyn potrebbe prendere in considerazione la vostra richiesta e darvi una risposta prima che voi torniate a Detroit," disse Sarah. "Poi potrebbe trasferirsi più avanti se quella è la sua decisione. In quel modo, sarebbe conveniente per lei, e per noi. Dovremmo trovare qualcuno che la sostituisca qui."

Sarah si allungò e toccò delicatamente la mano di Evelyn. "Questo programma va bene per te?"

Evelyn annuì, non fidandosi della propria voce in quel momento. Non riusciva nemmeno a dare un nome a quel groviglio di emozioni che si annodavano sempre più. Aveva paura che se ne avesse tirata fuori una, sarebbero tutte scivolate fuori in un unico blocco, come a volte faceva il filo quando si arrotolava un nuovo gomitolo.

Anche Henry e Regina sembrarono soddisfatti del programma, e finirono in fretta il loro caffè e la torta, dicendo di essere stanchi per il viaggio e di voler andare all'hotel. Il Signor Hershlinger li salutò e andò nel suo studio. Sarah ed Evelyn accompagnarono Henry e Regina alla porta, dove tutti si strinsero le mani. Evelyn non riusciva a immaginare di abbracciare nessuno di loro due e fu così sollevata quando non fecero alcun cenno di volerla abbracciare prima di uscire.

Dopo aver chiuso la porta, Evelyn si rivolse a Sarah, con le lacrime agli occhi. "Che cosa devo fare?"

"Per adesso, niente." Sarah la prese per un braccio e la condusse verso il salotto. "Penso che dovresti prendere un bicchiere di sherry e andare a letto. Hai avuto un discreto shock emotivo."

"Ma non ho mai bevuto lo sherry."

"Bene. Allora non ci metterai molto ad addormentarti."

11

REGINA - APRILE 1938

HENRY APPOGGIÒ LA BIRRA SUL TAVOLINO NEL bar dell'hotel dove stavano aspettando di incontrare Viola, e diede un colpetto a Regina. "Sei molto silenziosa stasera."

"Sto solo pensando."

"Sei preoccupata per tua figlia?"

Regina dovette contenere l'impulso di ridacchiare. Di quale delle due figlie parlava?

Le mise un braccio intorno e la strinse alla sua spalla. "Andrà tutto bene."

"Ne sei sicuro?" Regina prese un bel sorso di birra. "E se non vogliono venire?"

"Allora la vita andrà avanti. Come ha sempre fatto."

"Non te ne importerebbe?"

"Certo che mi importa." Henry prese il suo boccale e asciugò la condensa con il tovagliolo. "Ti dimentichi che sono io quello che ha proposto questo viaggio."

"Non me lo sono dimenticata."

"Lo so, è solo che..." Henry si fermò all'improvviso, e Regina seguì il suo sguardo verso la bellissima ragazza che era appena entrata nell'ombroso bar. Si fermò nell'ingresso e si guardò intorno, e Regina notò il vestito nero con il colletto bianco che Viola aveva promesso che avrebbe indossato. Regina annuì verso la donna. "Potrebbe essere lei."

Henry annuì e si alzò per attirare l'attenzione della ragazza.

Quando lei si fu rivolta completamente verso loro, non ci furono più dubbi nella mente di Regina che quella fosse Viola. Assomigliava così tanto alla Regina diciannovenne che non poteva essere figlia di nessun altro. Lo stomaco di Regina si torceva per il nervosismo mentre Viola si accorse del cenno di Henry e si diresse verso il tavolo, togliendosi i guanti neri nel frattempo. Henry prese una terza sedia per lei ma, anziché sedersi subito, lei camminò intorno al tavolo e diede un veloce abbraccio a Regina.

Regina rimase così scioccata dall'abbraccio che non seppe che cosa dire. Si aspettava le stesse riserve che avevano trovato in Evelyn, ma Viola sembrava rilassata e il suo sorriso era caloroso. Quando si sedettero, Regina guardò la luce giocare sul viso di sua figlia, meravigliandosi ancora di quanto si assomigliassero.

"Sono contenta che abbiamo potuto incontrarci qui," disse Viola. "Mi danno poco tempo libero dal lavoro."

"Vuoi qualcosa da bere?" chiese Henry. "O meglio andare subito al ristorante?"

Viola si appoggiò alla sedia. "Non mi dispiacerebbe un Whiskey Sour."

Regina rimase un po' sorpresa. Diciannove anni era un'età legale per bere? Quando Henry diede l'ordine alla cameriera, lei lo prese senza commentare, quindi magari lì non aveva importanza.

"Avete passato una bella serata con Evelyn?" chiese Viola.

"Sì," disse Regina, poi aspettò che la cameriera mettesse il Whiskey Sour sul tavolo e se ne andasse. "Lavora in una bellissima casa."

Viola sollevò il cocktail e ne prese un sorso. "Me ne ha parlato quando ci siamo incontrate. Sembrava felice lì."

Regina annuì, poi prese un sorso di birra per coprire il suo turbamento. Evelyn in effetti sembrava felice dove lavorava. E quello era il problema. Sarebbe stata disposta a lasciare tutto ciò che aveva lì? Ed era giusto che lei ed Henry glielo chiedessero? Solo perché Regina si sentiva in colpa per averle abbandonate tutti quegli anni prima? Regina appoggiò la birra prima che le scivolasse dalla mano tremante. Henry le toccò il gomito. "Stai bene?"

"Sì. Sì, sto bene." Prese un respiro e guardò Viola. "Raccontaci del tuo lavoro."

"Faccio le pulizie e cucino e mi occupo dei bambini."

"Ti piace?" chiese Henry.

Viola alzò le spalle. "I figli sono carini. Due bambine."

"E i genitori?"

"Il Signor Martin è spesso via. Viaggia per lavoro. La Signora Martin... ecco... è una capa piuttosto severa."

"Mi dispiace," disse Regina.

Viola alzò le spalle di nuovo. "È comunque meglio dell'orfanotrofio."

Regina fece una smorfia quando Viola pronunciò quella parola. Era un promemoria così duro ma, con sua sorpresa, Viola si allungò oltre il tavolo e toccò delicatamente la mano di Regina. "Non ti preoccupare. Da tempo ho lasciato perdere la rabbia."

Il peso sulle spalle di Regina si alleggerì un po'. "Mi fa piacere saperlo."

Viola annuì e bevvero in silenzio per alcuni momenti. Poi Henry cercò gli occhi di Regina e alzò un sopracciglio. Regina era sicura che lui le stesse chiedendo un permesso silenzioso per fare a Viola la stessa richiesta che avevano fatto a Evelyn il giorno prima. Quando ne avevano parlato nel lungo viaggio da Detroit, Regina sapeva che non avrebbe avuto il coraggio di fare la richiesta in prima persona. Regina annuì.

"Viola," disse Henry, attirando la sua attenzione, "Spero che non sia troppo presto per chiedertelo. Ma prenderesti in considerazione di venire a vivere a Detroit con noi?"

Viola spostò gli occhi dall'uno all'altra, fermandoli poi su sua madre. "Perché volete che io lo faccia?"

Non era la risposta che Regina si aspettava, e si rivolse in fretta ad Henry. "Ecco..." Henry le toccò la mano. "Penso che tua madre sperasse che voi tre poteste stare insieme."

Viola si rivolse a sua madre. "Perché adesso? Sei malata?"

Regina scosse prontamente la testa. "Magari potremmo... essere una famiglia."

Viola sorseggiò un po' del suo drink e lasciò che un lungo momento di silenzio si espandesse tra loro. Poi chiese, "Evelyn viene?"

"Non ha ancora deciso," disse Regina.

"E tu?" Viola rivolse la domanda a Henry. "Perché vuoi che veniamo a Detroit?"

"Non è una cosa che abbiamo deciso all'improvviso," disse Henry, scambiandosi uno sguardo con Regina. "Ne abbiamo parlato per molti giorni. E dato che non ho mai avuto una famiglia. Beh, ho pensato perché no?"

"Prenditi del tempo per pensarci," disse Regina. "Possiamo aspettare la tua risposta."

"Non sarà difficile decidere," disse Viola. "Sarei contenta di andarmene dal posto dove sono adesso. Ma ci vorrà del tempo per organizzarsi."

"Anche per noi," disse Henry. "Dovremo cercare un posto più grande..."

"Volete che noi veniamo a vivere con voi?"

"Certo."

"Non voglio mancare di rispetto. E l'idea di essere di nuovo insieme non mi dispiace. Ma sono un'adulta, e preferirei vivere per conto mio."

"Capisco."

Henry sembrò non sapere cos'altro dire, così Regina disse, "Capiamo. Sono solo contenta che tu sia disposta a prendere in considerazione il trasferimento."

Evelyn era seduta sul piccolo divano nella stanza dei giochi con i bambini al suo fianco, leggendo a voce alta *Il gatto che andò in paradiso*. Anche se entrambi i bambini sapevano leggere meglio di Evelyn, non la prendevano mai in giro. Forse perché i bambini non sapevano ancora leggere quando Evelyn era arrivata, e avevano imparato insieme. Evelyn era rimasta sorpresa quando Sarah le aveva detto che voleva che lei si occupasse dei primi anni di lezione con i bambini. Evelyn non si sentiva abbastanza qualificata, ma Sarah aveva insistito, così Evelyn aveva cominciare a leggere ai bambini e a insegnargli un po' di numeri. Era sempre stata più brava con i numeri che con le parole. E Sarah era stata soddisfatta dei progressi che i bambini avevano fatto fino a che Abigail non aveva compiuto otto anni, ed era stato allora che era arrivata una tata per insegnare storia, geografia e musica.

Quell'anno, Jonathan aveva compiuto otto anni e aveva cominciato a prendere lezioni dalla tata. Ancora, entrambi i bambini amavano sedersi con Evelyn e ascoltarla leggere. Ed Evelyn amava avere quei corpicini tiepidi rannicchiati vicino al suo. I bambini stavano crescendo così in fretta. In momenti come quelli, si immaginava che un giorno avrebbe avuto una casa e una famiglia perfetta composta da marito e moglie e due adorabili bambini.

"Evelyn?" Sarah entrò nella stanza. "C'è una chiamata per te."

"Per me?" Evelyn non aveva sentito suonare il telefono. Ma comunque ci faceva raramente caso.

"Sì. Credo che sia tua sorella."

"Oh. Bene." Evelyn chiuse il libro e si alzò. "Ha detto per che cosa stava chiamando?"

Sarah scosse la testa. "Ha solo chiesto di parlare con te."

"Tornerai a finire di leggere la storia?" chiese Jonathan.

"Sì, io..."

"Perché non lasciate che legga io," disse Sarah. "Evelyn potrebbe avere bisogno di un po' di tempo."

Evelyn andò nell'ingresso e alzò la cornetta. "Pronto."

"Sono Viola."

"Sì. Sarah mi ha detto. Hai passato una serata piacevole con Regina e Henry?"

"È stata molto bella."

Ci fu una pausa come se Viola non sapesse che cosa dire. Nemmeno Evelyn lo sapeva. Parlare al telefono era così strano. Come se l'altra persona fosse lì ma in realtà non lo fosse, non potendola vedere.

"Ascolta," disse finalmente Viola, "hai deciso se trasferirti a Detroit?"

"Oh. Quindi l'hanno chiesto anche a te?"

"Sì."

Un'altra lunga pausa, poi Viola disse, "Allora?"

"Hanno detto che potevo pensarci." Evelyn si portò un dito alla bocca e si morse una pellicina che sporgeva. "Hai, ecco, deciso?"

"Sì. Voglio dire, forse. Qui non c'è molto per me. Beh, a parte te."

Evelyn sorrise. Le faceva piacere sentirlo.

"Quindi, se io dico di sì, tu lo farai?"

Il patto era inequivocabile, ed Evelyn era combattuta. Quella era la decisione più spaventosa che avesse mai dovuto prendere. Tutto ciò che le era successo fino a quel momento della sua vita era stato deciso per lei. Non c'erano state scelte.

"Devo rispondere adesso?"

"No. Ma presto. Penso che andare in un'altra città sarebbe un'avventura grandiosa. E tu hai sempre voluto che Mamma venisse a riprenderci, e ora l'ha fatto."

"Ho smesso di sperarlo molto tempo fa." Viola rimase in silenzio per così tanto tempo che Evelyn si chiese se non avesse riattaccato. "Viola?"

"Sì."

Evelyn sentì un profondo sospiro, poi Viola continuò. "Se non vuoi venire a Detroit per te stessa, o per Mamma, puoi farlo per me? Io lo voglio davvero, ma non voglio perdere i contatti con te. Ci siamo appena trovate."

Anche se non andavano d'accordo su certe cose, nemmeno Evelyn voleva perdere Viola.

"Va bene. Ci penserò e ti farò sapere presto."

"Non più di qualche giorno. Promesso?"

"Certo."

Allora, quattro settimane dopo, Evelyn aveva fatto i bagagli ed era pronta a trasferirsi a Detroit. Sarah le era stata incredibilmente d'aiuto nel prendere la decisione. Aveva detto a Evelyn che pensava che Henry e Regina fossero sinceri nel loro desiderio di creare una qualche unità familiare. E la famiglia era la cosa più importante nella vita. Regina e Henry non le sembravano la sua famiglia, ma Viola invece sì e magari, se avesse dato loro una chance, un giorno si sarebbe sentita vicina a Henry e Regina come lo si sentiva a Sarah.

Evelyn prese la sua piccola valigia dal letto e scese le scale. I suoi altri averi erano stati spediti alcuni giorni prima, quindi aveva una sola borsa da portare sul treno. Entrò nel salotto e si sedette sul divano per un momento, pensando a tutti gli anni e a tutti gli eventi che erano successi in quel posto meraviglioso. Una sfumatura di tristezza le strinse il cuore quando toccò la fodera di seta. Avrebbe lasciato una parte del suo cuore in quella casa, con quelle persone.

"Oh, eccoti." Sarah entrò nella stanza. "Sei pronta?"

Evelyn si alzò. "Sì."

"Non verrò alla stazione con te," disse Sarah. "Odio gli addii strappalacrime."

Evelyn annuì, facendo del suo meglio per trattenere le lacrime. Perse la battaglia quando Sarah le corse incontro e la abbracciò, sussurrandole all'orecchio, "Ci mancherai."

"Anche voi mi mancherete." Evelyn rimase stretta a Sarah per un minuto intero prima di staccarsi e voltarsi per fare il suo primo passo verso l'ignoto.

Le prime settimane che Evelyn e Viola passarono a Detroit, abitarono con loro madre e Henry, ma erano pigiati in un piccolo appartamento con una sola camera da letto e un'altra piccola stanza che conteneva a stento un letto matrimoniale e un cassettone. Viola dormì sul divano finché non trovò un lavoro al Book Cadillac Hotel a Detroit centro e si spostò nell'ostello dell'Unione Cristiana delle Giovani, ma c'erano comunque troppe persone per uno spazio così piccolo. Henry aveva cercato un appartamento più grande che loro potessero permettersi, ma i loro sforzi erano andati a vuoto. In parte per via del fatto che il lavoro a Coney Island che sua madre aveva trovato per Evelyn non era andato in porto. Evelyn detestava quel lavoro: il grasso, gli odori, e il manager diceva che era troppo lenta, così era stata licenziata dopo un mese.

"Avevamo bisogno che tu potessi dare un contributo," sua madre disse nello spiegarle perché non poteva permettersi un'altra casa. "Sono sicura che capirai."

Evelyn capiva, e certamente non voleva essere dipendente da Henry e da sua madre. Sebbene fossero entrambi abbastanza piacevoli, specialmente Henry, Evelyn non sentiva alcun legame formarsi. La riunione madre/figlia proprio non stava avvenendo, non come quei teneri momenti che lei qualche volta aveva visto nei film o letto nei libri. Lo aveva sperato ma, come al solito, sperare era così inutile. Se aveva imparato qualcosa nei suoi diciassette anni su questa terra, era di sperare poco; in quel modo, la delusione non sarebbe stata troppo grande.

Viola provò a trovare un lavoro all'hotel per Evelyn, ma non c'erano posizioni aperte, così cominciò a cercare qualcos'altro. Si candidò in alcuni negozi come commessa ma, non avendo esperienza, fu rifiutata. Aveva quasi perso le speranze quando una sera Henry tornò a casa e le disse che aveva sentito di una coppia che cercava una domestica. "Il mio comandante ha detto che suo fratello minore, un avvocato, ha appena perso la donna che lavorava per loro. Gli ho accennato che potresti essere interessata."

Evelyn aveva sperato di non doversi accontentare di nuovo di quel tipo di lavoro, ma non sapeva che cos'altro fare. "Penso che potrei."

"La coppia è John e Vivian Gardner. Posso portarti a conoscerli."

Così fece e, qualche giorno dopo, Evelyn cominciò a lavorare per loro. Erano delle persone piuttosto buone, ma niente a confronto di Sarah e suo marito. Lì, la linea tra datore di lavoro e impiegata era tracciata con fermezza, ed Evelyn sentiva la mancanza della confidenza che aveva con Sarah. Sarah le aveva detto che potevano tenersi in contatto, ma Evelyn aveva esitato, non sapendo se lei lo volesse davvero. Forse era meglio chiudere quel capitolo della sua vita. Evelyn stava diventando abbastanza brava a chiudere capitoli.

Una cosa buona di dove lavorava era che la casa era lontana solo qualche miglio da dove vivevano Henry e Regina, così potevano comunque vedersi spesso. Quando era arrivata per la prima volta a Detroit, aveva provato a chiamare Regina "Mamma", soprattuto perché Viola voleva che lo facesse. Ma non le era mai sembrato naturale così, nelle ultime settimane, Evelyn era tornata a usare il nome di sua madre per riferirsi a lei. Il cambiamento non era stato praticamente notato da Regina, così Evelyn si tormentava per quella decisione.

I Gardner avevano due bambini in età scolare, Elspeth, sette anni e Gerald, dieci anni, e Evelyn doveva preparare loro la colazione e accompagnarli per mezzo miglio a scuola la mattina, poi riprenderli alle tre e mezzo per riaccompagnarli a casa. Nel mezzo, doveva fare le pulizie e il bucato tutti i giorni, e preparare anche la cena. Il lavoro non era più duro di quello a casa Hershlinger, ma le circostanze erano così diverse che per Evelyn era difficile abituarsi. Non le era mai permesso mangiare con la famiglia o passare del tempo con loro dopo cena. Com'era stata fortunata a poter condividere libri e programmi televisivi e giochi con Sarah e Abigail e Jonathan durante quelle piacevoli ore serali prima di andare a dormire. Non aveva mai davvero capito quanto fosse fortunata prima di adesso.

Ogni giorno della settimana, quando il Signor Gardner arrivava a casa per cena, Evelyn doveva andare nella sua piccola stanza accanto alla cucina e leggere o ascoltare la radio. Provava a godersi il tempo in pace da sola, ma quella stanza le sembrava sempre così soffocante. C'era a malapena spazio per camminare più di dieci passi tra il piccolo letto, la scrivania, il mobile da tre cassetti, e una sedia con schienale a scala così scomoda che poteva sedervisi solo per una mezz'ora a leggere. Un altro inconveniente era la grande vicinanza della sua camera alla porta che conduceva al garage. Ogni volta che qualcuno entrava o usciva dal garage, i cardini sulla porta emettevano un acuto cigolio che le perforava i timpani. La settimana prima, aveva trovato dell'olio per la macchina da cucire e ne aveva messo un po' sui cardini. Grazie al cielo per qualche giorno c'era stato silenzio, ma poi il cigolio era ricominciato.

Quel giorno, si sedette sulla sedia con le lacrime che le scorrevano sulle guance. Aveva provato a trattenerle. Aveva provato a dirsi che le cose sarebbero migliorate. Aveva fatto la cosa giusta a venire lì a Detroit. Ma il suo cuore non era convinto. Per la maggior parte del tempo, Evelyn sentiva così intensamente la mancanza di Sarah e dei bambini che credeva non sarebbe riuscita a sopportarla. E si chiedeva se avrebbe mai avuto di nuovo qualcosa di così bello.

12

EVELYN - APRILE 1940

Mentre andava verso la dispensa per prendere della farina, Evelyn sentì una debole melodia arrivare dal garage. Le serviva la farina per cominciare la torta che avrebbe preparato per la domenica di Pasqua, ma aveva alcuni minuti da perdere, così fece una deviazione e uscì nel garage, sperando di trovare il ragazzo che aveva conosciuto alcune settimane prima. Quando uscì, fu contenta di vederlo seduto su un contenitore di latte ribaltato, la chitarra appoggiata sul ginocchio. "Ti ho sentito cantare."

Alzò lo sguardo. "Sì?"

"Mi piaceva."

"Grazie."

Evelyn non sapeva cos'altro dire.

Russell Van Gilder lavorava con suo zio in fondo alla strada. Suo zio, al quale lui si riferiva semplicemente col nome di Hoffman, aveva un piccolo negozio di ferramenta, e Russell era arrivato a Detroit dal West Virginia per imparare il mestiere. Aveva preso in affitto il garage dei Gardner per lavorare alla sua macchina. Aveva accennato alla Ford Modello T ridotta in pezzi. Evelyn non sapeva se fosse il morbido accento del sud o il sorriso ad averle messo il cuore in subbuglio. Forse erano stati i suoi occhi. Del blu cristallino più puro che avesse mai visto, che quando sorrideva sembravano luccicare di malizia.

E luccicavano ora.

"Dovrei lasciarti finire," disse Evelyn, cominciando a voltarsi.

"Resta se ti va. C'è qualche canzone che ti piacerebbe sentire?"

Evelyn alzò le spalle. Ascoltava la musica alla radio, ma la sua mente non riusciva a trovare un solo titolo.

"Che ne pensi di 'Tea for Two'?" Russell strimpellò la chitarra per riportarla in vita, poi cominciò a cantare dolcemente. La sua voce era sincera e piacevole da sentire, ed Evelyn credette che sarebbe potuta rimanere lì ad ascoltarla per sempre. Ovviamente, ciò non era possibile. Avrebbe dovuto preparare la torta a breve. Ma, per il momento, c'era la musica.

Il modo in cui lui la guardò quanto cantò 'Io per te, e tu per me' le fece chiedere se lui non le stesse mandando un messaggio. Si sentì le guance arrossire e distolse lo sguardo, dicendosi di non essere sciocca. Erano solo le parole di una canzone.

Lui finì, fece una pausa, poi cominciò. "Su una collina lontana, c'era una vecchia croce arrugginita..."

Evelyn ascoltava, rapita, mentre lui cantava l'intera canzone. Riconobbe che era un inno religioso, ma non ne aveva mai sentito uno simile alla chiesa cattolica. "È bellissimo," disse quando finì. "Non lo conosco."

"Non vai in chiesa?" Lui le fece un sorrisetto. "È un inno popolare."

"Frequento la chiesa cattolica. Le nostre canzoni sono in latino."

"Dev'essere difficile capire le parole in latino, vero?" Sorrise nel chiederglielo, così anche lei sorrise e disse, "Non penso che siamo tenuti a farlo."

Russell mise la chitarra nella custodia aperta ai suoi piedi. "Perché no?"

"Non lo so." Evelyn pensò per un momento alla musica in chiesa. Sapeva che per la maggior parte erano canti gregoriani. Lo avevano imparato all'orfanotrofio. Ma non aveva mai pensato al perché le parole non fossero mai in inglese. Le era sempre piaciuta la melodia, così dolce e rassicurante, ma niente a confronto con la canzone che aveva appena sentito. La storia di quella croce era così dolce e triste che le aveva fatto venire le lacrime agli occhi. Non si era mai sentita così in chiesa.

Russell chiuse la custodia della chitarra e si alzò. "Devo tornare al lavoro."

"Sì. Anch'io."

"Magari potrei cantare ancora per te, qualche volta."

Evelyn abbassò la testa con il rossore che le scaldava le guance. "Mi piacerebbe."

Una volta rientrata, Evelyn andò in bagno a bagnarsi la faccia con l'acqua fredda prima di andare in cucina a preparare la torta. Il modo in cui il suo corpo reagiva quando stava vicino a Russell era piacevole, ma le faceva anche paura. Non aveva mai sentito quel genere di calore nelle parti intime prima. Nemmeno quando Sorella Honora la massaggiava lì perché era così sporca. Questo era quello che la Sorella le aveva detto quando l'aveva sorpresa a guardarsi le parti intime. Evelyn era solo curiosa, ma la Sorella diceva che era sbagliato toccare, guardare o lasciare che qualcun altro toccasse. Quando Evelyn aveva osato chiedere perché la Sorella potesse toccarla, aveva ricevuto un duro schiaffo sulla bocca che le aveva fatto sanguinare il labbro. Non aveva più fatto domande dopo quell'episodio.

Evelyn si asciugò la faccia e piegò l'asciugamano per poi appenderlo ordinatamente sullo stendino. La Signora Gardner voleva che tutto fosse in ordine.

Russell si pulì le mani sporche di grasso su uno straccio già macchiato di olio, poi chiuse il cofano della vecchia Modello T e prese di nuovo in mano la sua chitarra. Cominciò a strimpellare alcune corde, pensando a Evelyn. Evelyn. Lo disse a voce alta, amando il modo in cui quel nome gli scivolava via dalla lingua. Era così poetico, e lui pensò che avrebbe potuto scrivere una canzone su Evelyn.

Quando aveva affittato il garage dai Gardner, non aveva intenzione di farne un posto dove poter anche suonare. Ma in effetti era più tranquillo che a casa di suo zio, dove i figli dei suoi cugini scorrazzavano per le stanze e per i corridoi con grandi urla e risate. Lì, i bambini erano più tranquilli, magari perché si trattenevano dal far rumore per quando sarebbero stati portati al parco. Quasi sempre quel compito era svolto da Evelyn. Lo sapeva perché a volte l'aveva vista camminare con i bambini nel tardo pomeriggio, quando lui arrivava dalla strada di suo zio.

Ogni volta che la vedeva, Russell sapeva che Evelyn era diversa da alcune delle altre ragazze da cui era stato attratto. Ragazze con cui era stato soltanto per il sesso. C'era una purezza in lei che lo dissuadeva e lo sfidava allo stesso tempo.

Aveva avuto il primo assaggio delle gioie che stanno tra le gambe di una donna quando era aveva diciassette anni. Priscilla, una vicina il cui marito l'aveva lasciata con due bambini piccoli, l'aveva invitato una sera col pretesto di avere il suo aiuto per riparare una finestra rotta. La finestra era davvero rotta, ma quando lui aveva finito di aggiustarla e le aveva detto che sarebbe tornato più tardi con un pezzo di vetro per finire il lavoro per bene, lei lo aveva invitato a restare per una tazza di caffè.

Dopo che si era seduto su una sedia di legno al tavolo della cucina, era rimasto stupito quando lei aveva preso una bottiglia dallo scaffale più alto di una credenza e aveva aggiunto una quantità generosa di whisky a ciascuna delle tazze di caffè. Era rimasto scioccato anche poco dopo quando lei aveva preso la sua tazza vuota e l'aveva messa sul balcone e poi l'aveva preso per la mano per portarlo nella sua camera da letto.

Quell'estate aveva riparato molte cose a casa di Priscilla, e lei gli aveva insegnato che cosa dava piacere a una donna.

Avrebbe voluto dare piacere a Evelyn.

Il sabato era il giorno libero di Evelyn, e lei spesso andava a fare vista a sua madre e a Henry nel loro piccolo appartamento. A volte veniva anche Viola, e ciò rendeva le visite più allegre. Sembrava che Viola fosse sempre felice, e spesso aveva storie divertenti da raccontare sulla gente all'hotel. Quel giorno, tuttavia, si sarebbero tutti incontrati al bar dell'hotel per ascoltare un duo vocale che era nel programma delle esibizioni. Viola li aveva sentiti in un locale a Hamtramck alcune settimane prima e aveva detto che erano molto bravi.

Viola frequentava spesso i locali da quando erano arrivate a Detroit, ed Evelyn era un po' turbata dalla passione di sua sorella per il bere. Si ricordava ancora di come Viola parlava di loro madre che tornava a casa ubriaca e di quanto Viola odiasse l'odore acido dell'alcol e le dichiarazioni d'amore a voce troppo alta che suonavano così false. Quando Viola glielo raccontava in deboli sussurri sotto le coperte all'orfanotrofio, entrambe giuravano che non avrebbero fatto lo stesso.

L'unica volta che Evelyn aveva provato a ricordare a Viola di quella promessa, sua sorella l'aveva presa sul ridere. "Eravamo bambine. Ora siamo cresciute. Dovresti venire con me qualche volta."

Così Evelyn quella sera aveva accettato, ma non sapeva che cosa aspettarsi. Entrando nella stanza offuscata dal fumo, Evelyn non vide subito sua sorella. Notò che diverse donne ai tavoli fumavano sigarette e sigari sottili con i loro accompagnatori, ed Evelyn alzò un sopracciglio per lo stupore. Secondo il libro di Emily Post sulle buone maniere, per una signora era considerato di poca classe fumare, soprattutto in pubblico. Solo certi tipi di donna si concedevano quell'attività e le "signore" non lo facevano. Ma forse le signore non andavano nei locali. Evelyn aveva letto il libro nella speranza che l'avrebbe aiutata a risolvere un po' della sua inettitudine sociale, ma temeva che l'avesse resa un po' moralista.

Vedendo sua sorella a un tavolo lontano, Evelyn si fece strada attraverso la folla e si unì a lei, sentendosi un po' trasandata nel suo vestito nero con il colletto bianco. Viola indossava un vestito rosso un po' scollato sul davanti e orecchini d'oro che luccicavano alla luce delle candele. "Il tuo vestito è molto bello," disse Evelyn.

"Grazie."

"Regina e Henry vengono?"

"No. Lei non si sente bene. Lui sta a casa per occuparsi di lei."

Evelyn si sedette. "Una cosa seria?"

"No. Solo un malanno di fine inverno."

"Anche i bambini di cui mi occupo sono malati. La Signora Gardner era riluttante a lasciare che mi prendessi il mio giorno libero."

"Come l'hai convinta?"

"Le ho detto che mi sarei licenziata." Evelyn sorrise al ricordo della sorpresa sulla faccia della sua datrice di lavoro e del permesso concesso.

"Ah. La mia sorellina ha una spina dorsale, dopotutto."

Evelyn si sciolse a quel complimento, contenta di avere l'approvazione di Viola, e rimase delusa quando la cameriera arrivò al tavolo, rovinando il momento. "Cosa posso portarvi?"

"Mhm..." Evelyn si rese conto che non aveva idea di che cosa ordinare. Qualcosa di elegante.

"Portale uno di questi," disse Viola, alzando il bicchiere. "E portamene un altro."

"Che cos'è?" chiese Evelyn.

"Whisky Sour."

"Non ho mai bevuto whisky."

"Allora è arrivato il momento." Viola rise, ed Evelyn non poté fare a meno di unirsi a lei. Era lì per divertirsi, quindi perché no?

Il cocktail aveva un sapore piacevole, acido, quasi come la limonata, ed Evelyn decise che era piuttosto buono. Ne prese un altro quando gli York Brothers finirono la loro prima esibizione con una canzone chiamata "Detroit Hula Girl". Tutti nel bar applaudirono e urlarono, e Viola addirittura si alzò e fece una piccola hula, facendo applaudire la gente ai tavoli vicini. Evelyn sentì il calore dell'imbarazzo, eppure una parte di lei era tentata di unirsi alle danze. La stanza sembrava stranamente inclinata e lei si sentiva come se si stesse spostando con essa. Eppure, non riusciva a ricordarsi di essere stata così bene da quando era arrivata a Detroit. Sorrise a sua sorella e le toccò il braccio quando tornarono a sedere.

Quando la band scese dal palco, le luci della stanza si accesero. Evelyn si accorse che non sarebbe stata in grado di trattenere la pipì fino al rientro a casa, così si avvicinò a Viola e chiese, "Questo posto ha una toilette?"

"Da questa parte." Viola si alzò e cominciò a guidarla tra i tavoli.

Quando si avvicinarono al bar, Evelyn vide Russell su uno degli sgabelli. Si fermò solo un istante. "Russell?"

Lui si girò e sorrise. "Evelyn."

Amò il modo in cui il suo nome suonò quando lui lo pronunciò. Quasi una musica.

Viola la toccò e fece cenno verso Russell. Evelyn recepì il messaggio. "Questa è mia sorella, Viola."

Russell diede uno sguardo a Viola, poi la guardò di nuovo. Certo, pensò Evelyn. Perché non avrebbe dovuto guardare quello che Viola gli stava mostrando?

"Vi piace la musica, ragazze?"

"Oh, sì." Viola sorrise. "È piuttosto buona."

"Russell suona." Evelyn non era sicura di cosa l'avesse spinta a dirlo. Forse perché non le piaceva il modo in cui Viola lo stava guardando e aveva solo detto qualcosa come diversivo. "Ma non la stessa musica che abbiamo acoltato stasera."

"Che cosa suoni?" chiese Viola.

"Principalmente vecchie canzoni e inni che mi ha insegnato mio padre."

"Magari potresti cantarne uno per me, una volta."

"Mi piacerebbe."

Una piccola voce di risentimento disse a Evelyn che, anche se non erano mai usciti insieme, lei aveva cominciato a vedere Russell come suo. Non gli aveva parlato nel garage nelle ultime settimane, ma l'aveva sentito cantare lì fuori in due occasioni. Piuttosto che disturbarlo, era rimasta alla porta ad ascoltarlo, fingendo che stesse cantando per lei. Aveva un voce ricca, suadente, e pensava che fosse bravo esattamente come i professionisti che aveva sentito quella sera.

Evelyn toccò il braccio di Viola e le lanciò un messaggio silenzioso quando i loro occhi si incontrarono.

"Devi scusarci, Russell. Mia sorella deve vedere un uomo a proposito di un cavallo."

"Cosa?" Evelyn non intendeva che quella parola le sgorgasse fuori in quel modo, ma sembrava che avesse vita propria.

Viola ridacchiò e sorrise un'altra volta a Russell, andandosene. Si avvicinò e sussurrò a Evelyn, "Ho sentito una donna che alloggiava all'hotel che lo diceva per far capire che aveva bisogno dei servizi. Ho pensato che fosse divertente."

Evelyn non pensava che fosse divertente. La faccia le bruciava di imbarazzo e, sì, anche un po' di rabbia. Una volta che furono nel piccolo bagno, che aveva un solo gabinetto dietro a una tenda, si rivolse a Viola, che si era avvicinata allo specchio. "Ti prego non mettermi di nuovo in imbarazzo in quel modo."

Viola si girò per guardarla. "Volevi che gli dicessi che dovevi pisciare?"

"Non essere volgare."

"Non essere così all'antica."

Evelyn andò dietro alla tenda e si lasciò andare, poi andò al lavandino dove Viola era ancora a sistemarsi il rossetto. Il colore era un rosso acceso che si abbinava al vestito. Evelyn guardava sua sorella mentre si lavava le mani. Viola era davvero una bella ragazza. Non aveva nemmeno bisogno del trucco che applicava così generosamente. Avrebbe potuto attirare qualunque uomo avesse voluto.

Evelyn avrebbe voluto essere più simile a sua sorella, spensierata e in grado di ridere e flirtare. Era ovvio che Viola aveva flirtato con Russell, ed Evelyn sperava che non sarebbe più successo. Lei lo aveva incontrato per prima e pensava che anche lui sentisse una scintilla di attrazione. Ma quella sera, Viola l'aveva messa in ombra. Lo aveva sempre fatto e, per la maggior parte delle volte, a Evelyn non era importato. Invece, quella sera le importava. Voleva che Russell la notasse, ma non avrebbe nemmeno potuto prendere in considerazione di fare la seduttrice come aveva fatto sua sorella.

Quando tornarono nella sala principale, Russell se n'era andato, ed Evelyn fu delusa di non potergli parlare di nuovo. Ma fu anche un po' sollevata. Ora Viola non poteva flirtare con lui, e quei due forse non si sarebbero mai più rivisti, cosa che sarebbe andata più che bene a Evelyn.

Passò un'altra settimana prima che Evelyn rivedesse Russell. Poi un pomeriggio, mentre si stava dirigendo versa la sua stanza per una piccola pausa prima di cominciare a preparare la cena, sentì la musica dal garage. Invece che restare dietro alla porta ad ascoltare, la aprì e uscì. Russell si fermò per un momento per sorriderle e poi riprese la canzone. Era una canzone triste. Qualcosa a proposito di un uomo anziano e di un orologio che si fermava quando lui moriva. Quando la canzone finì, disse, "È molto bella. Ma anche un po' triste."

"Si chiama 'My Grandfather's Clock'."

"Lo era davvero?"

"Davvero cosa?"

"L'orologio, di tuo nonno?"

Russell fece una piccola risata. "No. È solo un'altra canzone che mi ha insegnato il mio papà."

"Tuo padre ti ha insegnato tutte quelle altre canzoni che ti ho sentito cantare?"

"Ah, quindi mi hai ascoltato ancora."

"Sì. Mi... mi piace la musica."

"Che cos'altro ti piace?"

Per il modo in cui lo disse, con un piccolo sorriso e il luccichio negli occhi, Evelyn credette che le gambe le fossero diventate gelatina. Si appoggiò alla porta per tenersi in equilibrio. "Mi piacciono i libri, e..."

Non riusciva a pensare a nient'altro, così alzò le spalle, odiando il fatto di essere così a corto di parole. Lui probabilmente stava pensando che fosse stupida, come le buone Sorelle. Quando il silenzio diventò pesante, lei si diresse verso la porta. "Devo andare."

Appena prima di chiudere la porta, sentì lui che la chiamava, "Ti piacciono i film?"

"Cosa?" Infilò la testa dentro e vide che lui stava sorridendo.

"Mi chiedevo se ti andasse di andare al cinema?"

"Oh." Prese un momento per fermare il battito impazzito del suo cuore. "Sì. Sì, mi andrebbe. Moltissimo."

Lui appoggiò la chitarra e si alzò come se la domanda successiva avesse bisogno di quella formalità. "Prenderesti in considerazione di venire a vedere un film con me?"

Evelyn riuscì a malapena a balbettare una risposta. "Sì. Mi... Mi piacerebbe."

"Mia zia mi ha detto che c'è un nuovo film con John Wayne al teatro in centro. Ti piace John Wayne?"

"Penso di sì. È un cowboy, giusto?"

Russell ridacchiò. "È un attore. Ma interpreta dei cowboy."

"Certo. Come sono stupida."

"Per niente stupida." Russell fece un passo avanti e le toccò il braccio. "Venerdì va bene?"

Le dita di lui erano leggere sul suo braccio, ma le fecero venire i brividi dove le due pelli si incontrarono. Evelyn prese un respiro per calmare il suo cuore e i suoi nervi. "Va benissimo."

"Ti chiamo domani per decidere l'ora," disse, poi si fermò un momento. "Hai il permesso di ricevere chiamate qui?"

"A patto che siano brevi. E non troppo frequenti."

"Allora ottimo. Ti chiamo domani."

Evelyn tornò in casa, reggendosi il braccio.

Venerdì sera, Russell fissò con Evelyn alle sei in punto. Si era preoccupata tutto il pomeriggio di che cosa indossare, desiderando di avere vestiti audaci come quelli di sua sorella. Se solo fosse stata abbastanza coraggiosa da indossare cose come quelle. Le parole di avvertimento della brave Sorelle riguardo a cosa succedeva alle ragazze che si lasciavano andare nell'abbigliamento e nelle maniere risuonavano ancora nella sua mente. Si meravigliò di quanto velocemente Viola fosse riuscita a dimenticarsele. O semplicemente non le era mai importato?

Evelyn aprì l'anta del piccolo armadio nell'angolo delle sua camera e scelse un vestito azzurro, del colore del cielo d'estate. L'aveva sempre fatta sentire bella. Aveva una gonna a ruota che si muoveva un po' quando camminava e piccoli bottoni di perla sul corpetto. Indossò guanti bianchi e una cuffia bianca, e Russell sorrise quando la vide. Sperò che fosse un sorriso di approvazione.

Non presero la Ford Modello T alla quale Russell stava lavorando nel garage dei Gardner. Non aveva fatto molti progressi, dato che Russell ci aveva speso sì del tempo, ma ne aveva passato di più con la sua chitarra. "Questa è la macchina di mio zio," disse Russell, aprendo per lei lo sportello del passeggero della Buick Roadmaster.

La macchina aveva morbidi sedili in pelle e un odore fresco, pulito. "È stato gentile da parte sua lasciartela usare," disse lei, scivolando sul sedile.

"Mio zio è un brav'uomo." Russell si infilò dietro al volante e accese il motore. Fortunatamente, non erano lontani dal teatro, dato che la conversazione faticava a ingranare. Dopo aver indagato sulla sua famiglia e sul suo lavoro, Evelyn non sapeva che cos'altro chiedergli, e anche lui sembrava a corto di parole. Quel fascino malizioso dei loro incontri al garage ora mancava, e lei lo vide toccarsi la cravatta come se fosse troppo stretta. Evelyn sperava sinceramente che avrebbero presto superato quel disagio.

Entrare nel Teatro Fisher fu come entrare nel salone di una villa, e la vista le tolse il fiato. L'ingresso del teatro era aperto e spazioso con una sontuosa tappezzeria e le pareti di marmo bianco e grigio. Guardando in alto, Evelyn vide un grande lampadario appeso a una grossa catena che pendeva dal centro del soffitto, il quale era anch'esso coperto di marmo in una bellissima fantasia a mosaico. Il lampadario splendeva di quelle che sembravano essere un migliaio di luci che riflettevano sugli specchi della parete opposta. Era quel genere di posto di cui aveva letto nei libri dove i personaggi abitavano in case bellissime con sale da ballo abbastanza grandi da far ballare cento persone senza che nessuno si pestasse i piedi.

Evelyn aspettò che Russell comprasse i biglietti, poi lo seguì su per le scale, dove un ragazzo in abito nero e camicia bianca li accompagnò ai loro posti. Evelyn provò a non sembrare stupita, ma i cornicioni dorati e i drappi di velluto rosso sui palchi erano meravigliosi. "Come fa la gente a raggiungere i posti lassù?" Evelyn chiese in un sussurro, indicando la parete alla loro sinistra.

Russell rise. "Vedi le tende? La gente ci passa attraverso da una sala sul retro."

"Oh."

"Immagino che tu non abbia mai visto dei palchi prima."

"No." Evelyn lo guardò e sorrise. "Non sono mai stata in un posto come questo prima d'ora."

"Nemmeno io c'ero stato. Prima di venire qui. Mia zia mi ha portato poco dopo che sono arrivato in città. Pensava che il sempliciotto delle colline avesse bisogno di un po' di cultura." ridacchiò. "A casa, il nostro piccolo cinema è molto semplice."

"Anche quello in cui sono stata a Milwaukee."

"Sei del Wisconsin?"

"Sì. È dove sono nata."

"Oh." Russell si sistemò sulla poltrona per poterla guardare. "La tua famiglia è lì?"

"Non ho più membri della famiglia rimasti lì. Mia sorella e mia madre vivono qui a Detroit."

"E il tuo papà?"

"Non so niente di mio padre." Nonostante i suoi sforzi per modulare il tono, le parole vennero fuori un po' spigolose.

"Scusa," disse lui. "Non volevo impicciarmi."

Lei sospirò. "E io non volevo essere così secca. Se ti interessa sapere la verità, mio padre mi ha abbandonata quando ero una neonata. Non ho ricordi di lui."

Lui distolse lo sguardo per un momento, poi lo riportò su di lei. "Allora sono fortunato. A conoscere il mio papà. Anche se non vive più con mia madre."

"Oh." Evelyn trovò interessante quella strana piccola cosa che li accomunava. "Sono divorziati?"

Lui scosse la testa. "Separati. Lui ha una stanza in affitto in città e mia madre vive in una casa oltre il fiume, sulla collina." Lui rise. "Montagna, in realtà. Dovresti venire a vederla una volta. A quasi un miglio dalla vetta, con le strade che la circondano."

Era un invito? L'idea di vistare la sua città natale con lui in effetti aveva un grande fascino. "Devo ammettere che non ho mai visto una montagna. A parte nelle fotografie, ovviamente."

Prima che lui potesse rispondere, le luci si abbassarono e il sipario si aprì su un grande schermo bianco, almeno due volte più grande dello schermo del teatro in cui Evelyn era andata un paio di volte a Milwaukee. Le luci lungo il muro si abbassarono, ed Evelyn sentì un rumore ronzante alle sue spalle. Un'immagine prese vita sullo schermo e la musica li circondò.

Evelyn fu presto così presa dal film che si dimenticò di preoccuparsi dell'impressione che stava facendo su Russell. Si preoccupava dei passeggeri sulla diligenza che si facevano strada nel territorio del New Mexico, e le piaceva il personaggio interpretato da John Wayne. Non era dalla parte della legge, ma era un brav'uomo e, oh, così bello. Quando gli Indiani attaccarono la diligenza, Evelyn strinse il braccio di Russell, e lui mise l'altra mano sulla sua. Lei non volle più muoversi. Quel contatto era così bello.

Quando il film finì e le luci nella sala si riaccesero, Evelyn rimase un po' delusa. La storia sarebbe potuta continuare per sempre. E certo sperava che Ringo Kid e Dallas si fossero messi insieme e così fossero rimasti.

"Ti è piaciuto il film?" chiese Russell quando si alzarono per dirigersi fuori insieme al resto del pubblico.

"Sì. Per la maggior parte. A parte gli spari."

Russell sorrise e la prese a braccetto per guidarla nel flusso di persone che si affollavano nel corridoio. "Nemmeno a me piacciono," disse. "Mi dà fastidio vedere qualsiasi cosa venire uccisa."

Quella confessione sorprese Evelyn. Pensava che a tutti gli uomini piacesse cacciare e uccidere animali per procurarsi cibo o anche per sport. Era ciò di cui gli uomini ospiti degli Hershlinger parlavano spesso, e anche il Signor Hershlinger faceva una gita annuale nel Montana per la caccia all'alce.

Il viaggio verso casa fu silenzioso per la maggior parte del tempo ma, a differenza del viaggio verso il teatro, era un silenzio confortevole. Ogni tanto, Evelyn sentiva Russel canticchiare dolcemente e lo vedeva battere le dita sul volante. Quando lui notò il suo sguardo, sorrise. "La musica nel film era molto bella."

"Te la ricordi?"

Lui annuì. "Tu no?"

Lei scosse la testa. "Non credo che nessuno senta la musica come te."

Lui rise. "Il mio papà una volta me l'ha detto."

"Aveva ragione. Hai un talento speciale."

Tenendo una mano sul volante, Russell si allungò con l'altra per prenderle mano. Il tocco fu elettrizzante, ed Evelyn prese un respiro per calmare il suo cuore. "Volevo fare il cantante," disse. "Ma tutti mi dicevano che dovevo imparare un mestiere. Riuscire a guadagnarmi da vivere."

Evelyn prese un altro respiro e trovò la voce. "I cantanti non guadagnano?"

Lui rise di nuovo.

"Quegli uomini che hanno cantato al bar dell'-hotel l'altra notte?"

"Certo. Erano pagati. Ed erano fortunati a essere in un locale di classe come quello. Ma la maggior parte dei posti in cui vanno i cantanti sono bar piccoli o localini. Pagano a malapena per coprire le spese di viaggio."

"Non ne avevo idea." Evelyn guardò fuori dal finestrino, osservando le luci delle macchine che si allargavano sul parabrezza per poi scomparire quando le macchine si allontanavano. Guardò Russell di nuovo. "Hai mai cantato in uno di quei locali?"

"Qualche volta. Ho anche suonato alla radio un paio di volte con un mio amico. Pensavamo entrambi di poter sfondare. Diventare ricchi e famosi."

Lui tolse la sua mano da quella di lei per girare il volante, ed Evelyn rimase delusa quando non la rimise. Si chiese se fosse il caso di osare raccontargli il suo sogno di diventare attrice. La prima volta che era andata al cinema e aveva visto *Cappello a cilindro* aveva sognato di andare a Hollywood e diventare una star come Ginger Rogers. Ma forse condividerlo con Russell era una rivelazione da conservare per un'altra volta. Se ci fosse stata un'altra volta.

A casa di lei, Russell scese dalla macchina e girò intorno per aiutarla a scendere. Poi camminò con lei fino alla porta di ingresso. Se avesse provato a baciarla, si sarebbe accorto che non era mai stata baciata? Le dita le tremavano mentre cercava le chiavi nella sua piccola borsa da sera. Quando le trovò, le inserì con attenzione nella serratura, temendo che cadessero. Poi si rivolse a lui.

"Grazie per avermi portata fuori," disse. "Sono stata molto bene."

"Anch'io." Si avvicinò e le toccò dolcemente le labbra con le sue, guardando profondamente nei suoi occhi mentre si ritraeva. "Va bene?"

Evelyn non era sicura di cosa intendesse, così non disse nulla. "Il bacio? È stato troppo ardito da parte mia?"

Lei scosse la testa. Il bacio era stato bello.

"Allora mi piacerebbe farlo di nuovo." Le toccò il

retro della testa per avvicinarsi, e il bacio fu più intenso stavolta, facendole bruciare un fuoco nella pancia.

Lei si tirò indietro stavolta, senza fiato. "Devo andare."

Russell annuì e aspettò sul portico quando lei aprì la serratura ed entrò. Lo vide che ancora stava lì mentre chiudeva la porta.

Si appoggiò al legno, col calore che ancora pulsava nel suo corpo. Era come se ogni sua terminazione nervosa fosse in fiamme, e quel posto nelle sue parti intime, quello che aveva risposto al tocco della Sorella, ora pulsava. Sarebbe stato sbagliato permettere a Russell di toccarla lì?

"I peccati della carne sono i peccati peggiori." Evelyn riusciva a sentire la voce di Sorella Honora nella testa.

Quella era la risposta.

13

EVELYN - LUGLIO 1940

EVELYN NON AVEVA MAI AVUTO LA COMPAGNIA DI un ragazzo prima di allora, quindi non era sicura di come riferirsi a Russell quando parlava con sua madre o con Viola. "Pretendente" era la parola adatta? O c'era una parola nuova in quei tempi moderni? Quando aveva letto *Jane Eyre* di Charlotte Brontë, le era piaciuto il termine pretendente. Ed era piuttosto sicura che Russell fosse adatto a lei. Trovava spesso delle scuse per andare nel garage dove sapeva che lui stava lavorando alla macchina o suonando, e lui l'aveva portata fuori ogni venerdì sera da quasi due mesi. Poteva osare pensare che fossero una coppia?

Quel venerdì sera, il primo di luglio, erano al Fox Theater a vedere *Piccoli attori*, e lui teneva il braccio intorno alle sue spalle, la mano che le toccava appena un seno. Anche attraverso il tessuto del vestito, lei era in grado di sentire il contatto e stava diventando più a suo agio con le sensazioni che quel tocco risvegliava in lei. Dopo quella prima notte e il primo bacio, aveva messo a tacere quella voce assillante nella sua testa, spingendola da parte e creando una barriera nella sua mente per tenerla a bada.

Per lo più, la barriera aveva funzionato.

La settimana prima, quando Russell aveva accompagnato Evelyn a casa dopo cena, non erano andati subito alla porta. Aveva spento il motore, poi si era girato verso di lei, avvicinandosi per toccare le sue labbra con le sue. Mentre la baciava, le aveva aperto i primi bottoni del vestito e aveva infilato dentro la mano. Se non fosse stato per il bacio, forse lei avrebbe spinto via la mano, ma la passione era stata più forte della ragione. E la barriera era rimasta intatta.

Il ricordo di quella sera riportò di nuovo un accenno di quel calore, ed Evelyn si spostò sulla poltrona. Russell si avvicinò e le chiese piano, "Stai bene?"

"Sì," sussurrò in risposta, ma non era davvero sicura. Anche se una parte di lei voleva che quell'uomo le facesse quello che gli amanti facevano nei romanzi d'amore che aveva letto, doveva ammettere che quella prospettiva la spaventava.

Evelyn scacciò via i pensieri e sprofondò nella poltrona per godersi il film. Amava così tanto perdersi in una storia mentre quella si dispiegava sullo schermo.

Quando il film fu finito, andarono a mangiare in un ristorante italiano. Russell ordinò una birra e degli spaghetti ed Evelyn prese un bicchiere di vino rosso. Era così dolce e gustoso che ne prese un altro bicchiere, chiedendosi perché avesse aspettato così tanto per bere alcol come ogni altra persona adulta. Anche se la faceva sentire un po' stordita, amava quella sensazione di tranquillità.

Più tardi, parcheggiati fuori da casa sua, Russell spense il motore e le luci della macchina. La luna inondava l'interno della macchina con una luce bianca che illuminava i lineamenti del suo volto quando si rivolgeva a lei. Non sembrava ci fosse il bisogno di parole. Lei riusciva a vedere le sue intenzioni nei suoi occhi. Così lasciò che la baciasse appassionatamente e le scoprisse il seno. Quando lui le toccò un capezzolo con le labbra, come se la stesse assaggiando, pensò che sarebbe esplosa. Poi le alzò la gonna e le infilò una mano nelle mutandine. Nel posto che era in fiamme. Il posto che le brave Sorelle avevano detto che nessuno avrebbe dovuto toccare. Ma il tocco di Russell era così bello.

"Evelyn, possiamo andare avanti?"

Si staccò da lui per un attimo. "Che cosa intendi?"

"Voglio essere dentro di te. Farti sentire quanto ce l'ho duro." Le prese la mano e la mise sulla patta dei suoi pantaloni. *Quindi è questo l'effetto che fa su un uomo*. Conosceva le basi dell'anatomia maschile ma non aveva mai visto il pene di un uomo adulto, né l'aveva mai toccato. Quando faceva il bagno a Jonathan, ogni tanto dava un'occhiata alle sue parti intime, anche se l'avvertimento riguardo ai piaceri della carne della Sorella risuonava chiaro nella sua mente. Jonathan aveva un pene piccolo e soffice e non assomigliava affatto all'aspetto che immaginava avesse quello sotto la sua mano.

Evelyn provò a mandare via la nebbia dal suo cervello. "Non so come... Non ho mai..."

"Sei vergine?"

"Sì."

Lui non disse nulla per un momento, poi chiese, "Ti va?"

Lei fece una pausa ancora più lunga, poi disse. "Non lo so. Penso di sì... ma come... dove?"

Russell mise in moto la macchina e si allontanò

dal marciapiede. "Non qui. Non così vicino a dove abiti."

Evelyn si abbottonò il vestito mentre Russell guidò per qualche isolato e arrivò a una strada molto buia. Aveva delle case da una parte e quello che sembrava un parco dall'altra. "Vieni," disse, aprendo lo sportello della macchina.

"Nel parco?"

"No, sul sedile posteriore. È largo abbastanza per noi. Quasi come un letto."

Russell la appoggiò sul sedile posteriore e le sbottonò il vestito, poi glielo fece scivolare giù dalle spalle, insieme alle spalline del reggiseno. L'aria notturna era fresca, anche per luglio, e fu una bella sensazione quando le soffiò sulla pelle nuda. Per un momento, si preoccupò che a lui non sarebbe piaciuto toccare lo spazio tra i suoi seni dove si era raccolto il sudore, ma la preoccupazione fu cancellata dalla passione dei baci.

Poi non pensò più a niente mentre la passione si faceva più intensa, e lui le sfilò in fretta le mutandine. Le sue dita passarono nel punto dove lei stava bruciando e fu come essere toccata con una calamita. Poi lui armeggiò con i pantaloni, e lei sentì qualcos'altro toccarla. "Sei pronta?" le chiese con un dolce sussurro nell'orecchio. "Farò piano."

Nonostante quelle parole, e per quanto Evelyn fosse convinta di volerlo, le fece male quando Russell si spinse dentro di lei, ma il piacere accompagnò il dolore, creando uno strano miscuglio di sensazioni.

Ora che l'atto era finito, lui era ancora dentro di lei, ed era una bella sensazione. E così lo erano i dolci baci sul collo. Ma all'improvviso l'immagine di Sorella Honora che scuoteva il dito per sottolineare la sua predica sulle cattive ragazze si fece spazio attraverso la barriera che Evelyn aveva alzato. O mio Dio. Che cosa aveva appena fatto? Ora era una cattiva ragazza? Non si accorse di aver cominciato a piangere prima che Russell le asciugasse una lacrima sulla guancia. "Mi dispiace se ti ho fatto male. Non volevo."

Evelyn non sapeva che cosa dire. Non poteva dirgli perché stava piangendo. Non ora che lui era ancora steso su di lei, caldo e fermo e delicato con i suoi baci. Poi lui si spostò per abbottonarsi i pantaloni, e lei si girò per mettersi a sedere, attenta a restare sull'asciugamano che lui aveva steso sotto di lei. All'inizio, era stata così grata di avere qualcosa per proteggere la gonna da quel disastro che non aveva pensato a nient'altro. Ma ora, si chiedeva perché fosse lui così preparato. Era solo una coincidenza che avesse un asciugamano in macchina, o lo faceva con molte altre ragazze?

Evelyn odiava avere quei pensieri, ma non poteva farne a meno. Provava senso di colpa e un po' di delusione. Qualcosa bruciava ancora dentro di lei, come un bollitore che sarebbe esploso a breve se nessuno avesse tolto il coperchio. L'atto, non sapeva come altro chiamarlo, non era stato come in quelle scene dei libri dove la coppia langue nella reciproca soddisfazione. Non si sentiva sazia. Oh, come amava quella parola e immaginava che sensazione dovesse essere, ma quella sera non la stava provando. Frugò sul pavimento finché non trovò le sue mutandine e se le infilò, tirando via l'asciugamano allo stesso tempo. Anche nella luce soffusa della luna, riusciva comunque a vedere la macchia scura della sua verginità appena perduta. Alzò l'asciugamano. "Dove vuoi che metta questo?"

"Dammi." Lui lo prese, lo piegò e lo gettò nell'angolo del sedile. "Me ne sbarazzerò prima di riportare la macchina a mio zio."

E ora? Evelyn si lisciò i capelli e si rimise il cappello. Ciò che era appena accaduto era una cosa monumentale per lei. Aveva la stessa importanza per lui? Stava cercando di capire cosa dire, ma lui parlò per primo.

"Ti porto a casa." Russell scese dal sedile posteriore e tenne la porta per lei.

Evelyn si morse il labbro per trattenere le lacrime. Lui sembrava così... così... distante. Era forse così che si comportavano tutti gli uomini dopo? O voleva dire che lui era uno di quelli verso cui sua sorella l'aveva messa in guardia? Quelli che dicevano parole dolci a una donna solo per farci sesso e poi sparire. Salendo sul sedile anteriore distolse lo sguardo, così che lui non potesse vedere la sua preoccupazione.

Il viaggio di ritorno a casa sua era breve, ma il silenzio nella macchina si sarebbe potuto allungare per chilometri. Non era il silenzio amichevole che si erano goduti in altre occasioni, ed Evelyn si chiese a cosa stesse pensando Russell. Era deluso? C'era qualcosa che non andava? Avrebbe dovuto chiederglielo? Che cosa gli avrebbe detto al momento di salutarlo alla porta di casa?

Alla fine, non ci fu tempo per dire nulla di che. Anziché trattenersi come faceva spesso, lui le diede un piccolo e delicato bacio, poi le diede la buonanotte in fretta e si girò per andarsene. Il bacio fu rassicurante, ma la dipartita improvvisa la lasciò tremante nella fresca brezza.

In casa, Evelyn andò nella sua stanza accanto alla cucina, per una volta felice che la sua camera non fosse al primo piano insieme a quelle della famiglia. Gettò il suo cappello sul letto e si tolse il vestito, controllando attentamente che non si fosse macchiato. Niente. Grazie a Dio. Prese una vestaglia e della biancheria pulita e andò in bagno a lavarsi.

Come si aspettava, sulle sue mutandine c'era del sangue, ma non più di quando le sue cose le cominciavano senza preavviso. Sciacquò le mutandine con l'acqua fredda, poi si lavò, notando che si sentiva un po' sensibile nelle parti intime. Mentre si lavava, non riusciva ad allontanare dalla testa l'immagine di Sorella Honora e del suo dito accusatorio. Tutte le prediche sul peccato e sul sesso le frullavano per la testa, e si mise a strofinare più forte, provando a fermare la voce severa.

Non avrebbe mai dovuto dire di sì a Russell. Poteva dare la colpa al vino, ma la verità era che lo voleva. Voleva farlo felice. E voleva vedere che effetto faceva fare l'amore. *Oddio. Ho commesso un terribile peccato.* Forse se fosse andata a confessarsi... Beh, non c'erano dubbi su quello. Sarebbe andata a confessarsi per la paura di morire in uno stato di peccato mortale. E magari, se dopo di ciò fosse rimasta pura, Dio non avrebbe mandato un fulmine a colpirla in testa. Avrebbe fatto così. Avrebbe resistito ai peccati della carne finché Russell non l'avesse sposata.

Perché l'avrebbe fatto. Ne era sicura. Nonostante le emozioni torbide che stava vivendo, si convinse che ora avevano un accordo. Si disse anche che lui non era come gli altri uomini. Era un vero gentiluomo, e un gentiluomo non deflorava una vergine senza l'intento di farne la propria sposa.

Non ci sarebbe mai potuto essere un altro uomo per lei.

Trascorse una settimana senza che Russell si facesse vedere, e la ferma convinzione di Evelyn cominciò a indebolirsi. Provava a non preoccuparsi ma non poteva fare a meno di chiedersi se fosse stata una stupida a lasciarlo fare.

Poi un giorno sentì la musica nel garage e corse fuori nella smania di vederlo. Lui sedeva su uno sgabello, suonando un ritmo lento e melodioso alla chitarra. Alzò lo sguardo e le sorrise, e i dubbi svanirono come la nebbia mattutina quando viene toccata dal sole.

Evelyn sapeva di dover fare la preziosa. Quello era il modo in cui le donne dovevano comportarsi, ma non poté trattenersi. "Sono così contenta di vederti."

Strimpellò qualche altro accordo, poi le fece l'occhiolino. "Anch'io."

Lei si appoggiò al parafango della macchina e lo ascoltò mentre finiva la canzone, poi ne cominciava un'altra. Quando concluse, con le note che scivolavano via nel silenzio, mise giù la chitarra. "Ho delle buone notizie."

"Cosa?"

"Ho un concerto al Cadillac Hotel. Tua sorella mi ha presentato all'uomo che organizza l'intrattenimento."

Evelyn rimase sconvolta. Non aveva idea che avesse visto Viola. Quando era successo? Il weekend prima, quando non l'aveva portata fuori? Evelyn non voleva saltare ad alcuna conclusione, ma non poteva farne a meno. L'insicurezza aveva il controllo. L'aveva fatto? L'avrebbe fatto?

Lui la guardava con così tanta aspettativa; sapeva

di dover dire qualcosa. "Quand'è? La tua esibizione, intendo."

"Venerdì prossimo. Puoi venire?"

"Non lo so..." Lasciò che le parole svanissero.

Russell si alzò e le si avvicinò, toccandole la guancia con le dita. "Pensavo che ti sarebbe piaciuto."

"Mi piacerebbe." Provò a far trapelare un po' di entusiasmo nella sua voce, ma non riusciva a scacciare il pensiero di lui e Viola insieme, e il suo entusiasmo era smorzato.

Lui si avvicinò e le mise le dita tra i capelli, sfiorandole le labbra con un bacio nello stesso momento. Il suo corpo non ascoltò la sua mente, e si abbandonò al bacio. La passione li infuocava entrambi, e le mani di Russell erano impazienti mentre scivolavano giù lungo la sua schiena e il suo sedere. La passione bruciava da dentro e sembrava invitare l'erezione che lui le premeva contro.

Russell interruppe il bacio. "Ho visto la famiglia che usciva prima. Potremmo andare dentro."

"No." Evelyn non voleva che la risposta suonasse severa, ma si accorse che lo era stata quando lo vide sussultare.

"Un letto sarebbe meglio del sedile posteriore della macchina."

"Sì, ma..."

"Che cosa?"

Evelyn fece un passo indietro. "Non posso. Non possiamo. È sbagliato."

Russell si passò una mano sulla faccia. "Ma allora...?" Fece un gesto vago, ma lei sapeva che cosa intendeva. E allora la volta scorsa?

"Ho ceduto alla tentazione." Esitò, poi concluse. "Ma è stato un peccato."

"Un peccato?" Lui scosse la testa. "Un peccato è qualcosa di cattivo. Qualcosa di brutto. Quello che abbiamo fatto non era brutto."

"No, non era brutto, ma non era giusto. Quello che abbiamo fatto dovrebbe essere riservato al letto nuziale."

Lui scosse la testa. "Gesù! Ma quanto sei religiosa?"

Quella domanda la sorprese. Alzò un sopracciglio e scosse le spalle. "Non lo so. Nella media?"

"Io sono molto sotto la media. Credo in Dio ma non nella chiesa."

"Cosa?" Evelyn lo guardò con gli occhi spalancati. "Non c'è Dio senza la chiesa."

Lui fece qualche passo indietro, poi si voltò. "Dov'era Dio prima che si costituissero le chiese?"

Evelyn si morse il labbro. Non aveva una risposta e, una volta che lo shock iniziale si fu affievolito, si rese conto che era una domanda interessante. Non aveva mai pensato a Dio al di fuori della messa. Secondo la Sorella, era lì che le persone andavano a incontrare Lui, e la messa si teneva sempre in chiesa.

"Se non vai in chiesa, come hai imparato tutti gli inni che suoni?"

"Il mio papà suonava l'organo in una chiesa metodista. Quando ero bambino, ci andavamo sempre. E la mia intera famiglia ama cantare. Le canzoni di chiesa sono quelle che la maggior parte di noi conosce."

"Torneresti mai in chiesa?"

Lui non rispose per lungo tempo, poi scosse appena la testa. Evelyn non sapeva cosa rispondere. Non conosceva tutte le regole della chiesa quando si trattava di matrimonio, ma si ricordava che le avevano detto di trovare qualcuno "del suo stesso tipo". Che dilemma. Non era sicura di poter rinunciare a Russell, soprattutto dopo avergli dato il suo dono più prezioso.

Doveva assicurarsi che un giorno sarebbe diventato suo marito. Il fatto che non fosse cattolico era una complicazione. Non potevano sposarsi in chiesa, e non sapeva se ciò avrebbe significato che non avrebbe più potuto ricevere la comunione, ma si sarebbe occupata di tutta la questione più avanti. In quel momento, sapeva di dover tornare dentro prima di cedere alla tentazione che lui le stava offrendo con quel sorriso sbilenco e il luccichio del desiderio nei suoi occhi blu profondo.

Venerdì sera, Viola arrivò per portare Evelyn all'hotel per l'esibizione di Russell, così che non dovesse prendere l'autobus. Di recente, Viola aveva imparato a guidare e comprato una Chevrolet Standard usata.

Scivolando sul sedile del passeggero, Evelyn notò il vestito nero aderente che sua sorella indossava. Il suo vestito quella sera aveva una piccola scollatura tonda, la cosa più sexy cui Evelyn si potesse spingere. "Stai molto bene," disse quando Viola si allontanò dal marciapiede.

Viola la guardò sorridendo. "Anche tu."

Evelyn aveva sperato di andare all'hotel con Russell, ma lui le aveva detto che sarebbe dovuto esser lì presto per sistemare. Sarebbe stato meglio che lei lo raggiungesse più tardi per lo spettacolo, così non sarebbe stata seduta da sola ad annoiarsi mentre lui sistemava l'impianto sonoro. Comunque, si era vestita come se dovesse andare a un appuntamento, indossando un prendisole color lavanda chiaro con una fascia bianca. Anche se le parole di Viola le erano sembrate sincere, Evelyn temeva che sua sorella la trovasse trasandata a confronto. Poi scacciò quel pensiero. Non aveva importanza quello che sua sorella pensava. Importava soltanto quello che Russell pensava del suo aspetto, e, fino ad ora, non lo aveva mai sentito lamentarsi.

"È stato molto carino da parte tua organizzare questa opportunità per Russell," disse Evelyn quando Viola entrò nel parcheggio dell'hotel.

"Se lo merita. L'hai sentito cantare?"

Quella domanda la lasciò di stucco per un momento, ed Evelyn fu molto contenta di distrarsi per uscire dalla macchina e camminare verso l'ingresso dell'hotel. Aveva raccontato a Viola di come lei e Russell si erano incontrati e di come l'aveva sentito cantare nel garage. Sua sorella non se lo ricordava? O c'era qualcos'altro che non sapeva? Aveva cantato anche per Viola nello stesso modo in cui aveva cantato per lei? Era quello che faceva le sere in cui non lavorava nel garage?

Evelyn scosse la testa, provando a disperdere quei pensieri nel vento. Doveva smettere di ossessionarsi su che cosa Russell facesse quando lei non lo vedeva. Non erano affari suoi, sebbene desiderasse davvero saperlo per non doverselo immaginare. Immaginare la portava sempre a fantasie così selvagge. Seguì Viola dentro e si fecero strada attraverso la folla per trovare un tavolo.

In cima alla stanza, Russell, vestito con dei pantaloni marroni scuro e una camicia color crema aperta sul collo, controllava i microfoni e le casse con un altro uomo. Evelyn pensò di andare a salutarlo, poi decise di no. Forse Russell non voleva essere interrotto. Una volta che tutto fu sistemato, si sedette su una sedia e si sistemò la chitarra sul ginocchio. L'altro uomo prese il microfono e sorrise al pubblico. "Benvenuti al Cabaret del Cadillac Hotel," disse. "Abbiamo visto molti talenti calcare il nostro piccolo palco e oggi siamo fieri di presentarvi un cantante dalla colline del West Virginia, Russ Van Gilder. Questa è la sua prima esibizione qui, ma ha già suonato in locali del suo stato e ha anche suonato alla radio. Allora diamogli un caldo benvenuto."

Alcune persone smisero di parlare e applaudirono, ma altri ignorarono il presentatore. Le conversazioni ronzavano in sottofondo mentre Russell strimpellava qualche accordo e cominciava a cantare. Aprì con *Is It True What They Say About Dixie?*, un ritmo jazzato che catturò una parte del pubblico, poi cantò un paio di canzoni sciocche che fecero ridere la gente. Quelle attirarono l'attenzione della maggior parte del pubblico, e la gente rimase in silenzio mentre lui continuava la scaletta. Evelyn era contenta che le persone avessero cominciato a prestargli attenzione. Non riusciva nemmeno a immaginare come ci si dovesse sentire a essere sul palco e provare a intrattenere mentre le persone continuavano a parlare sopra la musica.

La canzone successiva cominciava con alcuni lenti accordi sulla chitarra, poi Russell cominciò a cantare, "Tu mi hai portato ad amarti. Io non volevo farlo..."

Mentre cantava, guardava dritto verso il tavolo di Evelyn, e lei poteva giurare che il suo cuore si fosse ingrossato. Il rossore cominciò a scaldarle le guance, e si girò per vedere se Viola l'avesse notato. Sua sorella stava fissando Russell, un sorriso che le illuminava il volto. Evelyn tornò a guardare Russell e si chiese se stesse davvero guardando lei o Viola.

Evelyn abbassò lo sguardo e prese un sorso del suo cocktail. Provò a distogliersi dalla fonte di gelosia. Si stava comportando da sciocca. Poi guardò Viola di nuovo. Sua sorella aveva il mento appoggiato su una mano, e il sorriso si era allargato.

Evelyn doveva uscire di lì.

Nel bagno delle signore, andò dietro alla tenda che separava il gabinetto e prese alcuni respiri profondi per calmarsi. Perché si stava anche solo permettendo di pensare che ci fosse qualcosa tra Viola e Russell? Era sbagliato saltare alle conclusioni in quel modo. Perché era sempre così veloce a dare per scontato il peggio?

Evelyn si sedette sul gabinetto chiuso per alcuni momenti, usando dei fazzoletti presi dalla borsa per asciugarsi le lacrime dalle guance. Prese un altro respiro profondo per calmare il battito del suo cuore, poi sentì la porta del bagno aprirsi.

"Evelyn, sei lì dentro?"

Era Viola.

"Sì." Diamine. "Esco tra un minuto."

Evelyn sentì il suono dell'acqua che scorreva, poi Viola disse, "Eri via da così tanto tempo che mi sono preoccupata."

"Sto bene." Evelyn uscì dalla tenda e andò verso il lavandino, facendo del suo meglio per sorridere e apparire normale.

Viola guardò sua sorella. "Hai il trucco tutto sbavato. Ecco, lascia che te lo sistemi." Aprì la sua borsetta e prese un fazzoletto. Poi si avvicinò a Evelyn. "Hai pianto?"

Per un momento, Evelyn non riuscì a formulare una risposta. Avrebbe dovuto dire di sì, e poi spiegare il perché? Scosse appena la testa. Odiava gli scontri. Era sempre la prima ad arrendersi quando si trovava di fronte a un possibile conflitto. Ma al diavolo.

"Sai che Russell è mio."

"Cosa?"

"Ci stiamo frequentando. E abbiamo preso degli impegni l'uno con l'altra." Evelyn arrossì al pensiero di che tipo di impegno si erano presi sul sedile posteriore della sua macchina.

"Non vedo un anello al tuo dito."

"Non è niente di ufficiale... ancora."

"Capisco." Viola si voltò verso lo specchio e si sistemò il rossetto.

Evelyn prese un respiro profondo e poi parlò d'impulso, "Ho sempre odiato quando mi rubavi le cose."

Viola sospirò. "Quali cose?"

"I dolci migliori. Il maglione più nuovo."

Viola chiuse la borsetta con uno scatto e si rivolse a sua sorella. "Oddio, è stato anni fa. E ti ho restituito il maglione, giusto?"

"Sì." Evelyn esitò per un momento. "Quando te ne sei stancata."

Non dissero niente per un momento, ed Evelyn avrebbe voluto solo fermarsi, portare indietro l'orologio a un'ora prima e uscire da quel pasticcio. Non era mai stata brava a difendersi durante un litigio. Viola la fissava, ed Evelyn non era sicura di cosa sua sorella stesse pensando. Poi Viola si scostò i capelli dalla spalla e alzò il mento. "Beh, aspettiamo di vedere che cosa decide Russell, va bene?"

"Tu ci sei... ci sei uscita?"

"Beh, ho dovuto uscirci per organizzare questa cosa, giusto?"

"Sai cosa intendo."

"Sì. So cosa intendi. E la risposta è sì. Siamo usciti a bere qualcosa."

Evelyn non poteva crederci. Il suo sogno si stava disfacendo come un vecchio maglione. "Tutto qui?" Viola non rispose. Sorrise e uscì.

Dopo aver aspettato un secondo che le nuove lacrime si fermassero, Evelyn si asciugò gli occhi e attraversò la folla verso il loro tavolo. Viola alzò lo sguardo e le mostrò un gran sorriso, come se non si fossero appena scambiate parole dure nel bagno. Evelyn si sedette, guardando il palco dove Russell era appena salito per suonare l'ultima canzone, ma la magia di quella sera si era spezzata, come un bicchiere rotto. Come i sogni infranti.

14

EVELYN - SETTEMBRE 1940

UN ALTRO MESE ERA PASSATO COSÌ IN FRETTA CHE a Evelyn ci volle un po' per realizzare che aveva saltato il ciclo. Due volte. Quella mattina, aveva aperto il cassetto per prendere un paio di mutandine pulite e aveva notato la cintura per gli assorbenti nell'angolo del cassetto. Fu allora che la paura la prese e le strinse lo stomaco in un nodo. Non aveva mai saltato un mese. Non un sola volta da quando aveva quattordici anni ed era "diventata una donna", come aveva detto Sarah. Sarah l'aveva aiutata con le scorte e le aveva fatto una candida spiegazione su cosa fossero quelle "visite" mensili e su che cosa le avrebbe fermate. Solo due cose. La gravidanza e il passare degli anni. Dato che Evelyn era davvero troppo giovane per il passare degli anni, rimaneva solo una possibilità.

Evelyn si vestì in fretta e corse in cucina per controllare il calendario, provando a ricordare la data esatta del suo ultimo ciclo. Il massimo che riusciva a ricordare arrivava ai primi di luglio. Forse intorno al quattro? Ed era stato quasi due settimane prima che permettesse a Russell di fare i suoi comodi con lei. Il senso di colpa per quello che aveva fatto non era così forte se la pensava in questi termini. La aiutava anche non pensare al modo lascivo in cui il suo corpo aveva risposto in quella calda sera di luglio.

Ora era la metà di settembre. Molto dopo il momento in cui avrebbe dovuto tornare il ciclo. Rimase lì, fissando i numeri nei piccoli quadrati del calendario, chiedendosi che diamine fare. Oltre che scivolare sul pavimento e piangere. Doveva dirlo a Russell, questo è sicuro, ma come? Quando? Come avrebbe reagito? Erano usciti solo tre volte da quella sera in cui aveva suonato all'hotel un mese prima, quindi non era più sicura come lo era stata in passato del loro possibile futuro insieme. E non era sicura che fosse perché era impegnato col lavoro, o impegnato con qualche atra cosa. Quei dubbi le arrivavano sempre come ospiti sgraditi.

Quando erano insieme, Russell rispettava le sue volontà riguardo al sesso. Fermava i baci appassionati o le sue mani quando lei glielo chiedeva. Non che lei glielo chiedesse sempre. Il suo corpo sembrava avere altre idee rispetto alla sua moralità, ma non gli aveva mai detto che a volte per lei era difficile dirgli di smettere. Anche se aveva quasi ceduto l'ultima volta che lui aveva provato a convincerla a fare di nuovo una visita al sedile posteriore della macchina di suo zio, e che Dio non lo avrebbe giudicato sbagliato. Il modo in cui il suo corpo rispondeva alle carezze di lui la tentava terribilmente, ma aveva fatto una promessa a Dio, e non si infrangevano le promesse all'Onnipotente per il capriccio della passione.

Evelyn si voltò quando sentì dei passi e vide la Signora Gardner, che aggrottò le sopracciglia e chiese, "C'è qualcosa che non va?"

"No... Io..." Evelyn prese un respiro per ricomporsi. "Devo fare qualcosa?"

"Mi chiedevo se avessi cominciato a preparare la cena."

"Stavo per cominciare."

"Bene." La Signora Gardner contrasse le labbra. "Sei sicura di stare bene?"

"Sì... Sto..." Evelyn si voltò e prese una padella dal cassetto sotto al fornello per cuocere le cipolle per preparare il pasticcio di prosciutto e patate. "Continuo a cucinare..."

"Molto bene."

Quel giorno, Evelyn aveva la sera libera quindi, dopo aver preparato la cena per la famiglia, sarebbe andata da Henry e Regina per cena. Avevano fissato la settimana precedente, e anche Viola si sarebbe unita a loro. Le sorelle si parlavano di nuovo dopo il litigio al locale. Viola aveva chiamato qualche giorno dopo per scusarsi di come si era comportata e per rassicurare Evelyn che non aveva alcuna intenzione nei confronti di Russell. Evelyn sperava così tanto che fosse vero che aveva accettato le sue scuse.

Evelyn mise la casseruola nel forno e disse alla Signora Gardner quando sarebbe stato pronto. Poi prese in fretta il cappotto e la borsa e si incamminò verso la fermata dell'autobus. Era una piacevole serata autunnale, ed Evelyn si godeva la fresca brezza che le soffiava sulla faccia. Era rinfrescante, e alleviava il tormento nella sua testa. Non sapeva che cosa fare per quella situazione disastrosa. Magari quella sera avrebbe potuto parlarne a Viola. Trovare un modo per avere qualche minuto di privacy. Doveva dirlo a qualcuno, e certamente non voleva dirlo a sua madre. Non ancora.

———

"Sei pronta?" Henry entrò nella piccola camera da letto dove Regina sedeva alla toletta. "Le bambine saranno qui a momenti."

"Non sono più bambine, Henry."

"Lo so." Si avvicinò e le strofinò il collo con il naso. "Ma mi piace come suona. 'Le Bambine.'"

"Stai facendo lo scemo." Regina si strinse il fermaglio nei capelli, e incontrò i suoi occhi nello specchio.

"Hai mescolato la zuppa come ti ho chiesto?"

"Il tuo umile servitore obbedisce." Indietreggiò e le fece un veloce inchino, poi si alzò e guardò il riflesso di lei nello specchio. Aveva un'espressione così seria. "Che cos'hai?"

"Non lo so." Regina sospirò e appoggiò la spazzola sulla toletta. "È solo..."

"Che cosa?"

"Sei sempre così elettrizzato quando vengono le mie figlie."

Henry si accigliò. "Sono contento di vederle. C'è qualcosa di male?"

Regina interruppe il contatto visivo nello specchio ma non si voltò per guardarlo. Lui la toccò piano su una spalla. "Non sei contenta di averle qui?"

"Oh, no. Non è quello." Si girò e alzò lo sguardo verso di lui. "Mi chiedo solo se siano felici di essere qui."

"Certo che lo sono. Sarebbero potute tornare a Milwaukee mesi fa se non lo fossero state."

"Lo so."

"Allora perché sei preoccupata?"

"Mi sento solo così insicura. Soprattutto con Evelyn. A volte sa essere così distante."

"È solo timida e riservata." Le prese la mano e la tirò a sé. "Non ha niente a che vedere con te."

"O magari tutto. Io sono quella che si è allontanata da loro."

Henry fece un passo indietro. Molto tempo prima, Regina gli aveva detto l'essenziale sul perché aveva lasciato le bambine all'orfanotrofio, ma non gli aveva mai rivelato come si sentiva a riguardo. Lui non gliel'aveva mai chiesto perché credeva fosse meglio non farlo. Se lei avesse mai voluto dirglielo, gliel'avrebbe detto. Era quello il momento? La guardò negli occhi, in cerca di una risposta nel profondo del blu chiaro. Regina non disse niente, nemmeno con uno sguardo o un gesto.

"Ti preoccupi che Evelyn sia ancora arrabbiata?"

Regina annuì.

"Dovresti parlarle."

"No." Regina si scostò da lui e andò verso la porta. "Devo controllare la zuppa."

Henry la guardò mentre usciva dalla porta, la sua gonna ampia che fluttuava dietro di lei. Non riusciva ad abituarsi al modo in cui lei sfuggiva a quell'argomento di fuoco.

Quando Evelyn e Viola arrivarono, si radunarono intono al tavolo e Henry portò la grande zuppiera di minestra di verdura e carne. Regina aveva comprato del pane di segale che spalmarono col burro. Mentre mangiavano, Viola raccontava un sacco di storie sugli ospiti dell'hotel. Gli aneddoti erano divertenti e intrattenevano tutti, ma Henry notò che Evelyn era un po' più silenziosa del normale. Sedeva alla sua sinistra, così le si avvicinò. "Va tutto bene?"

"Sì."

"Non hai mangiato quasi niente."

Evelyn afferrò il cucchiaio e prese un pezzo di carota, ma non la portò alla bocca.

"C'è qualcosa che non va nella mia zuppa?" La domanda di Regina arrivò dall'altro lato del tavolo, ed Evelyn alzò la testa.

"Oh, no," disse Evelyn. "È solo che... Io non... oh..."

All'improvviso, si alzò e corse in bagno. Henry guardò Viola. "Tua sorella sta male?"

"Non lo so. Sembrava che stesse bene quando è arrivata."

Ripresero tutti a mangiare, ma quando Evelyn non tornò dopo alcuni minuti, Regina si alzò. Viola alzò una mano per fermarla. "Vado io a vedere se sta bene."

Qualcuno bussò delicatamente alla porta, poi Evelyn sentì sua sorella chiedere, "Posso entrare?" Evelyn si sciacquò la faccia con l'acqua fredda e si pizzicò le guance pallide per far tornare un po' di colore. Quell'orribile attacco di nausea aveva dato un pallore cinereo al suo volto. Anche se aveva tirato lo sciacquone, un odore acre permeava la stanza, e sapeva che non c'era modo di nascondere ciò che era appena avvenuto. Non poteva nemmeno impedire a Viola di entrare. Non c'era stato abbastanza tempo per chiudere la porta a chiave quando Evelyn era corsa per raggiungere il bagno in tempo.

Bussò di nuovo. "Evelyn?"

"Arrivo subito."

"Sto entrando."

"No. Non entrare."

Ma le parole arrivarono troppo tardi. La porta si aprì, ed Evelyn si voltò dal lavandino e vide sua sorella. Una serie di espressioni animarono il viso di Viola. Prima un attimo di disgusto in reazione al cattivo odore, e poi la confusione mentre provava a capire da dove venisse quell'odore nauseabondo. Poi la realizzazione, che rese felice Evelyn di non dover dire altro.

"Immagino che non sia influenza," disse Viola.

Evelyn annuì, poi le sue gambe cominciarono a tremare, così si sedette sul gabinetto.

"Oh, accidenti." Viola finì di entrare nel bagno e chiuse la porta.

"Sei sicura?"

Evelyn annuì di nuovo. Viola non parlò per qualche momento, poi cominciò a ridere. Evelyn alzò lo sguardo, lo shock che momentaneamente prendeva il posto della paura. "Pensi che sia divertente?"

"No." Viola si portò una mano alla bocca per fermare la risata.

"Allora perché ridi?"

"Perché, cara sorella, anch'io sono incinta." Usando entrambe le mani, Viola lisciò il tessuto sullo stomaco, ed Evelyn vide il piccolo rigonfiamento.

Per un momento, Evelyn non riuscì a parlare. Non voleva nemmeno pensarci, ma per un momento rivide davanti a sé le volte in cui aveva visto Viola flirtare con Russell. Sicuramente loro... Non riusciva nemmeno a terminare il pensiero. Poi deglutì forte e chiese, "Chi è il padre?"

"Un tipo che ho incontrato."

"Un tipo...?" Le altre parole rimasero bloccate nella gola di Evelyn.

"Che c'è?" Chiese Viola. "Certo non mi starai giudicando." Finì con uno sguardo tagliente sotto alla cintura di Evelyn.

"No. Sono... Sono solo sorpresa, ecco tutto. Non sapevo nemmeno che stessi frequentando qualcuno."

Viola sorrise. "Frequento un sacco di persone."

Ci fu qualcosa in quel sorriso e in quelle parole che mise Evelyn un po' in imbarazzo. Aveva ancora serie difficoltà con il disprezzo che Viola aveva per tutto quello che avevano imparato riguardo alle cose tra un uomo e una donna. Soprattutto sul fatto che un uomo e una donna avrebbero dovuto scegliersi per sempre. Non...

Provò a fare un debole sorriso, ma non ci riuscì e chiese, "L'hai già detto a Regina?"

"No. Tu?"

"Oh, Dio no. Tu sei la prima."

"Sono onorata." Viola si sistemò i capelli nello specchio, pettinandoseli con le dita. "Sai chi è il padre?"

"Che domanda stupida. Certo che lo so."

"Ne sei certa?"

Quella domanda suonò come un'accusa, ma comunque Evelyn annuì. Non era ciò che si aspettava. Aveva sperato di trovare una guida in sua sorella. Non altra confusione. E certo non quelle domande che suonavano come accuse.

"Tutto bene lì dentro, ragazze?"

Era Henry.

"Tutto bene," gridò Viola. "Usciamo tra qualche minuto."

"Allora bene."

Nel silenzio che seguì, Evelyn sentì i passi allontanarsi, mentre Henry tornava giù nella sala.

Prima che Evelyn potesse dire qualsiasi cosa, Viola parlò. "Non sono sicura che terrò questo bambino."

"Che cosa?" All'inizio, Evelyn non riusciva a immaginarsi che cosa Viola intendesse. Come poteva non...? Poi la realizzazione fece capolino nel momento stesso in cui Viola ricominciò a parlare.

"Ho scoperto di questa donna che si occupa di tutto." Di nuovo, Viola passò la mano sul rigonfiamento della sua pancia. "Renderebbe tutto molto meno complicato. Potremmo andare insieme, e così i problemi svanirebbero." Viola schioccò le dita per enfatizzare le ultime parole.

Evelyn non riusciva a trovare la voce. Era come se tutto dentro di lei si fosse congelato. Il pensiero di non avere il bambino non le era mai passato per la testa. Quando guardava al futuro, l'immagine nella sua testa era sempre quella di lei e Russell e il loro bambino, vivendo una vita da per-sempre-felici-e-contenti. In più, avrebbe significato uccidere il bambino. Non era quello che succedeva quando la gente abortiva? "Non credo di poterlo fare." La sua voce era delicata, appena un sussurro oltre il ghiaccio nella sua gola.

"Ho chiesto di non giudicarmi." La rabbia apparve negli occhi di Viola. "Pensi che sia facile per me pensarci?"

"Non intendevo..." Evelyn lasciò che il resto della parole svanisse mentre scuoteva la testa. Non ne era sicura, ma sperava che non fosse facile. Non era sicura di molte cose riguardo a Viola. Quella sorella cresciuta era molto diversa dalla sorella maggiore che aveva aiutato Evelyn negli anni difficili dell'infanzia. Quella che un tempo aveva visto come una fonte di forza si era trasformata in...? Che cosa? Non riusciva nemmeno a pensare a come descrivere sua sorella adesso. Un po' di quella forza ancora traspariva, ma c'erano altre cose non così ammirevoli.

"Perché non dirlo al padre e sposarsi?" Chiese Evelyn. "Così non dovresti..." La sua bocca non voleva collaborare e pronunciare le parole. Uccidere il tuo bambino.

"È quello che intendi fare tu?" C'era solo l'accenno di un sorriso nella domanda.

"Sì. Sono sicura che Russell farà la cosa giusta."

"Russell?"

"Sì. È il suo bambino. Lui..." Il resto delle parole la soffocarono quando uno stranissimo sguardo attraversò il volto di sua sorella. Evelyn non poté fermare quel pensiero e quell'esternazione. "Lui non è... Ti prego non dirmi che..."

"Certo che no." Viola fece una risatina come se la possibilità fosse assurda. "Ho mentito. Non so chi sia il padre."

"Oh."

Quelle parole rimasero lì sospese per un momento.

"Sei sconvolta."

"È solo che io... Voglio dire, non ho mai..."

"Certo che no. Sei sempre stata Miss Perfetta. Evelyn la santa, sempre a tentare di avere il favore delle Sorelle."

Ora Evelyn era più che sconvolta. Com'era possibile che avessero due visioni così diverse del passato?

"Non sono mai stata perfetta", disse Evelyn, di nuovo in un tono che superava appena il sussurro.

Si alzarono e si guardarono in un silenzio carico di

accuse, poi un'altra voce si intromise. "Evelyn? Viola?"

Stavolta, era Regina dall'altra parte della porta del bagno.

"Arrivo." Evelyn si alzò e passò sfiorando appena sua sorella. Aprì la porta ed entrò nella sala.

"Stai bene?" chiese Regina.

"Sì. Ho solo avuto lo stomaco un po' sottosopra. Ora sto bene."

"Ti sta venendo l'influenza?"

"No. Non penso. Ma credo che dovrei andare a casa."

Viola non le seguì fuori dal bagno, cosa che non dispiacque a Evelyn. Non sapeva se avrebbe potuto mantenere una facciata di normalità se avesse dovuto parlare a sua sorella e abbracciarla per salutarla. Prese il suo cappotto, abbracciò Regina e Henry, e se ne andò, declinando la loro offerta di accompagnarla a casa. Era un'offerta così gentile che temeva avrebbe ceduto se non fosse scappata.

Una breve camminata di due isolati la separava dalla fermata dell'autobus. La strada era illuminata dai lampioni, e lei entrava e usciva dalle zone di luce e ombra senza pensare alla sicurezza. Stava ancora tentando di organizzare i suoi pensieri e le sue emozioni riguardo alla confessione nel bagno. Poteva quasi essere una storia presa da quelle riviste romantiche che Viola amava leggere. Aveva provato a farle piacere a Evelyn, ma erano un po' troppo... beh... volgari per Evelyn.

Evelyn si sedette sulla panchina per aspettare l'autobus, la fresca brezza serale che le muoveva la sciarpa, le sue emozioni in tumulto. Era possibile che

Russell e Viola avessero...? Scosse la testa. *Smettila. Lui ti ama. Te l'ha detto, no?*

Ma non gliel'aveva detto. Quella era la triste verità. Se l'era immaginato così tante volte che aveva finito per crederci. E adesso, si immaginava che il suo sogno della casa perfetta e della famiglia perfetta si avverasse.

15

EVELYN - OTTOBRE 1940

Erano seduti a un tavolo coperto di lino bianco, illuminato solo da una candela. La fiamma brillava contro i bicchieri da vino di cristallo posti di fronte a loro, ed Evelyn si chiedeva se potesse osare pensare che Russell l'avesse portata in quel ristorante di lusso per chiederle di sposarlo. Non gli aveva ancora detto del bambino, anche se un altro mese era passato e non c'era più alcun dubbio. Ma non voleva intrappolarlo. Se lui gli avesse fatto per primo la proposta, non ci sarebbe stata alcuna trappola.

Non lo aveva detto nemmeno a Regina e Henry, ancora. Anche se avrebbe potuto farlo quando Viola aveva annunciato la sua gravidanza la settimana precedente. Forse sarebbe stato più facile farlo allora, e avrebbero potuto entrambe condividere la vergogna di non essere sposate ed essere incinte, ma Evelyn era così sollevata che Viola avesse deciso di tenere il bambino che si era lasciata sfuggire l'occasione. E se Russell le avesse fatto la proposta, e si fossero sposati, ci sarebbe stata meno vergogna da affrontare. In qualche modo, il matrimonio metteva un sigillo di approvazione su una gravidanza, anche se il bambino nasceva solo qualche mese dopo la cerimonia.

Un cameriere, con un lussuoso abito nero e una cravatta bianca, arrivò al tavolo e versò un vino rosso scuro nel bicchiere di Russell. Divertita che lui sembrasse non sapere cosa fare, Evelyn nascose un sorriso con le dita. Il cameriere sussurrò con discrezione a Russell che poteva assaggiare il vino e indicare la sua approvazione della scelta. Dopo che l'assaggio fu completato e Russell ebbe annuito, il cameriere versò il vino nel bicchiere di lei e poi se ne andò. Evelyn alzò il bicchiere e prese un piccolo sorso. Il vino era dolce.

"È molto buono," disse Evelyn, appoggiando il bicchiere e guardandosi intorno. In un angolo lontano, un uomo dai capelli grigi in smoking sedeva a una piccola spinetta, suonando una canzone dolce.

"Me ne ha parlato un tipo che ho incontrato in un locale," disse Russell, attirando di nuovo la sua attenzione. "Pensavo che ti sarebbe piaciuto."

Proprio come quella volta al garage, la foga superò ogni suo tentativo di essere riservata, e chiese, "Stiamo festeggiando qualcosa?"

"Sì. Ho una notizia."

Oh. Dato che una proposta di matrimonio non poteva essere considerata una notizia prima di essere stata fatta, ovviamente non era ciò che Evelyn aveva sperato ma, prima che potesse chiedere della notizia, il cameriere arrivò per chiedere se erano pronti a ordinare. Agitata, Evelyn riusciva a stento a leggere il menù. Odiava che il suo nervosismo interferisse con la sua capacità di leggere. La faceva sempre ritornare alla sua infanzia, quando le dicevano che era troppo stupida per imparare qualcosa. Guardò Russell e gli chiese se poteva ordinare per lei. Sembrò contento della sua richiesta e disse al cameriere che entrambi volevano una entrecôte di manzo, patate arrosto e carote. Quando il cameriere ritirò i menù e si allontanò, Evelyn prese un sorso di vino, poi chiese della sua notizia.

"Ho l'opportunità di andare in tour ed esibirmi."

Oh mio Dio. "Ma... Il tuo lavoro? Tuo zio?"

"Mi ha detto che posso prendermi sei mesi. Per vedere se riesco ad andare da qualche parte. Altrimenti, posso tornare al suo negozio. Finire di imparare il mestiere e farlo per il resto dei miei giorni."

"Gliene hai già parlato?" Evelyn detestò il tono lamentoso che aveva preso la sua voce.

"Ho dovuto. Non potevo semplicemente prendere e andarmene."

"E io? Quando ne avresti parlato a me?"

Ebbe di nuovo quel tono, che sembrò spingere Russell indietro sulla sedia. "Te ne sto parlando adesso."

Evelyn combatté il panico e la paura che si agitavano nel suo stomaco, mentre cercava di far sì che in qualche modo la notizia di lui si combinasse con la sua. E la sua notizia? Doveva dirgliela? Poteva dirgliela?

Lui si allungò oltre il tavolo e prese la sua mano. La mano era soffice e calda e rassicurante.

"Riesci a essere felice per me? È una cosa che ho sempre voluto."

"È solo che è una sorpresa."

"Lo è stato anche per me. Questo produttore, Tom Ferrill, mi ha sentito cantare all'hotel il mese scorso. È stato allora che ha cominciato a parlarmene."

Il mese scorso? Ciò significava che per tutto il

tempo in cui Evelyn aveva alternato la preoccuazione per la gravidanza e il fantasticare su una vita meravigliosa con Russell, lui aveva la propria personale fantasia che era chiaramente più vicina alla realtà della sua. E perché non sapeva che avesse suonato di nuovo all'hotel? C'era una ragione per cui non gliel'aveva detto? La ragione aveva qualcosa a che fare con Viola?

Evelyn fu grata al cameriere che portava via i piatti che distrasse l'attenzione dalle emozioni altalenanti che la colpivano e dalle lacrime che le riempivano gli occhi e che minacciavano di scendere libere.

"Non starò via per tutti e sei i mesi," disse Russell quando il cameriere se ne andò. "Alcuni dei locali in cui suonerò sono abbastanza vicini e potrò tornare a casa tra i vari concerti. E non sono ancora tutti organizzati. Tom sta ancora preparando il calendario per gli ultimi tre mesi del tour."

"Quindi avrai finito a marzo?"

"Con la prima parte. Poi se..."

"Il bambino nasce a marzo."

"Potremmo prenotare altri sei..." Russell lasciò cadere la forchetta e il rumore che fece contro il piatto di ceramica risuonò nel silenzio improvviso come un colpo di pistola. "Bambino? Quale bambino?"

Evelyn non aveva previsto di dirglielo così. Ma ecco che era arrivato il momento. "Sono incinta."

Russell si appoggiò allo schienale improvvisamente, espellendo l'aria con un sonoro sibilo.

"Mi dispiace. Non intendevo..."

Alzò una mano per metterla a tacere. "Dammi solo un minuto."

Evelyn sedeva immobile mentre lui si strofinava il viso con una mano, per poi avvicinarsi e prendere un lungo sorso di vino. Alla fine, lui disse, "Che cosa intendi fare?"

Almeno non l'aveva insultata chiedendole se il bambino fosse suo. Evelyn spostò i piccoli piselli sul piatto per un momento, poi lo guardò. "Non lo so. Questa è ovviamente una complicazione per te."

Lui non disse nulla per molto tempo, mentre lei si lasciò sfuggire, "Potrei... occuparmene. Viola sa..."

"No. No. No." Si piegò in avanti per prenderle la mano. "Non puoi farlo. Dammi solo un altro po' di tempo. Mi inventerò qualcosa."

Fedele alla parola data, Russell si occupò di tutto. Fece la cosa più nobile e le disse che avrebbero potuto sposarsi. Non fu la proposta romantica nella quale aveva sperato, ma almeno era stata una proposta, ed eccoli che andarono al palazzo di giustizia.

Evelyn ancora non aveva detto della sua gravidanza a Regina e Henry. Non era sicura del perché, esattamente. Forse perché con loro non aveva la confidenza che invitava a quel genere di confessioni. Se non l'avevano ancora immaginato, considerando il matrimonio lampo, avrebbero capito tutto entro qualche mese, quando il bambino sarebbe arrivato "presto." Così forse non avrebbe dovuto raccontare loro tutto.

Non aveva nemmeno previsto di invitarli alla cerimonia quel giorno, ma Viola aveva insistito dopo che Evelyn le aveva chiesto di fare da testimone. "È nostra madre," le aveva ricordato Viola. "Sono sicura che ci restebbe male se non la invitassi."

Ora erano in piedi nella sala antistante alla camera del giudice, aspettando di essere chiamati. Proprio come la proposta, non era il matrimonio che Evelyn aveva sognato. Anziché essere in una bellissima chiesa, erano in uno scialbo tribunale di campagna con pareti grigie e sedie di metallo. Indossava un semplice vestito blu sotto il cappotto grigio con il colletto rosso. L'unico vezzo era il piccolo bouquet di margherite gialle che Russell le aveva donato quando era venuto a prenderla per portarla al tribunale.

Lo zio di Russell era lì per fare da secondo testimone. Hoffman era un uomo alto e austero e, con l'abito nero e il cappello a cilindro, a Evelyn ricordava Abramo Lincoln. Era abbastanza piacevole, anche se un po' freddo, ed Evelyn sospettava che non approvasse quel matrimonio affrettato.

Le convenzioni lo trattenevano dal dirlo espressamente, un'attenzione per la quale lei gli fu immensamente grata. Il momento era già abbastanza teso. Con Viola, ora così vistosamente incinta. Con Regina che sembrava a disagio. Con il sorriso sulla faccia di Russell che appariva così forzato.

Evelyn era sicura che anche il suo sorriso mancasse. L'unico che sembrava rilassato era Henry. Ma in effetti Evelyn non l'aveva mai visto a disagio da quando si erano conosciuti.

Finalmente, furono chiamati a presentarsi di fronte al Giudice McCorkle, un uomo con una chioma di capelli grigi e un sorriso amichevole. Il suo assistente gli consegnò le carte e lui, dopo averle guardate, si rivolse a Evelyn e Russell. "Non siate così spaventati," disse. "Questa è un'occasione lieta."

Il commento suscitò qualche risata, ed Evelyn si rilassò un po', provando a mascherare la paura che Russell lo stesse facendo solo perché... Certo, il giudice non conosceva 'Il Perché'. Disse loro di stringersi le mani e poi fece loro ripetere le promesse di matrimonio. Russell non esitò e non si incartò, quindi forse le pensava davvero. Evelyn fece del suo meglio per evitare che la voce le tremasse, sentendo un tuffo al cuore nel dire, "di amarti, onorarti e obbedirti finché morte non ci separi." Non c'era dubbio sulla veridicità di quelle parole. Lei amava quell'uomo, e le sembrava giusto di doverlo onorare e di obbedirgli.

Si scambiarono gli anelli, delle semplice fascette d'oro, e pochi momenti dopo il Giudice McCorkle li dichiarò marito e moglie. Russell la baciò, e quel contatto fu rassicurante. Nelle sue labbra c'erano significato e un tocco di passione, quindi forse le paure erano infondate. La tensione di prima poteva essere solo dovuta al nervosismo. Dopo tutto, nessuno di loro due si era mai sposato. Sarebbe andato tutto bene. Doveva andare bene. Forse poteva andare anche meglio di bene. Aveva finalmente qualcuno che la amasse e si occupasse di lei. E avrebbero costruito una bella famiglia insieme. Lo sapeva e basta.

Fuori, sugli scalini del palazzo di giustizia, Evelyn strinse la mano di Russell, lasciandola solo quando sua madre ed Henry arrivarono per abbracciarli e congratularsi. Si erano organizzati per andare tutti all'hotel dove lavorava Viola per una lussuosa cena di festeggiamento. Viola aveva prenotato un angolo del ristorante dell'hotel per la festa, e aveva anche ottenuto uno sconto sulla suite matrimoniale.

La cena consisteva in grandi piatti di manzo alla bourguignon, patate arrosto e asparagi verdi. Era il cibo più lussuoso che Evelyn ricordasse di aver mangiato, ed era ansiosa di provare qualcosa di nuovo ma, dopo pochi morsi, non riuscì a continuare. La nausea estrema che l'aveva colpita nelle prime settimane di gravidanza di recente si era affievolita, ma un'ondata poteva colpirla in qualunque momento. Specialmente quando era tesa. Ma in effetti sembravano tutti un po' tesi. Sua madre continuava a lanciarle sguardi interrogativi. Hoffman si dimenava sulla sua sedia, come se avesse voluto essere in qualsiasi altro posto al di fuori di quello. Viola riempiva i silenzi imbarazzanti con chiacchiere inutili, e il suono della sua voce urtava i nervi di Evelyn.

Tra il piatto principale e il dessert ci fu il momento dei regali. Henry e Regina avevano portato una bottiglia di champagne. "Per festeggiare più tardi," disse Regina. "Se ce l'aveste detto prima, avremmo avuto tempo di trovare un regalo appropriato."

Quel commento la ferì, ed Evelyn distolse lo sguardo da sua madre. Henry si girò e sorrise a Evelyn. "Non c'è problema, comunque. Siamo contenti per te e Russell. E una volta che vi sarete sistemati in una casa tutta vostra, vi porteremo qualcosa di speciale."

"Grazie," disse Evelyn, sollevata che lui avesse rotto la tensione.

Hoffman fece passare un biglietto sul tavolo verso Russell e, quando lui lo aprì, una banconota da cento dollari cadde fuori. Oh caspita. L'opinione di Evelyn su quell'uomo cambiò. Forse non era così freddo dopotutto.

"Hoffman, non so cosa dire." Russell rimise i soldi dentro il biglietto.

"Magari 'grazie'?" Fu detto con un sorriso, e tutti ridacchiarono.

Poi Viola passò una scatola a Evelyn. "Anche questo è per festeggiare più tardi."

Evelyn sentì il calore accenderle il viso quando tirò fuori dalla scatola una camicia da notte di pizzo rosso. Almeno credeva che fosse una camicia da notte. Non ne aveva mai vista una così succinta. Suscitò commenti appropriati da parte degli uomini e un occhiolino da parte di Regina. Evelyn la rimise in fretta nella scatola e chiuse il coperchio.

"E ora, un brindisi alla mia sorellina e al suo nuovo marito," disse Viola, alzando il suo bicchiere di vino. "Che il vostro amore possa essere sempre forte come lo è oggi."

I bicchieri si toccarono e il vino fu inghiottito, e poi fu tempo di andare. Tutti si scambiarono abbracci, a parte Hoffman che fu più formale. Strinse la mano a Russell e riservò a Evelyn un cenno del capo e un sorriso prima di andarsene. Una volta che gli ospiti se ne furono andati, e fu libera di andare al piano di sopra con Russell, Evelyn si sentì sollevata. Comunque, aveva paura di ciò che avrebbero fatto una volta che si fossero ritrovati soli nella stanza. Certo sarebbe stato meglio di quella prima e unica volta in macchina, ma la sua mancanza di esperienza la preoccupava. Non voleva deluderlo e farlo subito pentire del matrimonio prima che questo fosse nemmeno cominciato.

"Sei pronta?" chiese Russell.

Lei annuì, raccolsero i regali e si diressero al piano di sopra.

Quando raggiunsero la stanza, Russell aprì la porta, e prima che lei potesse entrare, lui la sollevò tra le braccia e la portò dentro. "Mia sorella mi ha ricordato che questa è la tradizione," disse.

"Oh." Aspettò che lui la mettesse giù, poi continuò. "Non mi hai mai detto di avere una sorella."

"Ne ho tre."

"Soltanto sorelle?"

"Ho anche un fratello." Si sfilò la giacca del completo e la stese sul letto.

"Gli hai raccontato di me?"

"Certo. Li ho chiamati per dirgli del matrimonio." Camminò verso di lei e le mise le braccia intorno. "Non sono riusciti a organizzare il viaggio considerando il breve preavviso, ma Mamma ha detto di portarti giù così possono conoscerti."

Avere un segnale che la famiglia approvasse fece sorridere Evelyn, e le piacque la sensazione di lui che la stringeva tra le braccia in quel modo. Alleggerì la nuvola di incertezza che aveva fatto avanti e indietro da quando lui le aveva detto che l'avrebbe sposata. Voleva che lui la amasse nel modo in cui lei amava lui. Non che fosse solo un dovere. E c'era quella piccola paura su lui e Viola che era difficile da mandar via. Quando Viola aveva proposto il brindisi, Evelyn si era interrogata sullo sguardo che si erano scambiati.

Russell le prese il viso tra le mani e la baciò. Fu un bacio tenero, eppure appassionato, e lei sentì il calore espandersi tra le gambe, poi nella pancia e nei seni. Lui si scostò, senza fiato. "Prendo le nostre cose."

Si era dimenticata dei regali che avevano appoggiato in terra per aprire la porta e realizzò che la porta era ancora socchiusa. Grazie al cielo nessuno era passato nel corridoio mentre erano avvinghiati in quel bacio, e grazie al cielo aveva avuto un secondo o due per riprendere il controllo del proprio corpo. Non aveva mai reagito con così tanta forza prima e si chiese se fosse perché ora il sesso era legittimato. Non pensava nemmeno al fatto che il matrimonio non era stato consacrato dalla chiesa, dato che si era sposata davanti a un giudice e non un prete, ma a lei sembrava legittimo.

Una bottiglia era poggiata in un secchiello di ghiaccio sul tavolino, posizionato tra le due sedie tappezzate in un tessuto rosso acceso e oro. Evelyn si avvicinò per leggere il biglietto che era sistemato tra due calici. La nota diceva: *Godetevi la vostra serata. Con affetto Vi.*

Russell si mise accanto a Evelyn e lesse oltre la sua spalla, poi fece una risatina.

"Tua sorella sa come godersi la vita."

Evelyn avrebbe voluto ridere con lui, ma il suo commento aveva suscitato di nuovo quella paura.

Russell le toccò la guancia. "Che c'è?"

"Niente."

Lui non parlò, i suoi occhi blu che brillavano per l'emozione, e lei si lasciò sfuggire, "Ti amo così tanto."

Lui sorrise. "Lo so."

Ancora silenzio, poi il suo sorriso si trasformò in un sorrisetto malizioso. "Ti metterai quella cosetta rossa che ti ha regalato Viola?"

Evelyn prese un respiro per non reagire di nuovo al nome di sua sorella. Odiava il fatto che Viola sembrasse essere il terzo incomodo in quella relazione. Lo guardò e disse, "Ho portato un'altra cosa, ma se preferisci...?"

Lasciò che le parole svanissero, e lui disse, "Preferirei che tu non indossassi niente."

Il calore le scottò il viso. "L'ho portato apposta. È un'altra tradizione della prima notte di nozze. La sposa dovrebbe indossare qualcosa di nuovo."

"Allora ti prego indossala."

Evelyn appese il cappotto nell'armadio vicino alla porta, poi prese la piccola valigia che Russell prima le aveva portato nel bagno. Quando aveva visto il négligé di seta e pizzo nel grande magazzino di Hudson, aveva speso un occhio della testa per comprarlo. Costava più di qualunque capo di abbigliamento lei avesse mai comprato, ma era una stravaganza che pensava di meritarsi per quell'evento che stava cambiando la sua vita così drasticamente.

Uscendo dal bagno e vedendo Russell rimanere senza fiato, Evelyn seppe di aver fatto la scelta giusta. Quel capo, fatto di un tessuto così morbido che abbracciava il suo corpo come una calda carezza, le stava meglio di quel ritaglio di pizzo che Viola le aveva regalato. Non sapeva se sarebbe mai riuscita a indossarlo.

Russell si era tolto la cravatta e sbottonato la camicia bianca, e quando la prese tra le braccia, poté sentire il calore del corpo e il battito del cuore oltre il sottile tessuto della sua canottiera. "Sei bellissima," disse, baciandola delicatamente e toccando la vestaglia. "Per quanto tempo devi ancora tenertela addosso?"

Lei rise. Tutte le preoccupazioni dissolte nella magia del momento.

16

EVELYN - GENNAIO 1941

Evelyn avrebbe voluto che Russell fosse lì con lei. Si sentiva così a disagio con il peso della gravidanza che la piegava in avanti. Non avrebbe dovuto indossare i tacchi alti, ma voleva essere vestita bene per il matrimonio di Viola, così aveva indossato le sue scarpe nere buone e il suo miglior vestito premaman sotto il cappotto grigio che le si abbottonava a stento sullo stomaco. Erano allo stesso palazzo di giustizia dove si erano sposati Evelyn e Russell, ma oggi l'officiante era un Giudice di Pace. Viola era così avanti con la gravidanza che sembrava stesse per scoppiare da un momento all'altro, ma sembrava felice.

Dando uno sguardo all'uomo che sua sorella stava sposando, Evelyn sperò che la felicità durasse. Lester Franklin era alto, aveva un viso spigoloso e capelli neri tagliati molto corti. Era un camionista di lungo tragitto, e quando Viola aveva parlato di lui per la prima volta, era sembrata felice del fatto che sarebbe stato via per lunghi periodi di tempo. Evelyn lo aveva trovato strano. Se ami qualcuno, non vorresti passarci ogni momento possibile insieme? A lei certo mancava

Russell nelle settimane in cui lui era in giro con la sua piccola band.

Russell aveva incontrato due tipi che suonavano al Cadillac una sera, e si erano uniti dopo aver suonato insieme qualche volta. Gus suonava il basso e Lindy suonava la batteria. “Sono fantastici,” le aveva detto Russell quando aveva dato la notizia della band che si formava. “Abbiamo più speranze di farcela come trio di quante ne abbia io da solo.”

Ciò aveva senso, ma una parte segreta di Evelyn non voleva che avessero successo. Credeva che la loro vita sarebbe stata migliore se lui avesse fatto un lavoro normale e fosse stato a casa, ma non lo avrebbe mai detto a Russell. La musica era importante per lui. Quel suo infiammarsi quando cantava, che fosse in soggiorno o su un palco. La sognatrice in lei capiva il suo desiderio, e a volte fantasticava che un giorno sarebbe diventato ricco e famoso. Ma era solo quello, una fantasia. Non importava quanto lei ci sperasse, o lui ci sperasse, probabilmente non sarebbe successo, e dovevano affrontare la vita con praticità, non con i sogni.

“Hey.” La voce di sua sorella la risvegliò dalle sue fantasie. “È ora di entrare.”

Evelyn alzò il suo peso dalla panchina dove era seduta con Henry e Regina, e si diressero tutti nella stanza dove la cerimonia avrebbe avuto luogo. L’assistente e il Giudice di Pace ignorarono con tatto l’appariscente gravidanza di Viola, gestendo la cerimonia e le scartoffie velocemente e con efficienza. Mancava il calore che Evelyn ricordava dal suo matrimonio, e si dispiacque per sua sorella quando firmò come testimone. Henry firmò come secondo testimone, e a quel punto ebbero finito e uscirono.

Non ci sarebbe stata nessuna celebrazione familiare. Almeno non subito. Dato che il giorno dopo avrebbe dovuto lavorare, Lester aveva messo in chiaro che voleva la sua nuova sposa tutta per sé quel giorno. Così quando gli sposi se ne andarono per la loro notte di nozze, Henry e Regina portarono Evelyn a casa al suo piccolo appartamento con una sola camera da letto. Era l'appartamento che Russell aveva cominciato ad affittare poco prima che si sposassero e, nonostante le dimensioni, Evelyn ne era piuttosto soddisfatta. Era la sua prima casa, e voleva renderla speciale. Oltre al lavoro a maglia e al ricamo di oggetti per il bambino, aveva fatto dei piccoli centrini per il tavolino del salotto e dei coprischienale per la grande sedia rivestita che un tempo era appartenuta a Hoffman e che era macchiata della sua acqua tonica.

Un piccolo divano era l'altro mobile del soggiorno, fronteggiato da un tavolino da caffè che era stato un regalo di Henry e Regina. Evelyn aveva fatto una tovaglietta per il tavolino usando un bel pezzo di seta blu, e aveva messo al centro una ciotola di cristallo.

L'altro lato della sala principale ospitava la zona cucina, con il lavello, il forno e il frigorifero contro il muro. Un tavolino di formica era nell'angolo insieme a due sedie.

"Vi andrebbe del caffè?" chiese Evelyn quando Regina e Henry non accennarono ad andarsene.

"Se non è un problema," disse Henry. "Ci aspettavamo di portare la nuova coppia a cena fuori, quindi siamo un po' spaesati."

"Datemi i vostri cappotti, ora metto su la caffettiera."

"Mi occupo volentieri io delle nostre cose," disse Regina. "Se non ti dispiace."

"Va bene." Evelyn si sfilò il cappotto e glielo consegnò. "Puoi appoggiarli tutti sul mio letto."

Regina prese i cappotti e sparì nel corridoio. Henry seguì Evelyn nella zona cucina e la guardò accendere una fiamma sotto la caffettiera. "L'ho fatto stamattina," disse. "Spero che non vi dispiaccia berlo riscaldato."

"No, assolutamente. Posso prendere le tazze?"

Evelyn annuì e aprì la credenza che conteneva le tazze e i piattini. Henry le sistemò sul piccolo bancone e aspettò. "Lester sembra un ragazzo abbastanza bravo," disse non appena Regina si unì a loro.

"Insomma," disse lei.

"Non ti piace?" chiese Henry.

"No. Mi ricorda di questo tipo che conoscevo una volta. Un po' sciatto, e mi mentiva in continuazione. Non so perché ci sono stata insieme tutto quel tempo." Regina si fermò come se avesse realizzato all'improvviso di aver detto troppo.

Evelyn lanciò uno sguardo a Henry e vide che lui era sconvolto esattamente come lei. Poi un pensiero folle le passò per la testa. "Quell'uomo era mio padre?" Evelyn mantenne la voce calma e piatta, ma il suo cuore batteva forte.

"Oh, no." Regina disse prontamente. "Era uno dopo... ma prima..."

Regina era chiaramente in difficoltà, ma Evelyn non voleva salvarla. Ovviamente, Henry voleva. Le si avvicinò e la prese tra le braccia. "Tranquilla ora. Non devi spiegarci nulla."

Evelyn distolse lo sguardo, non volendo far parte di tutto ciò. Voleva che sua madre si spiegasse, ma era abbastanza gentile da non insistere. Versò il caffè e li invitò a sedersi in soggiorno. Il resto della visita fu tesa, ed Evelyn fu contenta quando se ne andarono. Ciò significava che poteva smettere di far finta di essere a suo agio. Poteva anche liberarsi dei vestiti troppo stretti e mettersi la vestaglia che amava indossare in casa. E poteva rilassare i suoi piedi doloranti nelle pantofole.

Mentre si cambiava, pensò a quello che sua madre aveva detto. Su Lester e sull'uomo con cui era stata. Per un attimo, si chiese quanti uomini ci fossero stati tra suo padre e Henry. Pensare che ce ne fosse stato più di uno era scandaloso, così Evelyn scacciò quel pensiero, grata che sua madre fosse finita con Henry. Era gentile, e doveva ammettere che gli si stava affezionando abbastanza. Si sentiva più a suo agio con lui che con sua madre, e alcuni mesi prima si era sorpresa a pensare che non era sicura avrebbe continuato a visitare la loro casa così spesso se non fosse stato per lui.

Un giorno, nel tardo pomeriggio, Russell fece una sorpresa a Evelyn, aprendo la porta con un gran sorriso, la chitarra in una mano, la borsa a tracolla nell'altra. Stava suonando in un locale a Grand Rapids e aveva ancora una settimana davanti, quindi lei non aveva idea del perché fosse tornato a casa. Se fosse successo qualcosa di brutto, lui non avrebbe sorriso, quindi non potevano essere cattive le notizie che stava portando con sé insieme al freddo di gennaio. Mise da parte il lavoro a maglia e, con grande sforzo, si alzò dal divano, insieme al suo pancione. Camminò a papera verso Russell. "Hai finito i tuoi spettacoli a Grand Rapids?"

Lui si piegò in avanti per darle un bacio e poi

disse, "No. Dovrò tornarci. Il locale era prenotato per una festa privata stanotte, così il proprietario ci ha dato la sera libera. Ho detto ai ragazzi che dovevo venire a vedere come stavi."

"Sei stato carino. Sono venuti anche loro?"

Russell scosse la testa. "Sono rimasti. Io devo tornare domani."

Evelyn nascose la sua delusione girandosi e dirigendosi verso la cucina. "Vuoi qualcosa da mangiare? Ho dello stufato avanzato."

"Ho fame. Sistemo le mie cose."

Evelyn accese la luce in cucina e aprì il frigorifero per prendere la ciotola di stufato. Poi tirò fuori una pentola dalla credenza sotto al forno e accese un fornello, facendo un passo indietro quando il gas si accese. Non importava quante volte lo facesse, l'improvvisa accensione della fiamma le faceva sempre paura.

Russell entrò in cucina, le maniche della camicia bianca arrotolate fino ai gomiti. Si sedette al piccolo tavolo contro la parete opposta al fornello e si strofinò le mani. "C'è del caffè?"

"Ne faccio un po'. Ci vorrà solo un minuto." Evelyn mise a scaldare la pentola di stufato e prese la caffettiera di alluminio. Mentre preparava il caffè, chiese, "State andando bene con la musica lassù?"

"Credo di sì. La gente viene a sentirci. Il proprietario del locale è soddisfatto del pubblico."

"Ottimo." Evelyn mescolò lo stufato, che stava cominciando a sobbollire, e prese una scodella dalla credenza. Un vantaggio di quella cucina così piccola. Le cose erano molto vicine tra loro, così lei non doveva spostarsi molto. Si allungò e prese un bicchiere dal mobile sotto al bancone, poi servì lo stufato.

"Grazie," disse Russell, prendendo dei cracker dal barattolo sul tavolo.

Mentre lui mangiava, Evelyn aspettò che il caffè fosse pronto e poi gliene versò una tazza. Prese una tazza di latte per sé prima di unirsi a lui al tavolo. "Sono felice che tu sia a casa."

Lui appoggiò il cucchiaio. "Va tutto bene? Col bambino e tutto il resto?"

"Sì. Penso che lui sia forte e in salute. Si muove parecchio."

Russell sorrise. "Pensi che sia un maschietto?"

Evelyn alzò le spalle. "Ma forse se dico 'lui' abbastanza volte si avvererà."

Russell rise, poi tornò alla sua cena.

Quando ebbe finito, sorseggiò il caffè mentre Evelyn puliva la cucina, poi si alzò e la condusse per mano alla loro piccola camera da letto. C'era un letto matrimoniale messo in un angolo e la culla per il bambino vicino all'altra parete accanto al cassettone. Quelli erano gli unici mobili che potevano entrare in quella stanza, ma le dimensioni non avevano importanza. Quella era la loro stanza. Il loro posto per comunicare senza parole, ed Evelyn si sentiva sempre così sicura del loro amore quando erano abbracciati. "Mi sei mancata tu, e tutto questo," disse lui, sfiorando le sue labbra con le proprie e passandole un dito sul seno.

"Anche tu. Ma dobbiamo stare attenti per il bambino."

"Va bene?" chiese lui, scostandosi un poco.

"Sì. Solo non così..." si fermò, non sapendo come dire il resto. Il dottore era stato diretto nel dirle che l'amplesso non doveva essere energico, ma il pensiero di dirlo a Russell la faceva arrossire dall'imbarazzo.

"Non c'è problema. Starò attento."

Grata che lui avesse capito quello che lei non era riuscita a dire, Evelyn chiuse gli occhi e si abbandonò alla deliziosa sensazione di essere spogliata, poi sollevata e messa sul letto. Lì Russell fece l'amore con lei piano e con delicatezza.

Dopo, mentre giacevano insieme nel calore delle lenzuola e del loro amore, lui la baciò, poi si stese di nuovo sul cuscino. "Vorrei solo poter restare qui."

"Perché non lo fai?"

"Ho delle responsabilità. Con i ragazzi. Con il proprietario del locale."

Quella frase le fece male, ma Evelyn non volle rovinare il momento chiedendogli delle responsabilità nei suoi confronti.

Rimasero in silenzio per qualche altro minuto, ed Evelyn credette che si fosse addormentato, ma poi lui chiese, "Come sta tua sorella? Ha già avuto il suo bambino?"

"Non ancora. Ma potrebbe essere da un momento all'altro."

"Si è trasferita di nuovo insieme a tua madre?"

"No. Si è sposata."

Russell si girò verso di lei. "Sposata? Quando?"

"Due settimane fa."

"Chi è il tipo?"

"Si chiama Lester."

Russell si stese di nuovo giù. Evelyn sperò che non facesse più domande. Non voleva più parlare di Viola e del matrimonio. Ma Russell chiaramente voleva. "È un brav'uomo?"

"Non posso dirlo. L'ho incontrato solo una volta."

"Si merita un brav'uomo."

Qualcosa nel modo in cui Russell lo disse fu irritante. Come se Viola fosse in qualche modo al di sopra delle altre donne che magari non erano altrettanto speciali. "Ogni moglie si merita un brav'uomo," disse, senza nascondere la propria irritazione.

"D'accordo. Non te la prendere con me." Russell si allungò e la strinse a sé. "Non intendevo nulla con quello che ho detto."

Evelyn appoggiò la testa sulla sua spalla e sospirò. Odiava quando quelle piccole fitte di gelosia sbucavano fuori. Forse si sarebbero fermate quando Viola e Lester si fossero sistemati come famiglia. Evelyn lo sperava intensamente.

"Mi dispiace essermi perso la cerimonia," disse Russell. "Sarei potuto venire se l'avessi saputo."

"L'ha organizzato all'ultimo minuto. E io ho perso il foglio con il numero del locale. Non potevo chiamarti."

"L'operatore avrebbe potuto aiutarti."

"Lo so. Ma non riuscivo nemmeno a ricordarmi il nome del locale. L'operatore ha detto che c'erano un sacco di locali a Grand Rapids. Non poteva provarli tutti per cercarti."

Ricordandosi quanto si era agitata nei tentativi di contattarlo, rinunciando alla fine per frustrazione, alcune lacrime le scesero calde sulle guance. Russell ne baciò una. "Va tutto bene. Non piangere."

"Non posso farne a meno. Sono così stupida."

"Non dirlo."

Fu un ordine, non un'affermazione, ed Evelyn si scostò per guardarlo. Le guance di lui erano rosse. "Sei arrabbiato?"

Lui annuì appena.

"Con me?"

"Non con te. Quello che hai detto. E non volevo alzare la voce." Si passò una mano sulle guance, stringendosi il labbro inferiore. "È solo quella parola."

"Quale parola?"

"Stupida. Mio padre mi diceva di non chiamare mai nessuno stupido."

"Ma non l'hai fatto. Io l'ho fatto."

"Non ha importanza. Mi fa comunque arrabbiare," disse Russell. "E tu la dici troppo a te stessa."

"Non è solo la mia opinione. Lo sai."

"Sì. Mi ricordo quello che mi hai detto sull'orfanotrofio. Ma devi smetterla di dirlo. Non sei stupida. Sei molto intelligente."

"Lo sono?"

"Certo che lo sei."

Quello fu uno shock. Anche quando gli aveva raccontato per la prima volta quello che le Sorelle dicevano di lei, lui non aveva contestato la loro valutazione della sua intelligenza. Le aveva offerto qualche parola di preoccupazione sul fatto che fossero così crudeli ma non aveva detto molto altro. A quel tempo, Evelyn non era nemmeno sicura che la cosa lo avesse colpito molto. Quanto poteva ricordarsi un uomo di quello che gli veniva detto dopo il sesso? Quello sembrava essere il momento in cui lei aveva voglia di parlare, e lui glielo concedeva, ma prima di quella sera non era mai stata sicura che lui la ascoltasse davvero.

Era bello sapere che qualche volta lo faceva. Lei si strinse di più a lui. "Grazie."

"Di cosa?"

"Di quello che hai detto."

"Lo pensavo davvero." Lui fece scorrere un dito

lungo il suo braccio, poi sul suo seno. Si mise a giocare con il capezzolo, che subito si indurì in risposta. "Penso davvero anche questo."

Evelyn rivolse il viso al suo, godendosi il bacio, le carezze, e la sensazione che tutto fosse perfetto.

17

EVELYN - MARZO 1941

EVELYN SI SENTIVA COME SE FOSSE STATA IN SALA travaglio per giorni. Erano passate solo alcune ore, ma erano state le ore più lunghe e dolorose che avesse mai vissuto. A ogni contrazione era come se qualcuno le stesse strappando gli organi interni con un rastrello da giardino. Evelyn provava a essere coraggiosa, a trattenere le grida, ma quelle erompevano nonostante i suoi sforzi. Un'infermiera arrivò al lato del suo letto e le mise una mano confortante sulla fronte. "Tranquilla, tranquilla. Presto sarà tutto finito."

"Non abbastanza presto." Evelyn spinse fuori le parole tra i denti serrati per il dolore. Poi l'intensità della contrazione lentamente diminuì e l'infermiera asciugò il caldo sudore dal viso di Evelyn.

"Pensa solo," disse l'infermiera, "che quando sarà finito avrai un bellissimo bambino per cui festeggiare."

L'infermiera aveva buone intenzioni. Evelyn ne era sicura, ma in quel momento non era sicura che il risultato finale sarebbe valso la pena del dolore.

Un'altra contrazione iniziò, ed Evelyn tese il corpo per difendersi. Forse avrebbe potuto trattenerla prima che diventasse insopportabile, ma mentre quella raggiungeva il suo picco, scuotendole il corpo come onde che si infrangono sulla sabbia, sapeva che non poteva trattenerla più di quanto potesse spostare la luna.

Presto il dolore la consumò, ed Evelyn si accorse appena di venire spostata, trasportata lungo il corridoio su una barella e trasferita su un duro tavolo di metallo. Ebbe solo alcuni secondi per accorgersi di quanto fosse freddo il tavolo prima che una contrazione la scuotesse, annullando qualsiasi altra sensazione. Poi una voce penetrò la nebbia del dolore, mentre un'altra contrazione arrivava. "Ora spingi, Evelyn. Spingi, spingi, spingi."

Stringendo i denti, Evelyn fece del suo meglio per ubbidire, ma faceva così male là sotto. Si sentiva come se una palla da bowling la stesse facendo a pezzi.

Non si accorse di aver ridotto i suoi sforzi fino a quando una voce non la svegliò di nuovo. "Continua a spingere, non ti fermare. Ci siamo quasi."

"Diamine." Evelyn spinse ancora, e poi sentì un liquido scorrere prima del miracolo della fine del dolore. Il contrasto da un momento all'altro fu così intenso che sperò quasi di poterlo rivivere, solo per provare di nuovo quel profondo sollievo.

Evelyn sbatté le palpebre e, per alcuni momenti, non riuscì a capire dove si trovasse. Poi si ricordò. La corsa all'ospedale, le ore di dolore terribile, poi il miracoloso sollievo. "Russell?"

"Sono qui."

Sentì un tocco sulla mano e si girò verso di lui. Sorrideva. "Sto bene?"

"Sì."

"Il bambino?"

"Sì."

"Hai avuto il tuo maschietto?"

Russell scosse la testa.

"Oh, mi dispiace."

Lui si chinò su di lei e le diede un bacio. "Non essere dispiaciuta. Va bene. Magari la prossima volta."

Dato che a Evelyn faceva male tutto, non aveva voglia di pensare alla prossima volta, ma non poté fare a meno di sorridere quando lui le fece l'occhiolino. Era un tesoro.

"Quanto ho dormito?"

"Un paio d'ore. Il dottore ha detto che hai bisogno di molto riposo."

"L'hai vista?"

Russell annuì e sorrise di nuovo. "Nella nursery. Anche lei dormiva."

La tenda intorno al letto fu spinta da una parte ed entrò un'infermiera, con l'uniforme bianca fresca e brillante. "Signore, devo chiederle di andare. Porteremo i bambini tra qualche minuto."

"Non posso stare?"

"No, signore. Regole dell'ospedale. Nessuno può stare su questo piano a parte le madri e il personale." Detto ciò, si voltò e uscì, lasciando la tenda parzialmente aperta.

Russell si chinò di nuovo e baciò Evelyn. "Torno domani dopo il lavoro."

Attraverso l'apertura nella tenda, Evelyn riusciva a vedere l'altro lato del reparto maternità, dove si trovavano diversi letti. Solo due erano occupati. Si ricordava di essere stata portata lì quando il travaglio era cominciato quella notte, e le grida che sentiva provenire da più avanti lungo il suo lato della stanza erano senza dubbio di qualche altra donna che lottava per dare alla luce una nuova vita.

Evelyn non avrebbe mai immaginato che sarebbe stato così difficile.

Allungò una mano e si toccò la pancia, ora molto più piatta, contenta che tutto quell'affare fosse finito. Beh, almeno la parte della nascita. La maternità era solo all'inizio.

L'infermiera passò attraverso l'apertura nella tenda, tenendo un fagotto stretto in una coperta rosa. "Ecco la tua bimba," disse, porgendo la bambina a Evelyn.

Oh caspita. Era così piccola. E così leggera. Sembrava una piuma tra le braccia di Evelyn, e fu presa da una terribile paura. Che cosa doveva fare con quella bambina? Non aveva mai avuto a che fare con niente di così piccolo e fragile.

"Devi tenere la testa così." L'infermiera sistemò il braccio di Evelyn per cullare la testa della bambina. "Non lasciarle dondolare la testa."

"Dondolare? Si spezzerà?"

L'infermiera sorrise e scosse la testa. "I neonati sono più forti di quanto non appaiano. Non la spezzerai. A meno che tu non la faccia cadere, ma non credo che succederà."

L'infermiera probabilmente l'aveva intesa come una battuta, ma fece risvegliare la paura nel cuore di Evelyn. E se l'avesse fatta cadere davvero? "Oh mio Dio. Non ce la posso fare."

L'infermiera prese la mano di Evelyn e la strinse delicatamente. "Sì. Ce la puoi fare. Ogni neomamma ha queste paure con il primo figlio. E i primogeniti sono sopravvissuti per secoli."

Evelyn guardò quel faccino nascosto nella coperta e toccò la guancia rosa. Era così morbida, più morbida di qualsiasi cosa Evelyn avesse mai toccato. La bambina girò il viso a quel tocco e l'infermiera disse "È pronta per mangiare. Sei fortunata che non pianga. La maggior parte dei bambini gridano per il loro primo pasto."

"Che cosa devo fare?"

"La tua vestaglia si apre sul davanti. Aiutala solo a trovare il capezzolo."

Scoprirsi il seno fu un po' imbarazzante con l'infermiera di fronte a lei, ma Evelyn ubbidì. "Riuscirà...?"

La domanda non era stata neanche formulata del tutto quando la bambina si attaccò al capezzolo di Evelyn con una forza sorprendente. L'infermiera sorrise. "Vedi. Sa benissimo che cosa fare."

Evelyn prese un veloce respiro. "Sono contenta che almeno qualcuno lo sappia."

"Tra qualche minuto, falla succhiare anche dall'altro capezzolo."

Avere la bambina attaccata a lei in quel modo le portò un misto di dolore e piacere. Il piacere non era dissimile da quello che sentiva quando Russell le toccava il seno, e sentiva nelle parti intime lo stesso formicolio che le sue carezze suscitavano. Un'urgenza. Una chiamata. Che strano che le succedesse adesso che era così dolorante là sotto.

"Tua madre ti ha aiutata a prepararti?" chiese l'infermiera. "Ti ha detto che cosa aspettarti?"

Evelyn scosse la testa, poi, prima che l'infermiera potesse indagare ulteriormente, disse in fretta, "Mia sorella ha appena avuto un bambino. Stiamo imparando insieme."

L'infermiera piegò il lenzuolo e la coperta in fondo letto. "Ti daremo un volantino Neo Mamma da portare a casa con te. Quello ti darà qualche informazione. Ora, se sei a posto, vado a occuparmi delle altre."

"Grazie."

Dopo che l'infermiera se ne fu andata, Evelyn guardò in basso verso la sua bambina, che ora aveva gli occhi aperti. Erano di un blu profondissimo. Evelyn si chiese se si sarebbero schiariti e sarebbero assomigliati a quelli di Russell o se sarebbero diventati nocciola come i suoi. Viola le aveva detto che i bambini nascevano ciechi, ma Evelyn non ne era sicura. Quella bambina la guardava con tanta attenzione che Evelyn era sicura che stesse fissando le sua anima.

Guardando la bambina che prendeva il latte, Evelyn fu sopraffatta da quel miracolo di vita. Nove mesi prima, non c'era stato altro che passione, e ora questo. Lentamente una parte dell'incertezza scivolò via e fu sostituta da una calda sensazione che era quasi schiacciante nella sua intensità. Evelyn si chiese se quello fosse ciò che aveva sentito chiamare amore materno. In qualunque modo si chiamasse, era una sensazione estasiante, ed Evelyn voleva che durasse per sempre. Si chiese se sua madre avesse sentito la stessa sensazione ventidue anni prima. Ma forse no. Come si poteva sentire un amore così profondo e poi andarsene?

—

Nel tardo pomeriggio del giorno successivo, Russell arrivò canticchiando una canzone. Evelyn sorrise. Era sempre bello sentirlo fischiettare o cantare perché era un chiaro segnale di quanto fosse felice. Si chinò su di lei e la baciò, poi cominciò a cantare, "Nita, Ju a a nita."

Smise di cantare. "Che ne pensi?"

"Di cosa?"

"Del nome. Juanita. Ho pensato che potrebbe andare bene per la nostra bellezza dai capelli scuri."

Evelyn non sapeva che cosa pensare. Non avevano ancora parlato del nome. "È spagnolo?"

"Non sono sicuro. Ho sentito Al Jolson che cantava questo pezzo alla radio stamattina al lavoro, e mi è piaciuto."

Russell cantò un altro po' della canzone, poi sorrise.

"Vuoi davvero chiamare la nostra bambina Juanita?"

Russell annuì, col sorrisetto ancora sulla faccia.

Evelyn non era ancora sicura, ma non l'aveva visto così felice da mesi. Non da quando aveva smesso di cantare nei locali dopo Grand Rapids. Come poteva rifiutare? "Posso scegliere il secondo nome?"

"Certo, pensa a qual è il tuo secondo nome."

Evelyn scoppiò a ridere.

"Louise. Ci sta bene," disse Russell. "Juanita Louise."

Furono interrotti quando Regina sbucò dalla tenda socchiusa. "Posso entrare?"

"Certo." Russell si spostò più vicino alla testa del letto, e Regina entrò.

"Congratulazioni," disse, facendo un cenno a Evelyn e poi a Russell.

"Grazie." Evelyn sentì che l'entusiasmo di un momento prima si era nascosto dietro qualche nuvola senza nome. "Stavamo parlando del nome."

"Oh. Ne avete scelto uno?"

Evelyn esitò, così Russell disse, "Juanita."

Regina si prese un momento per pensarci, poi disse. "Carino. Ma molto inusuale."

"Sì, ma a Russell piace."

"A te?" chiese Regina a Evelyn.

"Certo."

Ci fu un altro momento di silenzio imbarazzante, poi Regina disse, "E il secondo nome?"

"Forse Louise," disse Evelyn.

"Davvero?"

Evelyn si interrogò sullo sguardo di sorpresa che aveva attraversato il viso di sua madre, ma non ebbe la possibilità di verbalizzare una domanda prima che Regina dicesse, "È il mio secondo nome."

Evelyn ebbe un piccolo sussulto, e Russell le prese la mano. "C'è qualcosa che non va?"

"No," disse. "Ero solo sorpresa, ecco tutto." Guardò sua madre. "Non sapevo che condividessimo un nome."

Regina giocherellò con la sciarpa che aveva al collo. "Quando sei nata, speravo che..."

Lasciò che quella frase svanisse, ed Evelyn aspettò che Regina continuasse. Quando non lo fece, Evelyn chiese, "Speravi che cosa?"

Regina allontanò la mano dalla sciarpa. "Che forse se fossimo state unite dal nome, ciò avrebbe fatto una qualche differenza in futuro."

"Beh, non l'ha fatto, giusto?"

Regina si portò la mano alla bocca, come per trattenere le parole. Russell piombò in un silenzio stupito, e una parte di Evelyn desiderò rimangiarsi quelle parole. A un'altra parte di lei piacque il disagio che esse avevano causato a sua madre. Sapeva che era sbagliato sentirsi così, ma non riusciva a controllare le emozioni che erano andate così fuori controllo dall'inizio della gravidanza. Un tempo era stata più brava a tenere a bada le emozioni e a non dare voce a quei commenti caustici ma, più recentemente, questi avevano cominciato a scappare senza preavviso.

"Mi dispiace," disse Regina, voltandosi. "Adesso vado."

"Aspetta," disse Russell. "Sono sicuro che Evelyn non intendeva..."

"Non c'è problema." Regina si voltò e gli fece un sorriso. "Ne ha il diritto. E voglio davvero andare alla nursery a vedere la bambina."

Dopo che Regina se ne fu andata, Russell si rivolse a Evelyn. "Perché l'hai fatto?"

Lei scosse la testa. "Non lo so."

"Prima o poi, dovrai riuscire a superare il passato."

Le disse quelle parole dolcemente, ma la colpirono comunque nel profondo. Evelyn distolse lo sguardo da lui con le lacrime che le sgorgavano dagli occhi. Le lacrime, così come le emozioni, sembravano fuori controllo negli ultimi tempi.

"Hey," le disse, toccandole la spalla. "Non piangere. Non volevo turbarti."

Lei gli toccò la mano ma non rispose.

"L'ora della visita è finita adesso." L'infermiera si affacciò alla stanza. "Deve andare, signore."

"Va bene. Solo un minuto." Si chinò e baciò Evelyn sulla guancia. "Mi dispiace per quello che ho detto. Ti amo."

Ci vollero alcuni minuti dopo che lui se ne fu andato perché quelle parole venissero assimilate. Le aveva detto che la amava. Prima glielo aveva lasciato intendere solo con una canzone, o con una gentilezza, ma non l'aveva mai detto ad alta voce. Evelyn e Russell e quella bambina erano una famiglia, e non avrebbe fatto a sua figlia quello che era stato fatto a lei.

La prima notte a casa dall'ospedale, la bambina pianse a momenti alterni per tutta la notte, ed Evelyn era preoccupata. C'era qualcosa che non andava? Russell si alzò e barcollò assonnato verso la sedia a dondolo dove era seduta Evelyn, provando a calmare la bimba dalla faccia rossa. "Ecco. Lascia che me ne occupi io."

Evelyn gliela porse, e si sorprese quando Juanita si calmò, una volta che lui se la fu messa contro la spalla.

La dondolò leggermente e cominciò canticchiare, cosa che la calmò ancora di più. Dopo qualche minuto, Juanita si addormentò, e lui la rimise nella culla, dove continuò a dormire.

"Grazie," Evelyn mormorò. "Non so che cosa fare."

"Ho aiutato la Mamma con Anna quando è nata. Anche lei era una bambina capricciosa, e la musica era l'unica cosa a cui rispondeva."

"Non credo che sarò una brava madre."

"Se non fossimo in mezzo alla notte, confuterei questo punto. Ma sono troppo stanco." La baciò appena. "Sarai bravissima."

Evelyn sedette ancora un po' sulla sedia dopo che Russell si fu sistemato sotto le coperte del loro letto. Era così contenta che lui ora fosse a casa la sera. Poco dopo che la bambina era nata e le bollette avevano cominciato ad accumularsi, aveva preso un lavoro a un piccolo negozio di ferramenta a Detroit. Russell aveva detto che era il momento di accettare la responsabilità di essere un marito e un padre, provvedendo alla sua famiglia. Aveva anche detto che non aveva rimpianti per aver lasciato la musica, ma Evelyn sapeva come la delusione era in grado di marcire nel profondo. Aveva avuto un sacco di esperienza riguardo a ciò. Sperava solo che quella delusione non lo avrebbe consumato fino a indurirlo.

Mentre i giorni e le settimane passavano, Evelyn acquisiva lentamente più sicurezza nel prendersi cura della bambina. Aiutava il fatto che Juanita avesse cominciato a dormire per periodi più lunghi la notte, così Evelyn non era completamente esausta ogni giorno. E Russell faceva il possibile per aiutarla la sera. Sotto certi aspetti, sembrava che la fantasia di Evelyn della famiglia perfetta potesse diventare realtà. Avevano solo bisogno di una bella casa al posto di quel piccolo appartamento.

Un giorno, mentre sedevano di fronte a una cena di verdure bollite e prosciutto, Russell la guardò e le disse che gli sarebbe piaciuto andare a trovare sua madre. "Posso prendermi una settimana dal lavoro a giugno."

Evelyn mise giù la forchetta e inghiottì il pezzo di carne che stava masticando. Non sapeva quanto ci volesse per arrivare in West Virginia, ma sapeva che era un lungo viaggio. "È lungo viaggio per una visita breve."

"Sì." Russell si servì di un'altra porzione di patate. "Ma sono ansioso di far conoscere te e Juanita a tutti."

Evelyn si ricordò di che cosa Russell le avesse

detto riguardo alla strana situazione di sua madre e suo padre, ma non ne aveva quasi più parlato da allora. Aveva chiamato sua madre per dirle del matrimonio, poi del bambino, ma non c'erano stati altri contatti. Le telefonate erano costose.

"Dimmi qualcosa di più sulla tua famiglia," disse Evelyn, la curiosità che superava la sua reticenza a fare la ficcanaso. "Siete molto vicini?"

"Certo." Alzò le spalle. "Mamma e Papà vanno ancora d'accordo anche se vivono separati."

"Se posso chiedere, cosa ne pensi di questa situazione?"

"Che cosa intendi?"

"Ti dispiace che non siano insieme?"

Lui alzò le spalle di nuovo. "Un po'. È stato difficile per la Mamma. E ho odiato andarmene quando aveva bisogno del mio aiuto."

"E allora perché l'hai fatto?"

"Fu un'idea sua. Non voleva che andassi a lavorare in miniera. Pensavo di poter trovare un lavoro alla fabbrica di vetro, ma insistette che io andassi a lavorare per Hoffmann. Disse che avrei avuto una paga migliore al nord."

"È vero?"

Russell rise. "Penso di sì. Ma dato che non ho mai lavorato in quella fabbrica, non lo saprò mai."

Evelyn sorrise e si concentrò sul cibo per alcuni minuti, poi chiese, "Pensi che si riconcilieranno mai?"

"Non lo so, e non chiedo. Sono affari loro." Prese un altro boccone di patata, poi alzò la forchetta. "Ascolta, lo so che sei curiosa, ma non parlare di queste cose quando andiamo a trovarli."

"Beh, non lo farò." Evelyn prese un sorso della sua acqua. "Capisco che siano affari privati."

Lui annuì e continuò a mangiare.

La prospettiva del viaggio era emozionante, ed Evelyn passò diverse settimane a prepararsi. Cucì alcuni nuovi vestiti per sé e per la bambina e prese due valige al negozio dell'usato. Nei giorni precedenti alla partenza, lavò, stirò e piegò accuratamente i vestiti per metterli via.

Durante tutti i preparativi, Evelyn diventava sempre più ansiosa di conoscere la famiglia di Russell, nonostante la sua preoccupazione di non piacergli. Russell la rassicurò più e più volte che non sarebbe successo.

"Non potrà non piacergli la donna che ho sposato," le disse una notte.

La sua affermazione la fece sorridere, ma era comunque in apprensione. Non aveva mai nemmeno parlato con sua madre, e ora avrebbe passato diversi giorni a casa sua.

18

EVELYN - MAGGIO 1941

UN ASPETTO POSITIVO DEL LUNGO VIAGGIO IN macchina verso il West Virginia era che il movimento teneva la bambina tranquilla. Juanita si svegliava solo quando la macchina si fermava, cosa che non accadeva abbastanza spesso per i gusti di Evelyn. Non che volesse che la bambina si svegliasse e piangesse di nuovo per chiedere cibo, ma i sedili della macchina erano duri e scomodi. Ogni buca nella strada le faceva dolere l'osso sacro. In più, credeva che Russell guidasse davvero troppo velocemente. Le aveva detto che doveva farlo per arrivare a un orario decente, che era anche il motivo per cui non voleva fermarsi finché non avessero avuto bisogno di benzina. Ogni fermata costava minuti preziosi, quindi era meglio far tutto nel corso di una sola sosta. Fare benzina, andare in bagno, comprare del cibo, e poi ripartire e mangiare lungo la strada.

Evelyn capiva la logica di tutto ciò, era solo che il suo corpo non sempre collaborava.

"Possiamo fermarci, Russell?"

Lui le lanciò uno sguardo. "Non puoi aspettare? Siamo quasi arrivati."

"Per favore. Vorrei rinfrescarmi prima di incontrare tua madre."

Russell sospirò. "D'accordo. Mi fermerò alla prossima stazione di servizio."

Evelyn era sicura che un'altra piccola pausa avrebbe fatto bene anche a Russell. Stavano viaggiando da quasi dieci ore. Le prime cinque, per la maggior parte al buio, non erano state troppo male, ed Evelyn aveva anche dormicchiato quando il sonno la travolgeva. Erano potuti andare più veloci sulle pianure dell'Ohio, ma quando erano arrivati in Pennsylvania il terreno si era trasformato in basse colline e strade tortuose. Poi le colline si erano trasformate in montagne, e le ultime ore li avevano messi alla prova. Si vedeva che Russell era stanco, cosa che lo rendeva irritabile. Poteva azzardarsi a suggerirgli di lavarsi e pettinarsi i capelli?

Guardando con quanta forza stringeva il volante, decise di no. Dopo la veloce sosta, viaggiarono per un'altra ora e mezza per le tortuose strade di montagna. Il paesaggio era spettacolare, ma lo strapiombo sulla destra faceva tremare Evelyn, quando aveva il coraggio di guardare giù. Alla fine, dopo essere saliti a metà di una collina molto ripida - con il motore che borbottava e a un certo punto si era quasi fermato - Russell svoltò in una strada sterrata, poi si fermò di fronte alla quarta casa dall'angolo. Evelyn guardò fuori e vide una bella casa di mattoni, non molto diversa da certe a Detroit. Una donna piccola e agile scese gli scalini di un portico quasi del tutto nascosto dietro a un'alta siepe verde scura. Dei piccoli fiori rosa e bianchi ornavano entrambi i lati del vialetto che conduceva alla casa. La donna si fermò a metà degli scalini.

Evelyn si lisciò la gonna del vestito di cotone e aspettò che Russell arrivasse e le aprisse la porta. Per una volta, Juanita non si svegliò quando la macchina si fermò, così Evelyn la lasciò dormire e uscì per salutare sua suocera. Russell la prese a braccetto e la condusse lungo il marciapiede, poi la lasciò per dare a sua madre un breve abbraccio prima di presentarle Evelyn. Il fatto che lo facesse con tanta eleganza la sorprese, così come la sorprese il brusco cenno che Emma fece prima di dire, "Venite dentro a mangiare. I fagioli sono pronti."

Durante il viaggio, Russell aveva dato a Evelyn qualche informazione su cosa aspettarsi, soprattutto sul fatto che il cibo era una parte fondamentale della vita della sua famiglia. Non importava che cosa accadesse, la caffettiera sarebbe sempre stata calda e i fagioli sarebbero sempre stati a cuocere nel forno. E ci sarebbe sempre stato un sacco di pane di mais per raccogliere il sugo. L'affetto che provava per la sua famiglia era manifesto nelle storie che raccontava, eppure ne era uscito così poco in quell'incontro che lei rimase basita. E la fredda accoglienza da parte di sua suocera era stata destabilizzante.

Emma entrò, e Russell aiutò Evelyn a prendere la bambina e alcune borse dalla macchina. "Prenderò il resto dopo," disse, accompagnandola in casa.

L'interno era sorprendentemente fresco, considerando che la temperatura fuori era torrida, ed entrarono direttamente in un soggiorno che aveva un caminetto accanto alla porta d'ingresso. Il camino era rivolto verso due grandi finestre sul muro opposto, dove Evelyn riusciva a vedere che la casa era adiacente alla collina, che lasciava entrare ben poca luce.

Emma entrò nel soggiorno e andò verso Evelyn,

che stava ancora tenendo in braccio Juanita. "Questa è la vostra bimba?"

"Sì. Si chiama Juanita."

"Strano nome per una bambina," disse Emma. "Non l'ho mai sentito prima."

Russell lasciò la valigia che stava reggendo e si avvicinò. "L'ho sentito in una canzone."

"Davvero?"

"Già."

"Beh, allora bene" disse Emma avvicinandosi per guardare la bambina. "È proprio carina. Assomiglia a te, Russell."

"Ha i suoi capelli," disse Evelyn. "E i suoi occhi sono dello stesso azzurro. Vedrai quando si sveglia."

"Lasciamola dormire per ora. Potete portarla in camera." Emma li accompagnò in una camera da letto che si apriva proprio accanto al caminetto. Entrando, Evelyn vide un letto

matrimoniale a baldacchino con una bella trapunta che doveva essere un cimelio di famiglia. Alla vista di una culla accanto a letto, Evelyn provò un po' di affetto per sua suocera, che evidentemente si era presa il disturbo di preparare per la visita. Quindi forse quella strana presentazione faceva solo parte del modo di fare dell'anziana donna, come Russell le aveva detto. Sorridendo per il sollievo, Evelyn mise delicatamente giù Juanita, facendo attenzione a non svegliarla.

"Venite in cucina quando siete pronti," disse Emma. "Potete lavarvi qui." Indicò una seconda porta nella camera da letto, che dava su un corridoio con una porta aperta sul bagno. Evelyn intravedeva un lavandino contro il muro.

"Vai per prima," disse Russell dopo che sua madre

fu uscita. "Io vado a prendere il resto delle nostre cose." Evelyn entrò nel grande bagno, notando la vasca con le zampe lungo una parete, il gabinetto sulla parete posteriore, e il lavandino di fronte. Una piccola finestra alla sinistra del lavandino offriva un vista sulla casa vicina, solo una scheggia di giallo che si stagliava sopra il marciapiede che separava le case. La stretta vicinanza era un po' preoccupante, ma Evelyn si immaginò che, dato che non vedeva finestre, nessuno avrebbe potuto sbirciare senza sporgersi dall'alto.

Evelyn si occupò in fretta delle sue cose, poi entrò nel corridoio, guardando sulla sua sinistra, dove vide una porta per la cucina. Entrò e lì trovò Russell al tavolo apparecchiato per due. Fece appena in tempo a interrogarsi su quella vista prima che Emma dicesse "Siediti qui con Russell. Vi porto da mangiare."

Cosa che fece, senza mai sedersi. Teneva un occhio vigile sui suoi ospiti ed era veloce nel portare dell'altro pane di mais o un'altra porzione di fagioli. Evelyn notò che Emma aveva una piccola tazza sul bancone accanto al fornello. Quando non li stava servendo, Emma ne prendeva alcuni bocconi con il cucchiaio.

"Non vuoi sederti?" Evelyn guardò Emma.

Russell rise. "Non ricordo che mia madre si sia mai seduta al tavolo."

Nel corso della settimana di visita, Evelyn scoprì che quello era il carattere della maggior parte delle donne della famiglia, a eccezione di Anna, che era la più giovane e non era sposata. In ogni casa che visitavano, gli uomini, i bambini e gli ospiti si riunivano a un tavolo ed erano serviti dalla donna della famiglia. Essere l'unica donna adulta seduta per la maggior parte del tempo faceva sentire Evelyn un po' a disagio, ma le sue offerte di aiuto venivano respinte.

Tutti erano molti educati, ed Evelyn non aveva mai un momento per essere affamata, ma c'era una certa freddezza che sembrava causata da Emma. A volte le conversazioni si interrompevano all'improvviso quando Evelyn entrava in una stanza, e lei non era mai sicura se fosse perché stessero discutendo affari privati di famiglia o magari stessero parlando di lei. Nello sforzo di conquistarseli, Evelyn faceva del suo meglio per essere una buona ospite, occupandosi in fretta della bambina quando piangeva, offrendosi di aiutare a sparecchiare dopo aver mangiato, e sorridendo educatamente e a tutti, ma il gran numero di persone spesso la sopraffaceva. Pensava che forse la moglie di Loren, Erma, sarebbe stata la più amichevole, essendo anche lei una parente acquisita, ma non ebbe mai abbastanza tempo da passare con Erma per verificare se ciò fosse vero.

Il padre di Russell, Sheridan, presenziava ad alcune delle cene, ma non a tutte. Evelyn trovava un po' strano che lui andasse e venisse in quel modo, e nessuno dicesse nulla a riguardo. Era ansiosa di sapere di più su quella separazione e sullo strano modo in cui tutti la gestivano, ma non si permetteva di chiedere. Un paio di volte, provò a indagare su come Russell si sentisse a riguardo, ma lui schivava le sue domande. Sheridan era un uomo piacevole, ed Evelyn vedeva la forte somiglianza familiare tra padre e figli. Durante i pasti, gli uomini parlavano di fattorie e miniere di carbone, e le donne parlavano di ricamo e della preparazione del burro di mele. Dato che Evelyn non faceva nessuna di queste cose, si sentiva una pecora nera, e anche solo tenere un sorriso gentile sul viso era uno sforzo.

Durante la tarda sera del terzo giorno di visita, Evelyn approfittò della privacy della loro piccola camera da letto e chiese a Russell che cosa dovesse fare perché sua madre e le sue sorelle si affezionassero a lei.

"È per questo che sei così silenziosa?" le chiese, togliendosi i pantaloni e stendendoli sulla cassapanca ai piedi del letto.

"Non so cosa dire." Evelyn sollevò la bambina addormentata dalla culla e la appoggiò sul letto per cambiarle il pannolino. Juanita spesso dormiva tutta la notte con un pannolino cambiato in tarda sera.

"Sono donne." Russell si infilò il pigiama. "Di cosa parlano le donne?"

Evelyn lo guardò per assicurarsi che non stesse scherzando. "Non ascolti a tavola?"

Lui alzò le spalle ed Evelyn scosse la testa. "Sono esclusa quando tua madre e le tue sorelle parlano di cucito e inscatolamento."

"Potresti unirti a loro."

"E dire cosa? Non ho nessun contributo da dare." Evelyn rimise Juanita nella culla, grata che la bambina si fosse appena mossa durante il cambio. "Non mi invitano mai a parlare delle cose che mi piacciono. Ho chiesto che libri gli piacessero, e mi hanno fissata tutte."

Russell risse. "Non leggiamo molto qui."

"L'avevo intuito."

Al tono petulante della sua voce, Russell si avvicinò e le mise un braccio intorno. "Rilassati e da' loro un po' di tempo."

"Non penso di piacere a tua madre."

"Non essere sciocca. È solo il suo carattere. Se non le piacessi, non ti avrebbe offerto una seconda porzione di fagioli."

"Non scherzare. Vorrei solo ricevere qualche cenno che sono davvero la benvenuta in famiglia."

Russell sbuffò. "La stai prendendo troppo sul personale. Ti ho detto che non siamo una famiglia che mostra molto affetto. O che parla molto delle emozioni. Le cose vanno così. E tu sei parte della famiglia."

Evelyn si sedette sul bordo del letto e si sfilò le scarpe. Non voleva più lamentarsi con Russell. Lui aveva atteso a lungo questa visita alla sua famiglia, quindi non poteva piagnucolare e chiedergli di prestare più attenzione a lei. Ma era quello che voleva che facesse. Voleva che lui fosse così orgoglioso di essere sposato con lei da renderla il centro della propria vita, soprattutto lì tra gli estranei. Sospirò. Era quello che succedeva nei romanzi. La vita reale avrebbe mai potuto assomigliargli?

Alzandosi, si tolse il vestito, poi andò ad appenderlo nell'armadio. Indossò la sua vestaglia di cotone leggero, spense la luce, e si infilò nel letto dove Russell si era già steso, scoperto. Era caldo, così non tirò su le lenzuola. Lui si girò e le strusciò il naso sul collo. Quando la abbracciò, lei poté sentire la sua erezione che le premeva contro il fianco; il suo corpo rispose come sempre.

"Russell, non possiamo," disse quando le sue avances diventarono più insistenti. "Il letto scricchiola. Tua madre ci sentirà."

Lui ridacchiò. "Sa come nascono i bambini."

"Non è divertente. Non voglio che lei ci senta."

"D'accordo. Farò piano." Fece scorrere le dita lungo la sua pancia e poi...

Quello fu il punto di non ritorno.

Dopo, quando furono soddisfatti, Evelyn appoggiò la testa sulla sua spalla e lasciò che l'appagamento la avvolgesse, insieme alla leggera brezza del ventilatore che le asciugava il sudore. Quelli erano i momenti in cui i suoi dubbi cessavano e credeva nel suo amore. Il momento appena dopo l'essere stati così meravigliosamente uniti.

Ascoltando il leggero russare di Russel mentre si addormentava, Evelyn decise di restare attaccata a quelle sensazioni perfette, tenendo a bada le sue preoccupazioni, e di godersi il resto della vacanza.

Quasi tutte le sere Russell, suo fratello Loren e sua sorella Anna suonavano la chitarra e cantavano, le loro voci che si fondevano in una bella armonia. Le sere in cui c'era Sheridan, si univa anche lui. Aveva una bellissima voce da baritono, ed era ovvia l'origine del talento musicale di Russel. Era anche ovvio che la musica li univa come famiglia. Forse era persino un sostituto delle esplicite manifestazioni di affetto. Guardarli cantare e suonare i loro strumenti dava a Evelyn un altro segno di che cosa la musica significasse davvero per suo marito. Era una tradizione di famiglia molto più profonda di quello che appariva in superficie. Mentre cantavano, si guardavano l'un l'altro, scambiandosi sguardi che sembravano mandare messaggi silenziosi.

Ci fu un'ultima riunione la sera prima del giorno in cui Russell ed Evelyn avevano programmato di tornare in Michigan. L'intera famiglia era stata invitata, inclusi Sheridan, Loren ed Erma. Vennero anche le altre due sorelle di Russell, Opal e Maesel, portando i loro mariti e i loro figli, cosa che rese la casa piena zeppa per la cena e per cantare dopo. Era una sera calda e umida, le finestre erano aperte per lasciare entrare la brezza e i ventilatori erano accesi.

Una volta che il pollo fritto, i fagioli e il pane di mais furono finiti, i bambini si precipitarono fuori sul portico e gli adulti si riunirono in soggiorno, che era un po' più fresco della cucina. Evelyn si sedette sulla sedia a dondolo nell'angolo vicino a Erma. Evelyn teneva Juanita, che sorrideva e gorgheggiava. Erma si avvicinò. "Le piace la musica."

"Sì. È sempre contenta quando Russell suona la sua chitarra e canta."

"Lo fa spesso?"

"Quanto più possibile. Ma è impegnato. Lavora molto."

Erma scosse appena la testa. "È un vero peccato che non abbia potuto continuare a suonare a livello professionale. È davvero bravo."

All'inizio, Evelyn non fu sicura di come rispondere. C'era un accenno di giudizio in quel commento? "Beh, sì. È un vero peccato. Ma è stata una decisione che ha preso liberamente."

"Capisco."

Ancora una volta, un tono che non le piaceva, ma Evelyn si ricordò del suo proposito e tenne a bada i pensieri negativi. Sorrise e disse, "Russell è un brav'uomo. Un buon marito. E un buon padre."

Erma annuì. "Anche Loren. Hanno preso da loro padre."

Di nuovo, Evelyn non era sicura di come rispondere. Aveva promesso a Russell di non menzionare la strana situazione dei suoi genitori, ma non poteva semplicemente lasciar passare il commento di Erma. Evelyn prese un respiro, poi disse, "Ma se n'è andato."

Erma sminuì il commento. "Solo perché lui ed Emma hanno dei problemi non significa che lui non è un brav'uomo."

Evelyn non poteva essere in disaccordo con ciò, ma era comunque curiosa di sapere che cosa fosse successo e come Emma e Sheridan fossero arrivati al punto di vivere in due case separate. Non sembrava esserci rancore tra di loro, cosa che rendeva tutto ancora più sconcertante.

Nonostante i canti e il rumore dei bambini che correvano avanti e indietro, Juanita si addormentò tra le braccia di Evelyn poco dopo le otto, così Evelyn la portò in camera da letto, chiuse la porta che portava al soggiorno e mise Juanita nella culla. Poi Evelyn andò in corridoio attraverso l'altra porta e andò il bagno. Dopo essersi occupata delle sue cose, uscì e sentì delle voci in cucina. Andò verso la porta d'ingresso quando vide Emma e Opal, ma si fermò improvvisamente quando sentì una parte della conversazione. "Lui dice di no. Ma io so che l'ha messo in trappola."

Evelyn si ritirò nell'ombra, con il cuore che le batteva forte. Anche se non sapeva chi avesse detto quelle parole, non c'erano dubbi sul loro significato.

"Sembra abbastanza brava."

"Gli avevo detto di fare attenzione a queste ragazze di città."

Era difficile esserne sicura, ma Evelyn sospettava che fosse Emma ad aver detto quelle cose offensive. Quelle donne avevano forse parlato in quel modo di lei e di Russell e del loro matrimonio per tutto il tempo? Tutte quelle conversazioni interrotte in fretta nelle quali si era imbattuta negli ultimi giorni. Era quel... quella convinzione che Russell fosse stato messo in trappola ad aver causato il tono che aveva sentito prima nella voce di Erma? E se erano così disinvolte nella parlare della sua situazione, perché erano così circospette quando si trattava di parlare di Sheridan? Una vampata di rabbia la spinse in cucina, giusto per vedere se le donne sarebbero state imbarazzate nell'essere sorprese in quella spietata conversazione, ma loro le si rivolsero senza alcuna reazione. "Hai bisogno di qualcosa?" chiese Opal.

"Non ho costretto Russell a fare nulla che lui non volesse. Dovete saperlo."

Evelyn si girò in fretta e tornò in bagno. Non voleva che quelle donne vedessero le lacrime che le sgorgavano dagli occhi. Rimase lì per cinque minuti pieni, poi si sciacquò la faccia con l'acqua fredda prima di uscire dal bagno e sgattaiolare attraverso la porta che portava in soggiorno. Emma e Opal erano lì, ma non dissero nulla sulla loro discussione. Per fortuna, Russell era così rapito dalla musica che non si accorse della freddezza che c'era nella stanza.

La magia di quella sera era svanita, ma Evelyn indossò il suo sorriso più coraggioso e resistette finché la compagnia non se ne fu andata. Era così ferita e così umiliata che non voleva nemmeno parlarne quando si ritirarono in camera da letto. Era grata che Russell fosse così esausto da essere andato direttamente a dormire.

La mattina dopo, sul presto, prepararono la macchina per il viaggio di ritorno. Mentre trasportavano i bagagli, Evelyn non disse nulla a proposito di quello che si erano detti tra lei ed Emma e Opal. Era sorpresa che Emma li avesse caricati di cibo. C'erano una dozzina di barattoli di fagioli verdi e altrettanti di burro di mele, insieme a pollo fritto, verdure fresche tagliate e biscotti da mangiare durante il viaggio. Evelyn accettò i regali e il freddo abbraccio di sua suocera, ma sapeva che quella generosità era più per l'amato figlio di Emma che per la donna che gli aveva rovinato la vita.

Riuscì a stento a trattenere le lacrime mentre se ne andavano, e Russell intuì il suo umore. Le lanciò uno sguardo veloce e disse, "Anch'io sono sempre un po' triste di andarmene."

Se solo avesse saputo.

Viaggiarono fino a notte fonda, e il cielo era nero come l'inchiostro quando finalmente arrivarono di fronte al condominio. Scaricarono tutto più in fretta che potevano, mangiarono un boccone, e misero a letto la bambina per quello che restava della notte. Russell stava aiutando Evelyn a sistemare nella credenza i cibi in scatola che sua madre aveva mandato con loro, quando all'improvviso lei lanciò un barattolo attraverso la stanza, sporcando il muro di burro di mele.

"Ma che diamine?" Russell fece tre passi veloci e le afferrò il braccio, girandola per guardarla in faccia. "Perché l'hai fatto?"

"Lo pulirò." Evelyn non riusciva a guardarlo negli occhi e lottava perché le labbra non le tremassero e calde lacrime non le scendessero.

"Dimmi che succede." Accompagnò la richiesta con una scossa non troppo delicata.

"D'accordo." Evelyn si tirò indietro, la rabbia che le dava il coraggio per lasciare uscire le parole.

"Tua madre ha detto a Opal che io ti ingannato perché tu mi sposassi."

"È ridicolo. Non direbbe mai una cosa del genere."

"No?" Evelyn lasciò la domanda sospesa per un momento, poi chiese "E da chi potrebbe aver preso l'idea che tu sia stato ingannato?".

Russell non rispose, i segni rivelatori della sua rabbia che si manifestavano nei cerchi rossi sulle sue guance, ma Evelyn non si tirò indietro. "Le hai detto questo? Che sono rimasta incinta di proposito per intrappolarti? Così che lei potesse tenermi il broncio per il resto della sua vita?"

Russell le passò oltre, spingendola via dal proprio percorso. "Non parlare mai più di mia madre in questo modo."

"Altrimenti cosa? Vuoi picchiarmi? Fai pure. Picchiami. Non mi importa."

Russell si fermò e mostrò i pugni, e per un momento Evelyn credette che sarebbe andato avanti. Si preparò per il colpo che non arrivò mai quando lui corse via dalla stanza. "Vado a letto. Devo andare al lavoro domattina."

Evelyn andò a pulire il disastro, facendo attenzione a non tagliarsi mentre prendeva i cocci di vetro, poi raccolse il burro di mele con una spatola e lo gettò nella spazzatura sopra al vetro. Lavò il pavimento e tolse dal muro i residui di burro di mele. Quel lavoro le diede il tempo di pentirsi del suo infantile attacco di rabbia. Non avrebbe dovuto litigare con Russell quella notte. Non quando era stanco per il lungo viaggio. Certo, sarebbe stato nervoso. Ma non era forse vero che un marito avrebbe dovuto mettere sua moglie prima di sua madre?

Evelyn si piegò sul bastone dello spazzolone, pensando alle interazioni tra Russell ed Emma. Era amore. Vero amore. Il modo in cui una madre ama suo figlio e vuole il meglio per lui.

Una fitta di nostalgia la colpì così forte che Evelyn rimase scioccata per un momento, mentre le lacrime le scorrevano calde sulle guance. Ancora una volta, era quella bambina che voleva...

Evelyn scacciò via le lacrime e i pensieri. Non le serviva a niente piangere e men che meno sognare. Si tenne occupata con le ultime pulizie e poi mise via i prodotti per pulire, spegnendo la luce mentre usciva dalla cucina.

Quando andò in camera da letto, Russell dormiva già profondamente. Juanita stava piagnucolando, così Evelyn le cambiò il pannolino sporco in silenzio, poi si infilò nel letto, facendo attenzione a non disturbare Russell. Quello era il primo vero litigio che avevano avuto da quando si erano sposati. In verità, era il primo vero litigio che avevano avuto da sempre, ed Evelyn non riusciva a credere di averlo sfidato. Una parte di lei voleva oltrepassare la barriera invisibile che c'era tra loro. Svegliarlo e dirgli che le dispiaceva di aver fatto quella scena. E allora lui magari l'avrebbe abbracciata. Consolata. Fatta sentire amata. Ma aveva paura di toccare l'orso addormentato.

19

EVELYN - GIUGNO-DICEMBRE 1941

Evelyn stava in piedi e fissava la casa con sconcerto. Non era una vera casa, solo una struttura impalcata con un tetto e della carta catramata sui muri esterni. Com'era possibile che Russell fosse così emozionato per una cosa simile?

La settimana prima era tornato dal lavoro più felice di quanto lei lo avesse mai visto dalla fine della loro vacanza, e le aveva detto dell'uomo che voleva vendere la casa. Harold Murphy era un amico di Hoffman e aveva cominciato a costruire quel posto per sua moglie. Erano stati sposati solo alcuni anni e quella sarebbe stata la casa dove avrebbero cresciuto la loro famiglia. Il mese precedente, la moglie era morta in un incidente stradale, e Harold non poteva affrontare l'onere di finire la casa e per viverci da solo. Voleva liberarsi di quel posto il più velocemente possibile, quindi lo stava praticamente regalando.

Per quanto Evelyn volesse andarsene da quel piccolo appartamento, che si era fatto considerevolmente più affollato da quando la bambina era nata a marzo, non le sembrava giusto che la loro fortuna arrivasse a spese della sfortuna di qualcun altro. E la casa non era nemmeno pronta per trasferircisi. Non aveva idea di quanto tempo ci sarebbe voluto per renderla abitabile.

"Che cosa ne pensi?" chiese Russell.

"È a malapena iniziata." Evelyn si asciugò il sudore della fronte e poi rimise il fazzoletto nella tasca del suo vestito di cotone leggero. Era già un caldo estivo, anche se era solo la metà di giugno.

"So che sembra grezza," disse Russell. "Ma la parte più difficile è fatta. Guarda. Ha delle fondamenta. Quelle e la struttura sono le parti più difficili di una costruzione. Possiamo finirla. Possiamo lavorare insieme quando torno a casa dal negozio."

"Non so niente di questo tipo di lavoro. E ho la bambina di cui occuparmi." Evelyn spostò un'impaziente Juanita dal fianco alla spalla, dandole colpetti alla schiena per calmarla.

Russell si avvicinò alla casa e fece scorrere la mano lungo una delle travi dell'angolo. "Non dovremmo lasciarcela sfuggire, Evelyn."

C'era un tono nella sua voce che Evelyn riconosceva. Normalmente era alla mano e non esigente ma, ogni tanto, doveva farle sapere che era lui l'uomo. Il capo famiglia. Il comandante. Non l'aveva mai combattuto quando si impuntava, immaginando di doversi chinare ai suoi desideri per farlo felice. I dubbi nati dall'esperienza con la sua famiglia quell'estate non erano mai andati via del tutto, e anche se lei e Russell da allora erano tornati a una routine grossomodo tranquilla, sapeva che il matrimonio avrebbe funzionato solo se lei l'avesse reso felice anziché arrabbiato. Era una di quelle volte in cui poteva fare la scelta di mantenere la tregua, così inghiottì le proteste e annuì. "Come preferisci."

"Bene." Russell sorrise. "Lo farò sapere al Signor Murphy."

Ogni sera della settimana per i successivi tre mesi, Russell andò a lavorare alla casa, fermandosi all'appartamento solo per una veloce cena dopo il suo turno al negozio. Era dura per Evelyn stare sola con le bambine tutto il giorno e poi fino a sera tarda, ma era bello vedere Russell così felice di poter assicurare loro una casa migliore. Dato che i fine settimana erano gli unici momenti in cui potevano passare del tempo insieme, di sabato Evelyn andava da Russell per aiutarlo come poteva. Ogni tanto gli passava un attrezzo, o un pezzo di legno, ma spesso si limitava a sedersi con la bambina e guardare. I sabati erano quasi tutti divertenti. Preparava un pranzo al sacco e, a mezzogiorno, si sedevano all'ombra del grande olmo sul retro e mangiavano panini e bevevano tè freddo dai barattoli di vetro.

Quel giorno, il sole di agosto batteva senza pietà, ed Evelyn era riluttante a lasciare la comodità dell'ombra. Juanita dormiva su un'altra coperta dall'altro lato del cesto da picnic.

Le cavallette zillavano nell'albero, ed Evelyn sentiva le palpebre che cominciavano ad abbassarsi mentre stava lì seduta.

Russell si avvicinò e la strinse a sé. "Magari dovremmo fare un pisolino... o qualcos'altro."

Fece scorrere la sua mano lungo la sua coscia, e non c'era dubbio su che cosa quel "qualcos'altro" potesse essere. "Russell! Non possiamo. Non qui alla luce del sole. E se qualcuno ci vede?"

"Siamo nascosti dalla casa. E dall'albero. Nessuno può vederci."

Sebbene fosse tentata - il suo corpo sembrava sempre rispondergli a prescindere da quello che la sua mente dicesse - si sentì sollevata quando Juanita cominciò a piangere, e non dovette ammettere di essere troppo in imbarazzo per farlo all'aperto in quel modo. "Devo stare dietro alla bambina."

"Dannazione!" Russell si alzò all'improvviso e saltò di nuovo alla costruzione, alzando un pezzo di cartongesso.

Evelyn sapeva che lui era deluso. E forse anche un po' arrabbiato. Lo capiva dal modo in cui si muoveva. I primi mesi in cui erano stati sposati, facevano sesso tutte le sere. Occasionalmente due volte a sera. Evelyn si preoccupava che ci fosse qualcosa di sbagliato in quanto lei desiderasse Russel. Non le sembrava normale. Ma Viola le aveva detto che essere eccitata faceva parte dell'essere incinta. Evelyn aveva apprezzato la spiegazione, ma aveva sperato che Viola non usasse un linguaggio sempre così volgare.

Qualunque cosa rendesse Evelyn così lasciva - sembrava più raffinato usare quel termine piuttosto che eccitata - Russell ne approfittava a pieno, e sembrava pensare che fosse tutto perfettamente normale. Poi, dopo che la bambina era nata, le opportunità per approfittarsene furono sempre meno. Troppe volte, come quel giorno, una bambina piangente interferiva.

Dopo aver rimesso giù Juanita, Evelyn andò dove Russell stava inchiodando un pezzo di cartongesso. Dal modo in cui brandiva il martello, Evelyn capiva che era ancora arrabbiato. "Mi dispiace," disse. "Dovevo..."

"Lascia perdere."

Le parole seguivano il ritmo del martello, ed Evelyn scattò. "La bambina piangeva. Che cosa dovevo fare?"

"Ho detto lascia perdere."

Il suo tono fu duro e lei rispose a tono. "Non è stata colpa mia."

Lui smise di battere con il martello per un momento e si girò verso di lei, chiazze rosse che si formavano sulle sue guance. "Lascia stare," disse.

Normalmente, lei lasciava stare, ma la rabbia superava ogni senso della ragione. "Non devi essere così arrabbiato solo perché non hai potuto fare i tuoi comodi."

"Non sono arrabbiato. Solo frustrato."

"A me sembri arrabbiato di sicuro."

Lui tornò al suo lavoro. "Tu non sai come mi sento. Lasciami solo."

Evelyn torno alla coperta dove Juanita stava ancora dormendo.

Quando le ombre del crepuscolo si allungarono, Russell caricò i suoi strumenti nel bagagliaio della macchina, ed Evelyn mise via il cestino da picnic, infilandosi sul sedile posteriore insieme a un pacco di pannolini e biberon per la bambina. "Pronta?" chiese Russell. La prima cosa che le disse dopo il litigio e la penultima cosa che le disse quel giorno.

Dopo che furono arrivati a casa, lui si lavò e si cambiò i vestiti, poi andò alla porta d'ingresso. Evelyn si voltò dal fornello doveva aveva cominciato a scaldare del bollito avanzato per cena. "Dove stai andando?"

"Fuori."

Fece un cenno verso la pentola sul fornello. "Non vuoi mangiare?"

Il rumore della porta che sbatteva fu l'unica risposta.

Evelyn mangiò la sua cena in solitudine. Si occupò della bambina quando si svegliò per la sua cena, poi andò a letto non appena Juanita si fu di nuovo addormentata. A volte, nella notte, Russell tornava a casa e si infilava nel letto accanto a lei. Portava del forte odore di birra e fumo di sigaretta con sé, così lei gli dava le spalle.

L'estate si trasformò in autunno e poi in inverno, e la casa non era ancora finita. Tutto quel lavoro in più li aveva messi entrambi alla prova. Se Russell la sera non era fuori, dormicchiava sul divano dopo cena. Evelyn provava a essere paziente. Provava a essere una moglie migliore, ma le piccole cose la facevano arrabbiare. Come la sua reazione quando lei bruciò l'arrosto. "Non abbiamo abbastanza soldi per sprecarli bruciando il cibo."

Quando se la prendeva con lei, lei provava a contenere la rabbia, ma c'erano volte in cui si infiammava, e finivano per azzuffarsi come due gatti arrabbiati.

Non era la vita che voleva, la vita che aveva sognato, ma era quella che aveva e, a volte, quando non litigavano, era quasi bella. Le cose belle accadevano nei rari giorni in cui Russell stava a casa e non si addormentava dopo cena. Tirava fuori la sua chitarra e cantava, con grande entusiasmo di Juanita, che batteva le mani e rideva. Durante quelle sere tranquille, Evelyn sentiva la tensione tra di loro allentarsi e dopo, nel buio della notte, magari lui la cercava per fare l'amore.

Le domeniche erano le più piacevoli. Nonostante le sue opinioni riguardo alla chiesa, Russell accettava sempre di guardare Juanita la mattina così che Evelyn potesse andare in chiesa, che era ciò che stava facendo in quella fredda giornata di dicembre.

Avvolta in un cappotto pesante e una sciarpa, Evelyn camminava verso la chiesa a qualche isolato dal loro appartamento. La prima neve dell'inverno copriva il terreno ma, fortunatamente, i marciapiedi erano ancora liberi. La neve si attaccava ai rami degli alberi che circondavano il marciapiede, e il vento soffiava via dei fiocchi che le pungevano il viso, così si diede una mossa. Una volta arrivata, si scrollò via la neve dal cappotto, tolse la sciarpa, e si sistemò su una panca verso il fondo. Quando la messa cominciò, ascoltò il parroco dilungarsi mentre la sua mente viaggiava. Aveva da tempo rinunciato a ogni tentativo di seguire quello che il prete diceva dall'altare. Era tutto in latino e, sebbene sapesse seguire il messale che aveva la traduzione inglese a fianco, non voleva fare quello sforzo, dato che non era mai in grado di leggere abbastanza in fretta per rimanere in pari. Il solo latino che ricordava da tutti quei giorni nella cappella dell'orfanotrofio era ciò che il prete diceva come una specie di saluto, "Dominus vobiscum." Al che la congregazione doveva rispondere, "Et cum spirito tuo."

C'erano altri momenti nel corso della celebrazione in cui le persone avevano la possibilità di parlare, ma Evelyn non riusciva mai a ricordarsi quando, quindi si limitava a restare in silenzio e lasciare che le parole del parroco le scivolassero addosso. Lì, adesso, in quella chiesa di Detroit, non aveva importanza se Evelyn diceva i responsi oppure no. Non c'erano suore a guardarla con disappunto.

Il ronzio della voce del prete era ritmico, quasi come una musica, e un confortante sottofondo a qualunque problema assillasse Evelyn.

Quel giorno, era agitata per lo stato d'animo di Russell. Sperava che sarebbe venuto in chiesa con lei e gliel'aveva chiesto molte volte, ma recentemente lui le aveva detto di smettere di chiederglielo. Le aveva ricordato di quello che aveva detto sulla chiesa la prima volta che l'argomento era venuto fuori, e quel sentimento non era cambiato. Non si sarebbe unito a nessuna chiesa, anche se ciò avesse voluto dire andare all'inferno una volta morto. Cosa che non credeva sarebbe successa. Certo, a Evelyn era stato detto che chiunque non andasse in chiesa sarebbe certamente andato all'inferno. Non era ciò che voleva per Russell, o per la loro bambina, che non era ancora battezzata.

Evelyn sospirò. Quella era solo una delle cose su cui discutevano. La tensione che si era lentamente costruita tra di loro dall'estate precedente aveva alti e bassi, a seconda dell'umore di Russell, e lei non sapeva cosa fare. Si rendeva disponibile per il sesso, anche se il suo corpo aveva perso la maggior parte della passione. Occuparsi della bambina le prendeva molta energia, e non si sentiva bella, con il peso in più e il grasso sulla pancia che non era andato via da quando Juanita era nata. E lui stava fuori così tanto, o per lavorare alla casa o per uscire con i ragazzi dopo il lavoro; era quasi come vivere con un estraneo. A volte pensava che se avessero potuto condividere una cosa, la chiesa, avrebbe potuto fare la differenza. E non avrebbe dovuto preoccuparsi che lui andasse all'inferno.

Comunque, Russell era bravo con la bambina quando era a casa. E forse, quando Juanita fosse stata più grande ed Evelyn non così stanca, sarebbero potuti tornare all'entusiasmo di quei primi mesi di matrimonio. Il ricordo era piacevole, e lei vi si abbandonò per un attimo, poi si fermò. Era un sacrilegio pensare al sesso in chiesa? Il pensiero le fece fare una risatina, con grande sgomento della donna seduta accanto a lei. Ora la guardava con disapprovazione.

Quando l'ultimo "amen" fu pronunciato, Evelyn lasciò il tepore della chiesa e tornò sulla strada che l'avrebbe portata all'appartamento. La passeggiata non le dispiaceva, nemmeno il freddo, ma in quella giornata burrascosa era contenta di dover camminare solo per qualche isolato. Guardò il cielo e vide delle nuvole scure pendere pesanti sopra di lei. Altra neve stava arrivando, così affrettò il passo. Sarebbe stato un buon pomeriggio per restare in casa e ascoltare la radio. L'apparecchio Philco era stato un regalo di Hoffman quando lui e sua moglie avevano preso una nuova radio, ed Evelyn gli era stata riconoscente per la sua generosità. La radio garantiva ore di intrattenimento quando Russell era via. Le piacevano soprattutto *I Misteri del Luogo Privato* e *Il Grande Gildersleeve*. Quando aveva sentito per la prima volta il nome del programma ne aveva riso, e anche Russell aveva riso quando gliel'aveva detto.

Evelyn entrò nell'appartamento e si sfilò il cappotto, appendendolo all'attaccapanni vicino alla porta. Il soggiorno dell'appartamento era una grande stanza con la cucina sulla sinistra. Russell si sedette sul divano con la sua chitarra. "La bambina dorme," disse.

"Bene. Comincio a cucinare l'arrosto per la nostra cena."

"Non lo brucerai stavolta, vero?"

Allarmata, Evelyn si voltò in fretta e si sentì sollevata quando vide il suo sorriso. Sorrise in risposta. Quando lui la stuzzicava in quel modo, sembrava che nulla potesse andare male, almeno per un giorno. "Metto il timer."

Russell sorrise, poi continuò a strimpellare la sua chitarra.

"Vuoi qualcosa nel frattempo?"

Lui scosse la testa. "Ho mangiato del pane con la marmellata poco fa. Aspetterò."

Evelyn pelò le carote, le patate e le cipolle e le sistemò in una grande pentola con l'arrosto, pensando per quanti sabati l'avesse fatto. Il brasato era una cosa essenziale a casa di Sarah, e c'era sempre qualcosa di così confortante in quei piacevoli pomeriggi domenicali con la famiglia riunita intorno al tavolo.

Quando Juanita cominciò a piangere, Evelyn si pulì le mani sul grembiule per andare da lei, ma Russell alzò una mano. "Vado io." Mise via la sua chitarra, pulendo le corde con un panno morbido prima di chiudere la custodia, e si avviò in camera da letto. Qualche minuto dopo tornò, con Juanita che ridacchiava tra le sue braccia. Arrivò e accese la radio, per poi sedersi sul divano.

Evelyn non poté fare a meno di sorridere. Suo marito e la sua bambina che ridevano in soggiorno. Evelyn felice di preparare la cena. Quella realtà poteva quasi rispecchiare la sua fantasia.

Più tardi, seduta al tavolo con Russell, Juanita nel seggiolone tra di loro, Evelyn giocò ancora con la fantasia, creandosi un'immagine ideale di quale aspetto la sua famiglia avrebbe potuto avere tra dieci anni. Juanita sarebbe stata una ragazza, e forse ci sarebbero stati altri bambini. Avrebbero vissuto in una casa di mattoni...

"Ascolta." Quello scatto distrusse la pace di quel sogno a occhi aperti.

C'era un'urgenza inconfondibile nella voce di Russell, ma Evelyn non aveva idea del perché.

"Che cosa?" chiese.

"Alla radio."

Si era a malapena resa conto della radio accesa in soggiorno, e il fatto che la musica si fosse fermata non aveva toccato i suoi pensieri. "Che succede?"

"Il notiziario. Mi sembra che un uomo abbia detto che c'è stato un attacco. A una base navale americana."

"Che cosa? Dove?"

Russell alzò una mano per farla tacere, ed entrambi sentirono, "La base americana di Pearl Harbor è stata attaccata da aerei giapponesi questa mattina."

"Oddio," disse Evelyn. "Non può essere vero."

"Aspetta." Russell si alzò dal tavolo e andò in soggiorno per alzare il volume della radio.

"Conosciamo ancora pochi dettagli," disse il reporter. "Restate collegati a *Notizie dal mondo oggi* per aggiornamenti. Ripeto la notizia. I Giapponesi hanno attaccato Pearl Harbor oggi, affondando numerose navi e uccidendo centinaia di persone."

Evelyn si avvicinò per stare accanto a Russell. "Pensi che possa essere una burla? Come quella di qualche anno fa? Quando quell'attore ci ha fatto credere a quell'invasione da Marte?"

Russell alzò le spalle. "Nessuno dovrebbe scherzare su una cosa come questa."

Evelyn pensava che nessuno avrebbe dovuto

scherzare nemmeno su un'invasione aliena, ma non diede voce a quell'opinione.

Dopo alcuni momenti di interferenza e trasmissione disturbata, il reporter tornò in linea. "Signore e signori, ho la prima testimonianza oculare dell'orrore che si sta verificando alle Hawaii. Arriva da un reporter del Blue Network NBC che si è arrampicato sul tetto di un edificio alla periferia di Honolulu, col microfono in mano. Ha detto, 'Questa battaglia va avanti da quasi tre ore... Non è uno scherzo, è una vera guerra.'"

"Oh no." Evelyn si accasciò su una sedia. "È terribile."

Ascoltarono il notiziario per qualche altro minuto quando l'annunciatore disse che la loro nazione aveva bisogno che tutti gli uomini di sana costituzione si unissero per combattere i Giapponesi.

Russell si alzò. Come se avesse bisogno di farlo per quella dichiarazione. "Come prima cosa domani andrò ad arruolarmi."

"Arruolarti?" Lei lo guardò, inorridita. "Potresti essere ucciso."

"Non pensare a questo."

"A che cosa dovrei pensare?"

"Al fatto che farò il mio dovere e ne uscirò vivo."

"Ma io? La bambina? La casa?"

"Quella può aspettare."

"Mi lasceresti così, magari per non tornare mai più?"

Russell la prese delicatamente per le spalle. "Evelyn. Non capisci che cos'è appena successo? La nostra nazione è stata attaccata. Dobbiamo difenderci."

"Perché non possono occuparsi della difesa gli uomini soli senza famiglia?"

Russell si lasciò cadere le braccia e scosse la testa. “Non ci sono discussioni.”

Il tranquillo pomeriggio che Evelyn si era immaginata fu distrutto dalle notizie della radio e dalla dichiarazione di Russell. Era così sconvolta che non riusciva nemmeno a considerare la possibilità che lui sarebbe andato a combattere quella guerra e che forse non sarebbe mai tornato.

———

Al negozio, il lunedì, tutti i ragazzi parlavano di quegli sporchi e marci Giapponesi e di come volessero uccidere tutti quei bastardi. Anche se Russell voleva unirsi, non era così sicuro riguardo all'uccidere. Si ricordava di come doveva sempre distogliere lo sguardo quando sua madre uccideva il pollo per la cena della domenica. Quando era un adolescente, sua sorella, Anna, lo derideva e lo prendeva in giro per questo, dicendogli che non avrebbe dovuto lasciare a sua madre quel brutto lavoro. In verità, Russell odiava l'idea di qualsiasi tipo di uccisione. Accompagnava gli amici alle gite di caccia perché era ciò che i ragazzi e gli uomini dovevano fare, ma gli piacevano soltanto il cameratismo e il whisky che mettevano nel caffè alla fine della giornata. Lasciava le uccisioni agli altri.

Nonostante i suoi timori nei confronti dell'effettivo combattimento, quando il turno finì, alle cinque, Russell andò con uno dei ragazzi, Gary, all'ufficio di reclutamento dell'esercito. Un sacco di uomini erano ansiosi di iscriversi, e loro si unirono al gruppo, prima compilando i moduli, poi spostandosi in un'altra area per una rapida visita di idoneità fisica. Quella includeva un test della vista, e Russell rimase sorpreso quando fu respinto perché daltonico. Non ci aveva nemmeno pensato per anni, essendosi abituato al suo mondo bianco e nero e grigio, e davvero non vedeva che differenza potesse fare. Ma il dottore fu irremovibile quando timbrò il modulo di Russell "non idoneo." L'esercito voleva uomini con una vista perfetta.

Russell guidò piano, provando a liberarsi della sua rabbia e frustrazione prima di arrivare a casa. Evelyn odiava i suoi scatti d'ira, così lui provava a tenerli fuori dalla casa il più possibile. Non era colpa sua se c'erano state così tante delusioni che l'avevano fatto sentire inadeguato. Prima era stata la musica. Il sogno di essere un musicista spazzato via dalle responsabilità. Non che non volesse bene a sua figlia. Gliene voleva. Avrebbe solo voluto che avesse aspettato ancora qualche anno per arrivare.

Quando arrivò a casa si era già un po' calmato, ma quando entrò nell'appartamento gettò il suo cappotto nella direzione dell'attaccapanni. Quello cadde sul pavimento formando un mucchio. Vide Evelyn sul divano che stava dando il biberon a Juanita. Evelyn l'aveva visto lanciare il cappotto. Era una cosa così strana da parte sua che chiese, "Che cosa succede?"

Lui alzò le spalle.

Evelyn si mise la bambina sulla spalla per farle fare il ruttino e disse, "Lo vedo che c'è qualcosa che non va."

Russell tornò indietro e raccolse il suo cappotto. "Sono stato respinto."

"Respinto? Da cosa?"

"Dal fare il mio dovere?"

"Cosa?"

"Sono andato alla stazione di reclutamento con un amico dal lavoro. Abbiamo compilato tutte le scartoffie. Poi ho scoperto che non posso servire perché sono daltonico."

Evelyn si abbassò Juanita tra le braccia e rimise il biberon nella bocca affamata. "Non capisco."

Russell si rivolse a lei dopo aver messo il cappotto sulla gruccia. "Non vedo i colori."

"Nessuno?"

Lui annuì.

"Non ne ho mai sentito parlare."

"Non è comune."

"Oh. Perché non me l'hai mai detto?"

Russell andò in cucina e accese la fiamma sotto la caffettiera. "Non è mai venuto fuori. E non ci pensavo nemmeno più." Si girò verso di lei. "Fino a oggi."

Evelyn si rimise la bambina sulla spalla per un altro ruttino. "Che cosa farai?"

"Continuerò a lavorare. Molti negozi di ferramenta trasformeranno le loro officine manifatturiere per supportare le forze armate." Provò a mantenere un tono sicuro, ma non riuscì a trattenere una vena di frustrazione.

"Mi dispiace. So che sei deluso."

Lui alzò le spalle, poi prese una tazza dalla credenza. Si versò il caffè bollente prima di voltarsi a guardare Evelyn che finiva con Juanita. C'erano momenti in cui il suo cuore si gonfiava d'amore per la sua famiglia. Cosa buona, perché erano molte le volte in cui Evelyn rendeva difficile farsi amare. E a prescindere da quanto volesse unirsi agli altri uomini nella lotta contro il mostro malvagio che aveva attaccato la sua nazione, quella famiglia era la sua responsabilità, e forse era meglio che restasse lì.

20

EVELYN - DICEMBRE 1942

Evelyn aveva cominciato a chiedersi se la guerra sarebbe mai finita. Andava avanti da un anno intero, e lei era sgomenta quando i notiziari radiofonici rammentavano le cifre degli uomini che erano stati uccisi. Ogni volta che usciva, al negozio o per andare in chiesa, il suo stomaco si stringeva quando vedeva le stelle d'oro sulle finestre dei vicini, le ghirlande nere sulle porte. Si diceva di non guardare. Non doveva guardare. Poteva semplicemente passare oltre. Ma qualcosa la spingeva sempre a lanciare uno sguardo veloce. E poi ne seguiva sempre un altro.

All'inizio, non sapeva che cosa quelle stelle volessero dire, ma Russell le aveva detto che erano un segno che la famiglia aveva perso un figlio in guerra. All'epoca, Evelyn pensò che fosse strano che la famiglia ottenesse una stella d'oro, ma via via che le settimane e i mesi della guerra procedevano, e vedeva sempre più stelle, quel pensiero era passato da strano a incredibilmente triste.

Non aveva mai detto a Russell quanto fosse stata sollevata quando lui era stato respinto, ma sapeva che per lui non era così. La prima volta che l'aveva colpita era stato perché l'aveva detto a voce alta. Non era stato proprio un colpo. Più una spinta, ma era stata abbastanza forte da farle sbattere la testa contro il cartongesso. Fortunatamente, non si era fatta male fisicamente, ma il fatto che lui fosse stato in grado di fare una cosa del genere le aveva fatto torcere lo stomaco. Aveva agito per frustrazione. Lei lo sapeva. Ma saperlo non rendeva la sua rabbia più facile da sopportare.

Quel giorno, lui stava appendendo i bastoni per le tende in soggiorno. Le pareti erano ancora di nudo cartongesso, ma lei gli aveva detto che voleva le tende prima di Natale. Aveva due settimane. Lei entrò nella stanza dopo aver messo Juanita a letto per la notte e vide che le aste non erano pari. Ne indicò una, "Quella lì è troppo bassa."

"Le ho misurate. Sono pari."

"No, non lo sono. Da qui, riesco a vedere che quella sulla sinistra è un po' più bassa."

"Che importanza ha?"

"Non voglio tende storte."

"È solo temporaneo." Scese dalla scala.

"Tutto in questa casa è solo temporaneo. Sono così stanca."

"Che cosa vuoi che ci faccia?"

"Sistemale." Evelyn lo punzecchiò sul petto, e lui si allungò per spingerla via. La spinta fu forte. Piena di rabbia. E lei colpì il muro così forte che lasciò una grande ammaccatura.

Si spostò, massaggiandosi la nuca.

"Oh, Evelyn. Mi dispiace davvero." Lui cominciò ad avvicinarsi, ma lei alzò una mano per tenerlo lontano. "Credimi. Io non volevo..."

Con la mano ancora alzata per respingerlo, Evelyn andò in cucina, prese un bicchiere d'acqua, e si sedette al tavolo. Qualche minuto dopo, Russell entrò, proprio con l'aspetto di un bambino pentito. "Hai bisogno di qualcosa?"

La domanda era così assurda che lei scosse la testa, sconvolta. "Non colpirmi mai più."

"Non ho..."

Una mano alzata fermò le sue parole. "Mi fa troppo male la testa per discutere."

"Posso portarti un'aspirina?"

"Lasciami stare."

Lo fece.

Quella notte, lui dormì sul divano, e la notte dopo ancora. Ci vollero diversi giorni perché tra di loro il ghiaccio si sciogliesse abbastanza per farli essere più civili l'uno con l'altra.

Il quarto giorno, Evelyn lo guardò oltre il tavolo della cena e disse, "Dobbiamo fare quello che possiamo per far passare un bel Natale a Juanita."

Russell mise giù la forchetta, annuendo.

"Quindi possiamo essere qualcosa di più che educati tra di noi? Per lei?"

Russell annuì di nuovo.

Quel Natale sarebbe stato misero. Subito dopo che l'America si era unita alla guerra in seguito all'attacco di Pearl Harbor, il governo aveva cominciato a razionare la gomma e il gasolio. Anche i generi alimentari erano razionati, ed Evelyn spesso si sentiva pressata dalla gente che aspettava in fila dietro di lei alla cassa. Evelyn provava ad affrettarsi, poi si agitava quando il commesso le diceva che aveva troppi barattoli di verdure. Riusciva a sentire il nervosismo degli altri clienti che la fissavano mentre il commesso la aiutava a sistemare tutto.

Erano in momenti come quello che diventava di nuovo quella bambina in piedi di fronte alla rabbia di Sorella Honora, e si sentiva stupida, inutile, e completamente umiliata.

Appendendo un'altra decorazione all'albero, Evelyn scacciò quei pensieri. Anche se ci sarebbero stati pochi regali da mettere sotto l'albero, e probabilmente sarebbe riuscita ad avere solo mezzo pollo da cucinare per il cenone di Natale, c'era molto per cui essere felici. Vivevano nella casa con un sacco di spazio in più rispetto a quello che avevano nell'appartamento. Juanita aveva più di un anno, chiacchierava e correva un miglio al minuto.

Il piccolo negozio dove lavorava Russell era passato dalla produzione di pezzi per la General Motors ai contratti governativi. Il proprietario del negozio aveva detto agli uomini che il governo considerava i pezzi che loro producevano per i veicoli militari utili alle forze armate esattamente come quello che facevano gli uomini al fronte, e la cosa sembrò aiutare Russell a superare la frustrazione di non aver potuto arruolarsi. Era anche stato promosso a capomastro del negozio. Ciò gli portava molte più responsabilità, e spesso veniva chiamato la notte se sorgeva un problema sulla linea, ma aveva ricevuto un aumento che gli aveva permesso di comprare il resto dei materiali per finire la casa.

Beh, era quasi finita.

Il soggiorno dove Evelyn stava decorando l'albero aveva ancora nudo cartongesso come pareti, e lei provava a evitare di guardare la piccola ammaccatura nell'angolo, più o meno all'altezza della testa. Le cose erano quasi tornate alla normalità nelle ultime due settimane, dopo che il litigio era finito in quell'ammaccatura, e non voleva guastare tutto con i pensieri negativi. Non sapeva che cosa fosse stato a renderli entrambi così pronti a scattare. Viola le aveva detto che per le coppie era normale litigare, ma Evelyn non pensava che le altre coppie litigassero come facevano lei e Russell. Non riusciva a ricordarsi che Sarah e suo marito avessero mai alzato la voce o fossero venuti alle mani. Quando lo aveva detto a Viola, sua sorella aveva riso e aveva detto che forse Sarah e suo marito non erano normali. O magari litigavano in privato.

Evelyn scosse la testa e riportò i pensieri al suo lavoro, mettendo le lucine sull'albero di Natale. Era determinata a mantenere fino alla fine il suo impegno di rendere quel Natale speciale per Juanita. Anche se Russell aveva accettato malvolentieri, sembrava che si fosse davvero impegnato negli ultimi giorni. Era a casa tutte le sere, e scendeva in cantina per lavorare a qualcosa che aveva detto sarebbe stato una sorpresa. E la aiutava con i piatti dopo cena senza che lei dovesse chiederglielo dieci volte.

Poi c'era stata la notte precedente. Il sesso era stato selvaggio ed eccitante. Evelyn era anche sorpresa, e un po' imbarazzata, da quanto le fosse piaciuto. Il *Manuale della moglie* diceva che quello che succedeva in camera da letto doveva essere a stento tollerato da una ragazza raffinata, ed Evelyn voleva disperatamente essere vista come tale.

Il rossore le scaldava le guance mentre i dettagli della notte precedente tornavano nella sua mente. Poi un altro pensiero interruppe le sue fantasticherie.

"Oddio," mormorò, fermando la mano che si stava allungando verso una decorazione. Era proprio come quel giorno in cui aveva avuto la realizzazione su Juanita, e si affrettò in cucina dove un calendario era appeso sopra ai cassetti in cui Evelyn teneva i piatti fino a che Russell non avesse finito la credenza. In fretta, girò le pagine indietro fino a novembre, poi ottobre. Aveva avuto l'ultimo ciclo il 15 ottobre. Eccolo lì, evidenziato, e a novembre niente. Ora era a una settimana oltre la sua normale data d'inizio del ciclo per dicembre. Si mise la mano sotto la vita. Il piccolo rotolino che non aveva perso dalla nascita di Juanita era ancora lì. Era forse diventato più grande? Era incinta di nuovo?

Ebbe a malapena il tempo di pensare a questa possibilità quando sentì un pianto dall'altra stanza. Juanita era sveglia. Evelyn andò alla culla e prese in braccio la bambina, portandola al fasciatoio che Russell aveva preparato sopra alla cassettiera.

Juanita smise di piangere nell'instante in cui Evelyn la mise giù, le lacrime rimpiazzate da sorrisi e gorgheggi. Evelyn sorrise, finendo di cambiare il pannolino sporco, poi portò Juanita in cucina per uno spuntino. Mentre la bambina sedeva nel suo seggiolone mangiando delle fette di banana, Evelyn sedeva al tavolo e pensava a come un altro bambino avrebbe sconvolto la comoda routine che aveva stabilito per restare in pari con i lavori di casa e gli sforzi richiesti da un figlio. E come avrebbe reagito Russell? Non era sicura che avrebbe accolto un altro bambino. Non era nemmeno sicura di farcela per prima. Ma d'altronde, non aveva scelta. Nessuno di loro due l'aveva.

Quella sera, Russell tornò a casa tardi per cena e

le disse che probabilmente sarebbe dovuto tornare al negozio dopo qualche ora.

"Devi proprio?" Evelyn mise la ciotola di patate sul tavolo, poi andò a prendere il polpettone dal forno. "Abbiamo a malapena avuto tempo di parlarci questa settimana."

"Una delle macchine si è rotta." Russell si mise una porzione di purè nel piatto e ne diede un po' a Juanita, che era nel suo seggiolone accanto al tavolo. "Devo andare. Quindi parla in fretta."

Evelyn appoggiò il piatto di carne sul tavolo e si sedette con un sospiro. "D'accordo. Sono incinta."

Lui le lanciò uno sguardo veloce, ma lei non fu in grado di leggere la sua espressione.

"O almeno credo."

"Perché non eviti di spaventarmi fino a quando non sei sicura?"

"Ne sono sicura come lo ero di Juanita all'inizio. Mi serve solo la conferma del dottore."

Russell non rispose. Distolse lo sguardo, dando a Juanita un piccolo pezzo di polpettone con un cucchiaio.

"Che c'è? Non vuoi un altro bambino?"

"Non è questo." Russell appoggiò il cucchiaio. "Poteva arrivare in un momento migliore, ecco tutto."

"L'ho pensato anch'io, ma..." lasciò che il resto della parole svanissero in un'alzata di spalle.

Lui sospirò. "Dovremo solo organizzarci."

"Immagino di sì." Evelyn si riempì il piatto, poi si occupò di dare da mangiare a Juanita, così che Russell potesse cenare.

"Riuscirai a passare più tempo a casa? A finire l'altra camera, così ci sarà un posto per Juanita e il nuovo bambino?"

"Non lo so." Russell prese un morso di polpettone.

"Avranno bisogno di un posto in cui dormire."

Russell inghiottì. "Mettiamo la culla nella nostra stanza. In passato ha funzionato."

"Non c'era già un'altra culla nella camera." Evelyn si fermò un momento per far sbollire il suo nervosismo. Non voleva litigare.

Russell prese qualche altro boccone, poi disse, "Possiamo parlarne dopo?"

"Quando, dopo? Non sei mai a casa per parlare. Non sei mai a casa per aiutarmi."

"Che cosa vuoi che faccia?" Lasciò cadere la forchetta sul piatto, e il rumore risuonò come un ritorno di fiamma. "Non posso far sparire la guerra. Non posso far fermare il lavoro."

"Non sto dicendo che puoi. Ma non devi fare pattuglie del Servizio Civile tutte le sere in cui non lavori. Potresti stare a casa più spesso."

"Quello che sto facendo è importante."

"Anche noi siamo importanti."

A Russell ci volle così tanto per rispondere che Evelyn trattenne il fiato, non sapendo che cosa aspettarsi. Finalmente, lui disse, "Non osare insinuare che io mi sottragga alle mie responsabilità nei vostri confronti. Non ho fatto niente di meno che il mio dovere da quando..." non finì esprimendosi a parole ma annuì verso Juanita, che stava guardando la conversazione con gli occhi spalancati.

"Il tuo?... Il tuo dovere?"

Juanita cominciò a piangere, ed Evelyn sapeva che l'ultima cosa di cui avevano bisogno era litigare di fronte a lei. Come aveva potuto pronunciare quelle terribili, devastanti parole? Era davvero così che si sentiva o era stata solo la rabbia a parlare?

Inghiottendo forte per tenere a bada le lacrime, Evelyn prese Juanita dal seggiolone e la cullò fino a che non si fu calmata. Il resto della cena fu consumata in silenzio, con la tensione che sobbolliva, poi Russell si alzò e prese la giacca. "Devo andare al negozio."

Parole secche, fredde, senza emozione.

"Quando torni?"

"Tardi."

Quando la porta si chiuse e lei rimase sola con Juanita, Evelyn lasciò scorrere la lacrime come un fiume caldo sulle guance.

Una visita allo studio del dottore confermò la gravidanza. Evelyn si convinse a essere ottimista rispetto all'avere un altro figlio. Si sarebbe dimenticata dell'ultimo litigio e delle parole cattive e avrebbe solo provato a essere felice. Russell sembrava accorgersi del suo amore, e la vita tornava quasi alla normalità mentre lavoravano alla stanza per il nuovo bambino. Russell rimase a casa un paio di sere per coprire le travi nel secondo bagno con del cartongesso. Evelyn trovò delle coperte con sopra gli orsacchiotti al negozio dell'usato, e la sua vicina, Mary, la aiutò a dipingere la stanza di un bel giallo. Finì per essere la stanza più bella della casa.

L'entusiasmo per il Natale che si avvicinava, inoltre, portò in casa un'allegria che sembrava essere contagiosa. A Evelyn piaceva tenere il segreto della sciarpa che stava lavorando a maglia per Russell, e per una volta era davvero contenta quando lui non c'era, così aveva tempo di tirarla fuori dal nascondiglio e lavorarci. Il giorno che aveva comprato le tende, aveva trovato due gomitoli di lana Pearl. Non conosceva quel tipo di filo, ma Mary sì e aveva detto a Evelyn che con quella lana si poteva fare una bellissima sciarpa. Era un filo bicolore borgogna scuro e marrone chiaro, e la sciarpa finita si sarebbe abbinata bene al cappotto marrone di Russell.

Il giorno di Natale arrivò con un luminoso cielo azzurro e molta neve che pesava sui rami dell'olmo nel cortile. Il paesaggio era magico. Evelyn distolse lo sguardo dalla finestra, toccandosi le perle della collana. Un regalo di Russell. Non erano vere. Lo sapeva, ma il fatto che avesse avuto il pensiero di regalarle qualcosa di bello la faceva sorridere. Aveva fatto dei blocchi di legno per Juanita e la bambina ne sembrava entusiasta. Si sedeva sul pavimento a impilare i blocchi in torri pericolanti e poi le buttava giù tra scoppi di risate.

Russell sedeva accanto alla loro figlia, la sciarpa avvolta intorno al collo, le estremità che strascicavano sul pavimento. Sembrava così felice che Evelyn credeva che il cuore le sarebbe scoppiato. Se solo avesse potuto catturare quel momento e conservarlo in uno dei suoi barattoli.

Poi le vacanze finirono e l'inverno freddo e uggioso continuò. Evelyn era così stanca di stare da sola che decise di prendere l'autobus per fare visita a sua sorella, che viveva a Dearborn. Sperava sinceramente che Lester non sarebbe stato in casa. Lavorava ancora come camionista di lungo tragitto, quindi a volte poteva restare via per settimane, ma lei non sapeva mai quando. Le poche volte che lui era lì quando Evelyn andava in visita, aveva poco da dirle e spesso lasciava il tavolo subito dopo cena. Non impazziva per Lester, ma se lo teneva per sé. Non voleva turbare Viola dicendole che c'era qualcosa di quasi sinistro nei freddi, inanimati occhi color nocciola di quell'uomo. Il suo sguardo imperturbabile era sconcertante.

Dopo il lungo, scomodo viaggio in autobus, Evelyn corse con Juanita alla porta di Viola. Quando Evelyn bussò, Viola aprì e i suoi occhi si spalancarono per la sorpresa. "Evelyn. Non mi aspettavo che venissi."

"Oh. Mi dispiace. Ho pensato che... beh, non ne abbiamo parlato l'altro giorno quando ho chiamato?"

"Sì. Ma ho pensato che avresti chiamato di nuovo prima di uscire. Di solito lo fai."

"Mi dispiace. Non ci ho pensato. Posso entrare? Ho davvero bisogno del bagno."

Viola si spostò di lato. "Certo. Prendo io Juanita."

"Grazie." Evelyn si sfilò in fretta il cappotto e lo stese sullo schienale del divano mentre attraversava il soggiorno per raggiungere il bagno.

Quando uscì, Viola disse, "Devi andare tra poco."

"Perché?"

"Lester sta tornando a casa. Non gli piace quando c'è qualcuno qui."

"Non sembrava gli desse fastidio la scorsa volta."

"Non ha detto niente finché non te ne sei andata." Viola fece un cenno verso Juanita che stava sgambettando verso la figlia di Viola, Regina. "Lester dice che non abbiamo bisogno di un altro bambino in giro. Uno è abbastanza."

"E che mi dici di..." Evelyn fece un gesto verso il piccolo rigonfiamento sull'addome di Viola.

"Era furioso quando gliel'ho detto. Vuole che me ne sbarazzi."

"Perché non me l'hai detto?"

Viola alzò le spalle. "Che cosa avrei dovuto dirti? Mio marito vuole che io uccida il nostro bambino? Mi ricordo come hai reagito la prima volta che ti ho detto che stava prendendo in considerazione l'aborto."

Evelyn non sapeva che cosa dire in risposta, così rimase ferma. Alla fine, Viola si girò e si diresse verso la cucina. "Devi essere affamata. Ti farò dei panini da portare con te."

Evelyn seguì sua sorella. "Speravo di rimanere almeno fino a sera."

"Puoi sederti e riposarti per un po' mentre io preparo il pranzo, ma poi devi andare. Lester si arrabbierà.

Evelyn si avviò in soggiorno per prendere il cappotto. Poi si fermò e si rivolse a sua sorella. "È cattivo con te?"

L'altra donna distolse in fretta lo sguardo, ed Evelyn le si avvicinò, appoggiandole una mano sul braccio. "Vi?"

"È severo. Ecco tutto."

Evelyn rimase gelata per un momento. Era passato molto tempo da quando aveva visto sua sorella in quel modo. Un po' spaventata. Tutto il suo solito fuoco e la sua spavalderia svaniti. "Ti... fa del male?"

Viola scosse la testa, poi prese un respiro profondo. "Ti va bene il burro d'arachidi?"

"Vuoi parlare?"

"No." Viola andò al lavello e riempì un bicchiere

di acqua, poi lo porse a Evelyn. "Ecco, siediti per un momento mentre io preparo i panini."

Evelyn prese un sorso d'acqua e inghiottì prima di appoggiare il bicchiere sul tavolo. Prese in considerazione di raccontare a sua sorella dei litigi che aveva avuto con Russell. Forse ciò avrebbe aiutato entrambe a parlare dei problemi dei loro matrimoni. Poi decise di no. Se Vi non voleva parlare, lei non avrebbe parlato, ed Evelyn non era nemmeno sicura di volerlo fare. Era meglio che alcune cose non venissero dette. "Vado a vedere Juanita. Potrebbe aver bisogno di essere cambiata prima che ce ne andiamo."

Viola annuì a malapena.

I panini erano pronti quando Evelyn tornò in cucina, così prese la busta di carta marrone e abbracciò sua sorella. "Grazie."

"Mi dispiace che non puoi restare, ma..." Viola lasciò perdere il resto della frase.

"Non c'è problema. Non voglio causarti guai."

Il viso di Viola fu attraversato da un'ombra, che fu sostituita in fretta da un sorriso forzato. Evelyn non sapeva cos'altro dire o fare, così abbracciò sua sorella e uscì dalla porta.

Nel viaggio di ritorno in autobus, Evelyn pensò al cambiamento di Viola da quando aveva sposato Lester. All'inizio non era stato evidente ma, ripensando all'anno passato, Evelyn ricordava altri momenti in cui aveva avuto un po' paura di Lester. Troppo spesso lui aveva quello sguardo quasi predatorio.

Scartò un panino e ne mangiò mezzo, passandone dei piccoli morsi a Juanita. Non pensava che lei Evelyn o sua sorella avrebbero mai avuto la vita dei sogni di cui avevano parlato nel buio della notte all'orfanotrofio. Certo, lei era messa meglio di Vi. Russell era un marito molto migliore di Lester. Ma né lei né sua sorella avevano sposato gli uomini dei loro sogni.

La parte delle sue fantasie che Evelyn non aveva mai condiviso con Viola raccontava di un principe che l'avrebbe sposata e portata via in una grande villa. In quella villa ci sarebbe stato abbastanza spazio per lei e Viola e tutti i bambini dell'orfanotrofio.

Nella fantasia, sua madre non sarebbe mai entrata in quella villa.

21

REGINA - FEBBRAIO 1943

A Regina piaceva il suo lavoro all'Hotel Cadillac. Pulire le stanze era molto più semplice che cucinare a Coney Island e poi lavare le stoviglie e passare lo spazzolone sui pavimenti. Non importava quanto forte strofinasse, non riusciva mai a togliere tutto il grasso dai pavimenti o da se stessa quando arrivava a casa. All'albergo doveva solo cambiare i letti, passare il battitappeto, spolverare e pulire i bagni. Alcuni ospiti lasciavano le loro stanze così pulite, che era quasi come se non ci fosse stato nessuno. Altri? Beh, quella era un'altra storia. Regina non sapeva come certe persone potessero essere così irrispettose da lasciare spazzatura che fuoriusciva dai cestini, vasche da bagno dove sembrava che qualcuno avesse fatto i propri comodi, e lavandini coperti da qualcosa che non riusciva a riconoscere. In momenti come quello, era grata ai guanti di gomma.

Quel giorno, era all'albergo come ospite. Henry aveva prenotato una stanza per San Valentino. "Mettimi giù" disse, quando Henry la prese in braccio e la portò nella stanza. "Questo non è il giorno del nostro matrimonio."

Henry la rimise in piedi e le diede un bacio. Quando si scostò, Regina gli accarezzò la guancia e poi diede uno sguardo ai lussuosi mobili e alle decorazioni. Pesanti mobili scuri poggiavano sulla tappezzeria color crema, e della seta leggera marrone chiaro incorniciava le finestre. Dato che la suite era all'ultimo piano dell'albergo e non era una delle stanze che lei puliva di solito, non l'aveva mai vista. "Henry. Non dovevi. È troppo cara."

"Ho ottenuto un prezzo speciale perché conosco qualcuno che lavora qui." Henry le fece l'occhiolino. "Ora, preparati. Le ragazze arriveranno tra poco. Abbiamo una prenotazione giù alle sette."

Regina entrò nel bagno di marmo bianco e nero con rubinetti e impianti d'oro. Si fermò un momento per godersi l'atmosfera lussuosa, sentendosi come una regina, e si prese del tempo per ritoccarsi il trucco. Quando ebbe finito di mettere il rossetto, prese un fazzoletto dalla scatola sul davanzale per tamponare l'eccesso. Non era dello stesso tipo di fazzoletti che venivano messi normalmente nelle camere più economiche. Quello era incredibilmente morbido e aveva un tocco di profumo alla lavanda.

Stava per uscire quando un pensiero fugace le attraversò la mente. Era quella la stanza dove Lester aveva intrattenuto la sua sgualdrina? L'aveva visto la settimana precedente quando avrebbe dovuto essere sulla strada. Dapprima, non era stata sicura che fosse lui. C'era un uomo alto che stava lì vicino all'ascensore con la mano sulla schiena di una donna ma, quando si era girato un momento, non c'erano più stati dubbi che fosse lui. I due erano saliti sull'ascensore, e Regina aveva guardato l'indicatore prima che si fermasse proprio a quel piano. Era davvero lui?

Questa era la domanda a cui tornava ogni volta che pensava a ciò che aveva visto, e ogni volta che la domanda sorgeva, così facevano anche i dubbi. Magari si era sbagliata. Lester certo non poteva permettersi una stanza a quel piano.

Regina uscì dal bagno, desiderando che il ricordo non fosse tornato così vivido. Henry si avvicinò e le toccò il braccio. "Stai bene? Sembri un po' turbata."

"Sto bene." Regina forzò un sorriso. Essere cupa non era giusto nei confronti di Henry.

"D'accordo. Andiamo."

Dopo che l'ascensore li ebbe portati al piano terra, Regina e Henry entrarono nella sala del ristorante e videro Evelyn e Russell già seduti al tavolo. Si avvicinarono e, quando Evelyn si alzò per salutarli, Regina notò come la mano di sua figlia fosse appoggiata sulla pancia. Evelyn stava prendendo peso, oppure era...? Certo, gliel'avrebbe detto se fosse stata incinta.

Regina diede uno sguardo alla mano di Evelyn poi riportò gli occhi a incontrare quelli di sua figlia. "Stai aspettando di nuovo?"

Evelyn esitò solo un secondo prima di rispondere. "Sì."

"E non ce l'hai detto?"

"Beh, io..."

"È fantastico," disse Henry, stringendo la mano di Russell. "Sperate in un maschietto stavolta?"

"Certo."

Dopo che si furono seduti, Regina si rivolse a Evelyn. "A che punto sei?"

"Qualche mese."

Regina si mise il tovagliolo sulle ginocchia. "Sono sorpresa che tu l'abbia tenuto nascosto tutto questo tempo."

Evelyn armeggiò con il suo tovagliolo, e Russell parlò. "Non era un segreto. Ma non volevamo dirlo a nessuno prima di essere sicuri."

"Beh, è una bella notizia," disse Henry, poi si rivolse a Evelyn. "Ti senti bene?"

"Sto bene. Non ho così tanta nausea mattutina come l'altra volta."

Niente fu più detto per un momento, poi Regina alzò lo sguardo e salutò una coppia che era appena entrata. "Ci sono Lester e Viola. Anche lei è in dolce attesa. Lo sapevi, Evelyn?"

"Oh... sì. Sì, lo sapevo." Evelyn si girò per guardare Viola e Lester avvicinarsi al tavolo.

"Sono felice di vedervi. Mamma. Henry." Viola diede loro un abbraccio veloce e si sedette, Lester che teneva la sedia per lei.

Evelyn non era stata così calorosa nel salutare e, notando questa differenza tra le sue figlie, Regina sentì una fitta di tristezza. Nel corso del tempo aveva sperato che la fredda corazza di Evelyn si sciogliesse e che avrebbero potuto diventare amiche ma, anche se tra loro erano sempre gentili, non c'era niente di simile al legame che sentiva formarsi tra lei e Viola. Era sbagliato da parte sua? Era come preferire una all'altra? No. Regina non stava scegliendo. Stavolta era Evelyn che stava scegliendo di essere distante.

"Grazie davvero per averci invitati a cena," disse Viola con un sorriso che non sembrava sincero a Regina, e così lei guardò Lester, cercando delle crepe nel suo atteggiamento sicuro. Non le era affatto piaciuto quando Viola gliel'aveva fatto conoscere. E ora le piaceva ancora meno. Qualcosa di brutto si nascondeva nell'ombra dei suoi occhi che sembravano rimanere a riposo, e il suo sguardo guizzava da una parte all'altra come una mosca che cerca di fuggire da un giornale arrotolato. Henry le aveva detto che le persone che non riescono a mantenere il contatto visivo nascondono qualche bugia o colpa. Che cosa nascondeva Lester? La sgualdrina? O qualcos'altro?

Un cameriere in uniforme portò i menù e una lista dei vini al tavolo. "Ne abbiamo uno speciale per San Valentino," disse. "Chateaubriand per due, accompagnato da una bottiglia del nostro migliore chiaretto e seguito da mousse di cioccolato."

"Molto bene," disse Henry. "Ne vorremmo ordinare tre."

Russell trattenne un respiro come per protesta e Regina parlò in fretta, toccando il braccio di Henry. "Forse preferirebbero ordinare per sé."

"Sì," disse Lester. "Apprezzerei la cortesia della scelta."

"Assolutamente," disse Henry. "Ho solo pensato di evitarvi l'imbarazzo di scegliere piatti economici dato che questo è il lusso che mi concedo. Non c'è bisogno di preoccuparsi dei prezzi."

Beh, quella fu una sorpresa per Regina. "Tesoro?" disse, toccandogli il braccio per attirare la sua attenzione.

Henry sembrava sapere quello che lei non aveva espresso a parole. Sorrise. "Non c'è problema. Ho fatto una bella vincita a poker la scorsa settimana."

"Beh, per me è un problema," disse Lester. "Sono un uomo che preferisce pagare per sé." Il cameriere guardò da un uomo all'altro poi fermò lo sguardo su Henry. "Oh, signore? Devo tornare fra un po'?"

"No. No," disse Henry. "Ordiniamo un solo menù speciale. Le altre coppie possono scegliere per sé."

Regina sussultò per l'imbarazzo. Perché Lester

doveva fare una simile scena? Il cameriere si stava comportando in modo così diplomatico, ma era sicura che sarebbe stato più felice di servire un tavolo dove la tensione non fosse densa come la melassa a Gennaio.

"Henry, apprezzo la tua offerta," disse Russell, alleggerendo la tensione. Poi si rivolse al cameriere. "Noi prendiamo lo stesso."

"Molto bene, signore." Il cameriere si avvicinò a Lester. "Per lei e la signora?"

"Servite la lingua?"

Regina si strozzò con il sorso d'acqua che aveva preso, e il cameriere sembrò avere problemi a trovare la voce. Fece un leggero colpo di tosse, poi disse, "No, signore. Non la serviamo."

"Allora prendiamo un piatto di verdure e del pane."

Viola toccò il braccio di suo marito. "Potrei per favore prendere una bistecca? Ho molta voglia di carne."

"Abbiamo un'ottima..."

"No, non puoi," disse Lester, interrompendo il cameriere. "Mangerai quello che io ti dico di mangiare."

Il cameriere annuì, facendo del proprio meglio per far finta che non ci fosse nulla che non andava al tavolo.

Regina si morse il labbro, felice quando Henry cominciò a parlare con Russell di come stavano andando i lavori alla casa. Quando arrivò il cibo, mangiarono per diversi minuti in un silenzio imbarazzante, poi Viola si alzò. "Devo andare alla toilette."

Regina appoggiò il tovagliolo accanto al piatto. "Vengo con te."

"Anch'io." Evelyn si alzò e le seguì.

Quando Viola uscì dal gabinetto per lavarsi le mani, Regina incontrò lo sguardo di sua figlia nello specchio. "Che cos'ha Lester?"

Viola si girò, per asciugarsi le mani. "Non so che cosa intendi."

"Viola. Guardami." Regina aspettò che sua figlia ubbidisse. "Quand'è che si è trasformato in un tiranno?"

Viola alzò le spalle e la lacrime le scesero lentamente dagli occhi. Regina strinse sua figlia in un abbraccio, stringendola forte mentre i singhiozzi le scuotevano le spalle. Dopo alcuni momenti, Viola si scostò e si asciugò le guance bagnate con il dorso della mano. "Dobbiamo tornare al tavolo. Lester farà..."

Evelyn si avvicinò al lavandino. "Farà cosa? Ti picchierà di fronte a tutti noi?" "Certo che no. Lui non è così."

"Sul serio?" Evelyn aspettò una risposta, e quando quella non arrivò, continuò, "Lester ha davvero troppo controllo su di te." "Ha ragione," disse Regina. "Questo matrimonio non va bene per te."

"Certo che va bene." Viola fece un debole sorriso. "Lester mi ama."

L'assurdità di quella frase era così evidente che Regina non poté trattenersi. "Lester ama Lester. E forse quella donna che ha portato all'hotel qualche settimana fa."

L'espressione devastata sulla faccia di sua figlia fece sì che Regina si pentisse di quelle parole. Se solo avesse potuto acciuffarle nell'aria e riportarle indietro.

"Quale donna?" la voce di Viola si alzò in uno strillo acuto.

"Quale donna?" ripeté Evelyn, quasi in un sussurro.

"Non so chi fosse. Solo una donna." Regina allungò una mano, in modo rassicurante.

"E forse mi sono sbagliata."

Viola rimase immobile per alcuni secondi, poi annuì. "Giusto. Lester non..."

La frase cadde come se Viola non riuscisse a convincersi a finirla, e Regina aspettò che quel momento passasse. Forse Viola si sarebbe convinta che non era vero, e sarebbero potuti tornare al tavolo e mangiare il dessert e tutto sarebbe stato a posto.

Viola raddrizzò le spalle e si diresse verso l'uscita. "Quel bastardo!"

Regina afferrò il braccio di Viola. "Aspetta. Che cosa fai?"

"Vado a uccidere quel figlio di puttana." Lottò per liberarsi.

"Ferma." Regina spinse Viola via dalla porta. "Pensa a quello che devi fare. Per te e per il bambino."

Viola non rispose. Rimase lì ferma, la sua mano libera sulla pancia, l'altro braccio che tremava nella presa di Regina.

"E se lo affronti e lui se ne va?" chiese Regina. "Che cosa farai?"

"Non lo so. Troverò un modo."

"Aspetta," disse Evelyn. "Non vorrai essere da sola. Non adesso." Fece un cenno verso la pancia rotonda di Viola. "E Mamma ha detto che potrebbe essersi sbagliata."

"Non ne sei nemmeno sicura?" Viola si liberò, fissando Regina. "Perché diamine non sei stata zitta?"

Regina non sapeva che cosa dire, e Viola corse via.

Si rivolse a Evelyn, sperando in un po' di comprensione, ma invece ricevette uno sguardo gelido. "Come hai potuto?" disse Evelyn. "Come hai potuto rovinarle la vita di nuovo?"

22

EVELYN - LUGLIO 1943

Una contrazione fortissima colpì Evelyn mentre stavano nell'angolo a guardare la parata. Ne aveva avute alcune lievi nelle ultime due ore, ma il bambino era previsto per la settimana successiva, così le aveva ignorate. Quella non poteva essere ignorata. Si rivolse a Russell. "Dobbiamo andare a casa."

"Ma la parata non è finita." Spostò Juanita da una spalla all'altra. L'aveva messa lassù così che potesse vedere oltre le teste degli adulti riuniti lungo la strada per guardare la parata del Quattro Luglio.

"Devo andare all'ospedale."

Ciò catturò completamente la sua attenzione. "Ora?"

Un'altra contrazione le strinse l'addome, quasi facendola cadere inginocchio, e quella fu una risposta sufficiente per Russell. Appoggiò Juanita a terra. "Dovrai camminare. Papà deve aiutare la mamma."

"La mamma sta male?"

"No. Non ti preoccupare. Continua a camminare."

Juanita trotterellò avanti, e Russell mise il braccio intorno a Evelyn, sostenendola mentre camminavano per mezzo isolato verso la casa. Era una fortuna che la casa non fosse più lontana di così. Le contrazioni avevano cominciato ad arrivare a ogni minuto. Una volta arrivati, si sedette sul divano mentre Russell si affettava a portare Juanita dalla loro vicina, Mary. Qualche settimana prima aveva accettato di guardare Juanita quando per Evelyn fosse stata l'ora di andare all'ospedale, e una borsa era già pronta. Tutto ciò che Evelyn doveva fare era stare seduta e aspettare che Russell tornasse. Ringraziava il cielo per averle dato dei vicini collaborativi.

Un'altra contrazione si strinse come una fascia di metallo intorno al suo stomaco, ed Evelyn gemette dal dolore. Desiderava che Russell si sbrigasse a tornare. I dolori stavano diventando forti e frequenti.

Pochi secondi dopo, Russell corse nel soggiorno. "Sei pronta?"

"Grazie a Dio sei qui. Non credo che ci vorrà così tanto come per Juanita."

Evelyn si alzò e arrivò alla macchina quanto più in fretta i suoi dolori le consentissero. Non era lontana dall'ospedale, un altro colpo di fortuna. Sentiva già l'urgenza di spingere e si ricordò da quando era nata Juanita che ciò significava che il bambino era pronto. Russell guidò per qualche isolato come se fosse in una macchina da corsa, poi si fermò sgommando di fronte all'ospedale. Spense il motore e corse ad aprire la porta del passeggero per Evelyn. "Riesci a camminare?" "Non lo so."

"Non importa." La sollevò tra le braccia e corse alla porta. Una volta dentro, un'infermiera li notò e corse loro incontro, spingendo una sedia a rotelle.

"La metta giù, signore." Russell lo fece e l'infermerà disse a Evelyn di fare respiri corti e "non spingere" mentre guizzavano per il corridoio. Un'altra infermiera aiutò Evelyn a sistemarsi su un lettino per le visite.

"Il bambino sta arrivando," disse Evelyn, gemendo per un'altra contrazione. "Oddio."

L'infermiera sollevò il vestito di Evelyn e le sfilò le mutandine appena pochi secondi prima che le acque di Evelyn si rompessero in un tiepido flusso e allagassero la zona. L'altra infermiera prese degli asciugamani per raccogliere il flusso d'acqua, quando il dottore entrò. "Vedo la testa," disse l'infermiera. "Dobbiamo farla partorire qui."

Il dottore borbottò una risposta e sollevò il lenzuolo che l'infermiera aveva messo sulle ginocchia di Evelyn. L'infermiera che stava accanto a Evelyn disse, "Va bene. Ora puoi spingere."

Dopo quattro strazianti spinte, nacque un'altra bimba. Con i capelli impiastricciati di sudore e il respiro corto, Evelyn collassò sul letto. Un'altra bambina. Russell voleva un maschietto. Sarebbe stato terribilmente deluso? Provò a non preoccuparsene mentre le infermiere la pulivano, poi la portarono giù nel reparto maternità. Dopo che le infermiere l'ebbero sistemata sul letto, con il severo ordine di non alzarsi, a Russell fu permesso di entrare.

"Abbiamo avuto una bimba," disse Evelyn.

"Sì. L'infermiera me l'ha detto." Si sedette sulla dura sedia di legno che era stata messa lì per i visitatori.

Non era cambiato nulla nella routine dell'ospedale da quando c'erano stati la prima volta, ma lei avrebbe voluto che gli fosse permesso di sedersi sul letto. E magari avrebbero potuto tenersi per mano.

Qualsiasi cosa per farla sentire più vicina a lui. Evelyn sospirò. "Hanno detto che è in salute."

"È fantastico."

"Sei felice?"

"Certo." Lui le sorrise, ma non era come il sorriso di quando era nata Juanita. Evelyn aveva sperato che una volta che il bambino fosse arrivato, Russell sarebbe stato più contento di avere un altro figlio. Non aveva dubbi che lui amasse i bambini. Era chiaro dal modo in cui trattava Juanita. Spesso cantava per lei, e la prendeva sempre in braccio e la faceva dondolare quando tornava a casa dal lavoro.

"Sei terribilmente deluso che sia un'altra bambina?"

"Non terribilmente." Lui le fece un altro piccolo sorriso. "Ma ogni uomo spera di avere n figlio."

Lacrime calde scapparono dagli occhi di Evelyn. "Mi dispiace."

Lui le toccò la mano. "Non è colpa tua."

Prima che potessero finire la conversazione, entrò un'infermiera per dire a Russell che doveva andare. Un'altra regola che non era cambiata. I visitatori, persino i mariti, potevano restare solo qualche minuto dopo la nascita. La neomamma aveva bisogno di riposo.

Russell si chinò e diede a Evelyn un piccolo bacio, per poi seguire fuori la donna. Poco dopo, l'infermiera arrivò con la bambina. Evelyn guardava quella bimba mentre allattava, e pensava a come il suo ingresso nel mondo avrebbe cambiato le loro vite. Russell aveva già detto che avrebbe dovuto lavorare di più, ora che ci sarebbe stata un'altra bocca da sfamare, e non avrebbe abbandonato le sue responsabilità nei confronti del Corpo di Difesa Civile. Quando la guerra era cominciata, aveva fatto settimane di addestramento per aiutare le vittime nel caso gli Stati Uniti fossero stati bombardati, e partecipava alle pattuglie una notte a settimana. Evelyn era fiera di ciò che Russell stava facendo, ma non poteva evitare gli occasionali attacchi di risentimento per le ore che passava fuori.

Una volta che Russell ebbe finito gli interni della seconda camera da letto, aveva messo in chiaro che non voleva avere pressioni per finire il resto della casa o comprare roba. Non aveva tempo di lavorarci, e in qualche modo dovevano risparmiare. Evelyn aveva provato a rispettare quella decisione, ma era stato difficile perché era lei quella che fissava delle pareti di nudo cartongesso per la maggior parte del tempo e provava a capire come occuparsi con pochi soldi di due bambine. La parte peggiore di tutto ciò era che non aveva tempo per parlargli di come si sentisse. E non sapeva cosa lui pensasse o provasse. A volte aveva la sensazione che la loro relazione fosse fragile come un guscio d'uovo e che un passo falso avrebbe potuto distruggerla.

Russell scivolò sullo sgabello e fece cenno al barista di versargli un boccale. Era stato in quel posto abbastanza volte perché Ed sapesse di versargli una Stroh's. Evelyn non sapeva quanto spesso Russell si fermasse al bar tra il lavoro e casa, ed era meglio così. Una moglie non doveva sapere tutto ciò che faceva il marito.

"Brutta giornata?" chiese Ed, appoggiando il boccale di fronte a Russell.

"Sì. Ma dovrei essere contento." Russell prese un

sorso della sua birra, poi si leccò la schiuma dalle labbra. "Ho un nuovo bambino."

"Congratulazioni. Maschio?"

Russell scosse la testa. "Lo speravo. Ma è un'altra bimba."

"Magari la prossima volta."

"Sì. Magari." Russell sospirò mentre Ed si spostava a servire una donna che era appena entrata.

Russell non era sicuro di volere una prossima volta. Sebbene fosse deluso di non aver avuto il suo maschietto, sapeva che quella non era l'unica fonte del suo scontento. Provava a smettere di pentirsi di tutta la faccenda del matrimonio e delle responsabilità ma, quando era solo con la sua birra, non poteva negare quella sensazione. O quelle domande. Aveva fatto un grave sbaglio a sposarsi? Avrebbe potuto costruirsi una carriera nella musica? Diamine, a stento aveva ancora tempo per la musica.

Scacciò via i pensieri. Non aveva senso rimuginare su che cosa sarebbe potuto essere. Doveva essere felice di quello che aveva. E a volte lo era. Sua madre aveva ragione sul fatto che la famiglia era la cosa più importante della vita. Russell avrebbe solo voluto che vivere con Evelyn fosse più facile. I suoi capricci e i suoi scatti d'ira non assomigliavano a niente che avesse mai visto prima. Certo niente a che vedere con sua madre o le sue sorelle. Loro sembravano sempre soddisfatte della vita.

Dopo aver finito la sua birra, Russell girò sullo sgabello, pensando che sarebbe andato a casa. Doveva andare a prendere Juanita a casa di Mary. A Mary non dispiaceva tenere la bambina mentre Russell lavorava e per il breve tempo in cui poteva fare visita a Evelyn all'ospedale, ma avrebbe preferito non avere

Juanita tutta la notte. Aveva anche i suoi bambini a cui badare.

La donna che era entrata alcuni minuti prima alzò lo sguardo e sorrise mentre Russell passava, e lui fece un passo indietro, ora riconoscendola. "Sei la nuova arrivata al negozio, vero?"

"Sì. Eileen." Sorrise.

"Russell." Si piegò sullo sgabello accanto al suo.

"Bevi qualcosa con me?"

"Non posso. Devo andare a prendere mia figlia."

"Oh. Sei sposato?"

"Sì. Moglie all'ospedale. Abbiamo appena avuto la nostra seconda bambina la scorsa settimana."

Lei alzò il bicchiere in suo omaggio. "Congratulazioni."

"Grazie." Lui sapeva di dover andare, ma esitò. C'era qualcosa in quel bel sorriso. "Ti piace il lavoro?"

Lei annuì. "Tiene il cibo sulla tavola."

"Sei sposata?"

"Mio marito è al fronte." Eileen inclinò la testa e gli diede un lungo sguardo. "Mi stupisce che tu non lo sia. Sembri in età da leva."

"Sono stato respinto."

"Meglio così. La guerra fa cose orribili alle persone."

Russell capì che c'era di più in quella frase, ma non fece domande. Non era quello il suo posto, e non poteva che essere d'accordo. Non c'era nulla di buono nell'uccidere, anche quando era consentito.

"Meglio se vado." Russell si allontanò dallo sgabello. "Ci si vede al lavoro."

Guidando verso casa, Russell pensò al sorriso di quella donna e a come gli aveva fatto venir voglia di sorridere a sua volta.

Eileen aveva cominciato a lavorare al negozio una settimana prima. Aveva il turno notturno, così Russell l'aveva vista solo una volta quando era rimasta fin dopo le sette. Greg, il supervisore notturno, era con lei, e Russell aveva immaginato che quello fosse il suo turno.

Russell realizzò che non le sarebbe dispiaciuto vederla di nuovo, e in fretta respinse quel pensiero. Troppa birra e troppo poco sesso ultimamente. Doveva fare attenzione.

Evelyn si allontanò la bambina dal seno dolorante. Quei primi giorni di allattamento furono una tortura. I capezzoli le facevano male perchè non si erano ancora induriti, e quando il latte arrivava in gran fretta i seni le facevano male all'interno. Il fastidio sarebbe durato solo qualche giorno, e lei sapeva che era meglio per la bambina avere il latte materno. L'aveva imparato quando era nata Juanita.

Era al terzo giorno.

Evelyn fece scorrere un dito sulla morbida guancia della sua bambina, che ancora non aveva un nome. Nella nursery, fu elencata come Bimba Van Gilder, e le infermiere continuavano a ricordarle che doveva dare un nome alla bambina. Non potevano riempire il certificato di nascita senza, e ciò doveva essere fatto prima che Evelyn lasciasse l'ospedale.

Durante la sua veloce visita, quella sera, Russell alla fine aveva detto a Evelyn di decidersi a scegliere un nome. A lui in realtà non importava, sebbene non volesse che la bambina avesse il nome di sua madre. Non impazziva per quel nome, Emma. Il nome non piaceva nemmeno a Evelyn, soprattutto considerando cosa sua suocera sembrava pensare di lei, ma lo aveva proposto, pensando che a lui facesse piacere. Avrebbe potuto fare piacere persino a sua madre, che a stento ancora prendeva atto della sua esistenza. Emma mandava brevi lettere indirizzate a Russell, dandogli notizie della famiglia e dicendogli che poteva condividerle con sua moglie. Come se Evelyn fosse semplicemente un'appendice.

No. Non avrebbe chiamato la bambina Emma.

Guardando le palpebre della sua bimba che tremavano nel sonno, Evelyn prese in considerazione qualche altro nome. Magari Viola come sua sorella? No. La bambina non assomigliava affatto a Viola. Sarah? Evelyn pensò che sarebbe stato perfetto fino a che non realizzò che quella scelta avrebbe potuto causare delle emozioni spiacevoli. Nonostante tutte le delusioni che aveva avuto a causa di sua madre, Evelyn non voleva farle del male apertamente, e si ricordò quanto sua madre fosse stata emozionata quando Viola aveva chiamato la sua prima figlia Regina.

Un'infermiera spostò la tenda che separava il letto di Evelyn da quello della sua vicina e si avvicinò al letto, la sua rigida uniforme che strusciava contro le lenzuola. "È ora di riprendere la bambina." L'infermiera prese la bimba da Evelyn. "Sarebbe bello se avesse un nome."

Evelyn sentì un tono di risentimento, ma non poté darle torto. "Io... abbiamo deciso prima quando c'era mio marito. Mi sono dimenticata di dirglielo quando l'ha portata."

L'infermiera si era già avviata verso la porta. Si fermò e guardò indietro, "Dunque?"

"Marion," disse Evelyn, non sapendo da dove le fosse venuto.

"Secondo nome?"

"Nessuno. Solo Marion."

Più tardi, quando un'altra infermiera portò le scartoffie da far firmare a Evelyn, lei notò che l'infermiera aveva scritto Maryann anziché Marion. Doveva aver capito male. Evelyn esitò per un momento, chiedendosi se non dovesse correggere l'errore, ma l'impaziente linguaggio del corpo dell'infermiera le metteva fretta. Odiava la pressione che sentiva sempre quando qualcuno aspettava che lei leggesse un qualsiasi tipo di carta. Era come se sapessero che era lenta a leggere e la giudicassero stupida.

"C'è qualche problema?" chiese finalmente l'infermiera.

"No." Evelyn firmò in fretta il modulo e lo consegnò. Maryann era un bel nome, e onorava la Santa Vergine. Forse ciò avrebbe compensato il fatto che Evelyn viveva nel peccato.

23

EVELYN - SETTEMBRE 1943

NON CI VOLLE MOLTO PERCHÉ EVELYN realizzasse di essere impreparata per occuparsi di due bambini. Aveva creduto che tutta la sua esperienza di lavoro per Sarah, e poi per i Gardner, le avrebbe dato tutto quello che le serviva sapere per crescere dei bambini, ma era così diverso con bambini suoi. Niente ore prestabilite per lavorare. Nessun momento in cui qualcun altro badava ai bambini. Russell aveva nuove responsabilità al lavoro, che lo trattenevano per lunghe ore. Almeno lui diceva che era il lavoro a tenerlo fuori casa, ed Evelyn non aveva la forza emotiva di fargli domande.

Ripensandoci, non aveva energia per quasi niente. Una volta che le sei settimane di astensione obbligatoria dai rapporti sessuali furono terminate, Russell fece in modo di essere a casa diverse sere di fila, ma Evelyn si buttava a letto esausta una volta che le bambine erano sistemate. Non sentiva nemmeno alcun desiderio. Non come quando era nata Juanita ed Evelyn era ansiosa di soddisfare quel formicolio che persisteva a lungo dopo aver allattato la bambina.

Non c'era nemmeno energia per parlare e,

quando lo facevano, finivano sempre a litigare. I nervi di Evelyn erano sempre a fior di pelle, e spesso si sentiva sul punto di esplodere, se non si fosse allontanata dalle bambine.

La prima volta che se ne andò, fu solo per un'ora. Entrambe le bambine stavano facendo un riposino, così sgattaiolò via di casa e andò alla biblioteca all'angolo. Una volta dentro, si sedette su una sedia di legno con un libro in mano, ma anziché leggere rimase semplicemente seduta, lasciando che la quiete la avvolgesse.

"Vuole che gliene porti un altro?" chiese il bibliotecario, facendo cenno al libro chiuso sulle ginocchia di Evelyn.

"No. Ma grazie." Evelyn aprì il libro e fece del suo meglio per leggere un po', dando uno sguardo all'orologio ogni tanto per essere sicura di non restare troppo a lungo. Un'ora al massimo, ma si fece coinvolgere dalla storia, e la volta successiva che guardò l'orologio era già passata un'ora e mezzo.

Saltò in piedi, mise il libro sullo scaffale e corse fuori dalla porta. *Dio ti prego, fa che le bambine stiano bene.*

Affrettandosi in casa, si fermò di colpo quando vide che Russell era lì. "Oh. Sei tornato a casa presto." Evelyn riuscì a spingere le parole oltre il nodo che aveva in gola.

"Poco lavoro oggi. Dov'eri?"

"Ero solo... ehm... andata a fare una breve passeggiata."

"Non così breve. Sono a casa da mezz'ora."

C'era una punta di sfida nella sua voce ed Evelyn tentava di trovare un modo per evitarla.

"Le bambine dormono ancora?"

Russell annuì. "Ma avresti dovuto portarle con te."

"Stavano dormendo."

"Allora saresti dovuta restare qui con loro."

Da una parte, Evelyn sapeva che lui aveva ragione. Dall'altra, le sembrava imperativo togliersi da quella casa, anche solo per poco. "Non pensavo che sarebbe successo niente di male a fare una breve passeggiata mentre loro dormivano."

"Poteva succedere." "Non è successo niente. Stanno bene." Lei gli passò oltre. "Comincio a cucinare."

"Evelyn."

Quando lui non disse nient'altro, lei si girò per vederlo in faccia. "Cosa?"

"Non lasciare mai più le mie bambine da sole."

"Oh. Quindi ora sono le tue bambine? Perché allora non ti occupi tu di loro per una volta." Evelyn prese la sua borsa e corse fuori.

Non sapeva dove andare e non aveva molti soldi, così camminò verso Main Street e andò all'alimentari. Si sedette al bancone del distributore di bibite e comprò una Coca. Poi ne comprò un'altra per poter restare lì seduta ancora un po'. Alla fine, il ragazzo che lavorava al distributore le disse che doveva andare. Stavano chiudendo, e doveva pulire. Lei annuì e se ne andò, camminando senza meta per un po' mentre la polvere si posava e il calore estivo diminuiva. Pensò di camminare per sempre. Andare via dal suo passato, dal suo presente, e dal suo dolore. Ma sapeva di non poterlo fare. Non avrebbe mai abbandonato le sue figlie.

Il proposito di Evelyn di restare a casa durò solo qualche mese. Poi cominciò a uscire di nascosto in cerca di un po' di pace e tranquillità. Solo ogni tanto, prima di esplodere per la frustrazione. Ogni volta andava all'alimentari o alla biblioteca e faceva attenzione a restare solo un'ora. E, quando tornava, era sempre sollevata quando le bambine erano ancora addormentate e Russell non c'era.

Fino a quel giorno.

Entrò nella cucina e lo vide tenere in braccio Maryann, che stava piangendo mentre lui la cullava, provando a calmarla. Si girò verso Evelyn. "Dove diamine eri?" La sua voce tagliava come un coltello, e le macchie rosse sulle sua guance quasi brillavano. Evelyn non riusciva a spingere la voce oltre la paura.

"Quanto tempo sei stata via stavolta?"

Lui aveva addolcito il tono, così ce la fece, "Non lo so. Ero in biblioteca, a leggere..."

"Le hai lasciate sole per leggere un dannato libro? Puoi portarli a casa sai."

Evelyn inghiottì forte. "È così tranquillo lì."

Russell la fissò, cullando ancora la bambina.

"Non volevo..."

"Non volevi? Avevi detto che non l'avresti più fatto. Che ti prende?"

Evelyn provò a trattenere le lacrime, ma le scorsero calde sulle guance. "Non lo so."

Russell le passò la bambina piangente. "Devi smetterla. Non puoi uscire così e lasciare le bambine da sole." "Lo so." Evelyn tenne Maryann su un fianco e prese un biberon dal frigorifero. "Proverò a comportarmi meglio."

"Devi fare di più che provare."

"È solo che..."

"Che cosa?"

Evelyn esitò. Avrebbe capito? Lei non si capiva. Non capiva che cosa causasse le sue sensazioni di tristezza e disperazione e frustrazione. "È solo che non mi sento bene."

"Sei malata?"

Il tono preoccupato di quella domanda le diede coraggio. "No. Non malata. È solo che ho queste strane emozioni da quando è nata la bambina."

"Oh, Dio." Ora la preoccupazione se n'era andata. "Emozioni? Tutte le donne hanno emozioni, ma non prendono decisioni stupide."

Evelyn si voltò, mettendo il biberon a scaldare sul fornello. Stupida, stupida, stupida. Ora anche Russell sapeva che era stupida. Sarebbe mai stata intelligente? "Mi dispiace."

"Sì. Beh, non essere dispiaciuta. Prenditi solo le tue responsabilità."

Se ne andò, e il commento con cui si separò colpì Evelyn come un pugno. Si appoggiò al bancone per non cadere. Quando il biberon fu abbastanza tiepido, lo portò al tavolo insieme a Maryann e si sedette per darle da mangiare.

Juanita trotterellò nella stanza. "Fame, mamma."

Con la mano libera, Evelyn aprì il barattolo di crackers sul tavolo e ne passò alcuni a Juanita. "Preparo la cena tra poco."

Juanita prese i crackers e ne masticò uno, poi toccò una lacrima sulla guancia di Evelyn. "Il bimbo piange. Mamma piange."

Evelyn trattenne il singhiozzo che le stava nascendo in gola. Doveva smetterla con tutti quei pianti.

Russell scivolò su uno sgabello e fece cenno a Ed di portargli una birra.

"Come procede?" chiese Ed, appoggiando il bicchiere di fronte a Russell. Un po' di schiuma sciabordò dal bordo del bicchiere, ed Ed la pulì con maestria prima che raggiungesse la superficie del bancone.

Russell alzò il bicchiere e scolò mezza birra prima di rispondere. "Perché la vita deve essere così dura?"

"Sono un barista. Non un filosofo."

Russell rise. Quella piccola battuta era ciò di cui aveva bisogno; solo una piccola deviazione dalla domanda originale. Russell raccontava sempre al barista che brutta giornata era stata, o come quelle brutte giornate si stessero accumulando come una pila di vecchi giornali che nessuno si curava di buttare via. Che diamine stava succedendo? L'irresponsabile, bisbetica Evelyn non era la donna di cui si era innamorato. O almeno di cui aveva creduto di essersi innamorato. In realtà, probabilmente era stato più desiderio che amore. Se solo non fosse rimasta incinta. Non l'aveva messo in conto. Il suo sogno era la musica. Sempre la musica. Sapeva che se avesse avuto una chance avrebbe potuto fare di più. Farsi un nome nel mondo della musica, ma quel sogno era finito nel gabinetto.

A essere onesti, non era tutta colpa di Evelyn. Né della situazione attuale né della gravidanza che li aveva messi nella situazione attuale. Ci volevano due persone per fare un bambino, come sua madre amava ripetere, quindi forse lui avrebbe potuto stare più attento in quel giorno d'estate di tre anni prima.

Era alla sua seconda birra quando Eileen arrivò e si mise sullo sgabello accanto al suo.

"Come va?" chiese lei.

"Si tira avanti. Tu?"

Lei alzò le spalle, e ci fu qualcosa in quel gesto che lo fece interrogare. "Se c'è qualche problema al lavoro, sai che puoi parlare con me," disse.

Eileen fece cenno a Ed per una birra, poi sorrise a Russell. "Le cose vanno benissimo al lavoro." Bevvero le loro birre in silenzio per alcuni minuti, poi Eileen mise giù il bicchiere. "Mio marito è tornato a casa."

"Davvero? Buona notizia, no?"

"Certo."

Non sembrava convincente. "Sta bene?"

"Sì. È solo... diverso."

Russell non dovette sforzarsi per capire quello che lei non stava dicendo. Alcuni di coloro che tornavano dalla guerra erano feriti in modi che non si potevano vedere. Aveva visto alcuni uomini tornare a lavorare allo stabilimento con occhi vuoti, senza vita, e aveva sentito di un tipo che era impazzito e aveva ucciso sua moglie. Sperava che il marito di Eileen non fosse uno di loro. La guardò con attenzione. "Tu stai bene?"

Lei alzò le spalle di nuovo.

"Ha fatto qualcosa di... brutto?"

"No. È solo..." Lasciò sfumare la frase e prese un sorso della sua birra. Poi continuò. "È tornato un estraneo, e non so se mi piace questo estraneo."

Russell si passò una mano sulla faccia. Che cavolo doveva dire? Che cavolo doveva fare? Non riusciva a risolvere nemmeno i propri problemi.

"Andrà tutto bene," disse lei. "Posso farcela."

Lui annuì, sperando che il suo sollievo non fosse troppo palese.

Lei rise. "Scusa," disse tra le risate. "Sembri un bambino che ha appena scansato una sculacciata."

"Non so cosa dire. Ti meriti di meglio." Distolse lo sguardo e prese un sorso di birra.

Sedette in silenzio per qualche altro minuto, poi Eileen pescò qualche nocciolina dalla ciotola sul bancone e si rivolse a lui. "Cosa ti porta qui invece che a casa?" Lui alzò le spalle.

"Andiamo. Sfogati."

"Avevo bisogno di stare un po' fuori."

Eileen lo guardò oltre il bordo del suo bicchiere. "Sospetto che ci sia qualcosa di più." Russell finì lentamente la sua birra e fece cenno a Ed per averne un'altra. Per tutto il tempo, Eileen continuò a guardarlo. Lui provò a non notare il calore che vedeva nei suoi occhi o l'emozione che sentiva quando lei si avvicinava, e le loro gambe si toccavano. Si tirò indietro. Gesù. Doveva stare attento.

Dopo che Ed gli ebbe portato l'altra birra, Eileen disse. "Se non vuoi parlare, va bene. Ma io sono una brava ascoltatrice."

"È solo..."

"Cosa?"

"Oh, diamine." Russell bevve metà della nuova birra, poi glielo disse. Una versione condensata di quanto erano stati difficili i mesi passati, fermandosi prima di dirle che stava cominciando a pentirsi di aver incontrato Evelyn.

"Cristo," disse Eileen quando lui ebbe finito. "Come ha potuto lasciare le bambine così?"

Russell alzò le spalle. "Ascolta. Non voglio impicciarmi nei tuoi affari. Ma se mai dovessi aver bisogno che io guardi le bambine, fammelo sapere."

"Non potrei mai."

"Certo che potresti. Ho un telefono."

Quel commento fece sorridere Russell.

Non pensava che sarebbe successo così presto, ma solo qualche settimana più tardi dovette accettare l'offerta di Eileen. Era a lavoro quando il suo capo, Roger, lo chiamò, "Chiamata per te, Russell."

Spense la sua macchina, si pulì le mani unte su una pezza e seguì il suo capo nel piccolo ufficio nell'angolo del negozio di macchine. Roger fece cenno al telefono sulla sua scrivania. "Ti lascio da solo."

Dopo che Roger fu uscito, Russell alzò la cornetta. "Pronto?"

"Russell, sono Mary. La tua vicina."

C'era un tono nella sua voce che gli fece venire i brividi lungo la schiena. "È successo qualcosa?"

"Sì. Mi dispiace disturbarti al lavoro, ma non sapevo che cosa fare."

"Che succede?"

"Ero in cortile a stendere i panni, e ho sentito le tue bimbe piangere."

Non doveva chiedere. Sapeva che non c'era bisogno di chiedere, ma lo fece comunque. "Evelyn se n'è andata?"

"Sì."

Oddio. "Sei con loro adesso?"

Nel secondo in cui fece la domanda, Russell si dette la risposta. Certo che non era a casa sua. Non c'era il telefono. "Mi dispiace. Puoi tornarci? Stare con le mie bambine finché non posso tornare a casa?"

"Quanto ci vorrebbe? La mia più piccola è malata, e devo portarla dal dottore." Russell si passò la mano sulla barba, pensando. Non sarebbe potuto uscire prima di mezz'ora. Doveva preparare la macchina per il turno di notte. E poi c'erano 45 minuti di strada per arrivare a casa. Che cosa fare?

"Russell? Ci sei?"

"Sì, Mary. Ascolta, puoi tornare da loro e rimanere solo un altro po'? Magari dieci minuti? Penso di poter far venire qualcuno prima di tornare a casa."

"D'accordo," disse Mary. "Posso lasciare Margie a guardare Judy. Ma solo per dieci minuti. E basta."

"Grazie." Russell riagganciò e chiamò Eileen. Il suo numero era sull'orario di lavoro.

Non appena Evelyn salì sull'autobus quella mattina, realizzò che era stata una mossa stupida uscire e andarsene così lontano senza le bambine. Mentre l'autobus sgommava via dal marciapiede, per poco non tirò il cavo per fermarlo, ma poi lasciò cadere la mano. Ne aveva bisogno. Aveva bisogno di quel tempo fuori, anche se era solo per una parte della giornata. Le bambine sarebbero state bene. Aveva dato da mangiare a entrambe. Si era assicurata che avessero pannolini e vestiti puliti. Sarebbero state bene per qualche ora. Russell sarebbe stato a casa per le quattro, ed Evelyn sarebbe riuscita a tornare a casa poco dopo. Russell non avrebbe saputo che lei era stata via per più di qualche minuto.

Quarantacinque minuti dopo, scese all'angolo della strada che portava a casa di Viola e camminò per i due isolati che la portavano a casa di sua sorella. Non sapeva che cosa aspettarsi quando fosse arrivata lì. Stavolta non era andata alla cabina telefonica all'angolo per chiamarla. Sperava solo che Lester non fosse a casa.

Quando arrivò, bussò sul legno dell'intelaiatura della porta e aspettò. Le sembrò che a Viola ci volesse un tempo infinito per arrivare alla porta e, quando arrivò, aprì solo uno spiraglio, affacciandosi. "Sì?" Allora sembrò riconoscere sua sorella. "Evelyn?"

"So che avrei dovuto chiamare ma..."

"Che ci fai qui?" Viola teneva ancora la porta aperta per un piccolo spiraglio ed Evelyn non riusciva a vederle il volto nella luce soffusa degli interni.

"Lester è a casa?"

"No."

"Posso entrare?"

Sembrò che a Viola ci volesse un tempo infinito per prendere una decisione, poi aprì di più la porta. Evelyn sussultò quando entrò e i suoi occhi misero a fuoco. Dei brutti lividi gialli deturpavano il volto di sua sorella, e il suo labbro era gonfio. "Viola! Che è successo?"

"Dovrei mentire e dire che ho sbattuto contro una porta?"

"Lester... Lester ti ha fatto questo?" Evelyn si allungò e con un dito toccò delicatamente il viso di sua sorella.

Viola sussultò e si tirò indietro. "Ho buttato fuori quel bastardo."

Evelyn entrò nel soggiorno e vide la figlia maggiore di Viola che teneva il piccolo Jimmy sul divano. "I bambini stanno bene?" chiese, rivolgendosi a sua sorella.

"Sì. È per questo che l'ho mandato via. Ho pensato che poi sarebbe passato ai bambini."

"Oddio." Evelyn appoggiò la borsa sul tavolino da caffè. "Che cosa farai?"

"Non lo so. Forse mi trasferirò. Una della ragazze

con cui lavoravo all'hotel ha trovato un lavoro al Nord. Mi ha chiamato qualche tempo fa e mi ha detto che c'erano posizioni aperte."

"Che tipo di lavoro? Dove?"

"In una cittadina che si chiama Grayling. Molto uomini ci vanno a caccia, e lei lavora in un ostello."

Il bambino cominciò a piangere, così Viola si avvicinò e lo prese da sua figlia. "Vai a giocare, Reggie. Mamma e zia Evelyn devono parlare."

Dopo che la bambina se ne fu andata e Viola si fu sistemata sul divano per allattare Jimmy, Evelyn disse, "Lo farai davvero?"

"Forse. Devo vedere come organizzarmi con i bambini e tutto. Ma sì, sono tentata."

Evelyn provò ad abituarsi all'idea di perdere i contatti con sua sorella un'altra volta. "Quant'è lontana questa Grayling?"

"La mia amica ha detto che è un viaggio di circa cinque ore. Non so quante miglia."

"È molto lontana."

Viola alzò le spalle, e poi spostò il bambino da un seno all'altro. "C'è del caffè appena fatto in cucina se ne vuoi un po'. E a me non dispiacerebbe una tazza."

"Come possiamo bere caffè come se niente fosse mentre tu stai pensando di trasferirti?"

"Che cosa dovremmo fare? Stare qui sedute e piangere?"

"Non è giusto."

Viola sospirò. "Lo so. Mi dispiace." Sorrise. "Ma mi andrebbe davvero una tazza di caffè." Evelyn non poté fare a meno di sorridere anche lei, il rancore che svaniva. Viola aveva sempre l'abilità o di far nascere un litigio o di chiuderla lì con un commento spiritoso. Evelyn preferiva l'umorismo. I piccoli sorrisi le legavano sempre in un modo in cui nient'altro poteva. Andò in cucina e prese una tazza di caffè per ciascuna.

Dopo che Viola ebbe finito di allattare il bambino, lui si addormentò, così lei lo mise nel box vicino. Poi si sedette di nuovo sul divano e prese la sua tazza. "Dunque? Che cosa ti ha portato a questa visita inattesa? E dove sono le tue bimbe?"

Evelyn scoppiò in lacrime.

"Che succede?"

"Non lo so. Continuo a farlo."

"Fare cosa?"

"Aver bisogno di uscire. Piangere senza motivo."

Viola prese un sorso di caffè, poi mise giù la tazza. "Beh, dev'esserci un motivo. La gente non piange per niente. Anche se tu eri brava in questo quand'eri piccola."

Evelyn sapeva che quell'ultima frase voleva essere spiritosa ma stavolta non sorrise. Si asciugò le lacrime dalle guance con i palmi delle mani e provò a fermarle.

"Ti chiederei se sei infelice," disse Viola. "Ma credo che sarebbe una domanda stupida. Quindi che cos'è che ti rende così infelice?"

"È solo che... è dura da quando c'è Maryann."

"Cosa intendi per 'dura'?"

"Sono sempre così stanca, e Russell non è d'aiuto. Non sta a casa abbastanza tempo per essere di molto aiuto. E a volte non so proprio cosa fare con Juanita. Si caccia nei guai, e io la sculaccio, così allora lei piange e la piccola piange. Non sopporto tutti quei pianti e tutta quella fatica."

"Russell ti tradisce?"

Quella non era una possibilità alla quale Evelyn si

sentiva di poter rispondere chiaramente. Certo ci aveva pensato nei meandri più scuri della sua mente. Aveva pensato alle notti in cui era via. Ma non c'era mai stato niente per trasformare quei pensieri in sospetto.

"Immagino che il tuo silenzio sia un 'no'," disse Viola. "Quindi che cosa diamine è così duro nella tua vita a parte quello con cui tutte le madri hanno a che fare?"

Evelyn guardò sua sorella, basita, poi distolse lo sguardo. Si aspettava comprensione ed empatia da Viola. Non rabbia. Il bambino di Viola cominciò a piangere, così lei si avvicinò e lo prese in braccio, poi si rivolse a sua sorella. "Guardami, Evelyn." Viola aspettò, poi disse ancora, "Guardami! Sono coperta di lividi per l'amor del cielo. E tu ti lamenti di quant'è dura la tua vita."

"Mi dispiace, non intendevo..." Evelyn non finì la frase. Era sempre a scusarsi. Perché non riusciva a fermarsi prima di dover dire mi dispiace?

"Non posso crederci." Viola scosse la testa. "Non sai nemmeno quanto sei fortunata. A te è toccato il bravo ragazzo."

Viola si alzò e camminò verso la cucina con la sua tazza. "Sarei dovuta restare con lui quando ne avevo la possibilità."

"Cosa?"

"Niente." Viola continuò a camminare.

Evelyn si affrettò dietro di lei. "Non è 'niente'. Che diamine intendi?"

Viola appoggiò la sua tazza nel lavello e si voltò. "Siamo usciti qualche volta. Ecco tutto. Dopo che ci siamo incontrati e le cose tra di voi non erano ancora serie."

"Uscite? Solo questo?"

Viola distolse lo sguardo e non disse nulla.

Evelyn si accasciò su una sedia della cucina. "Oh mio Dio."

"Non fare queste scene. È stato solo per qualche volta."

Evelyn balzò via dalla sedia e si fermò appena prima di schiaffeggiare sua sorella. Quella donna aveva già abbastanza lividi. "Tu sapevi," disse, le parole che uscivano in un sibilo stridente. "Tu sapevi che io lo amavo molto prima che lui ti incontrasse. Ma non potevi resistere dal rubarmi un'altra cosa."

Prima che Viola potesse rispondere, Evelyn corse via dalla cucina, prese le sue cose, e uscì. Non era sicura che avrebbe mai potuto perdonare sua sorella.

24

EVELYN - SETTEMBRE 1943

Evelyn entrò dalla porta sul retro e fece i pochi passi che separavano il pianerottolo dalla cucina. Si fermò per un momento quando sentì delle voci nella camera da letto sul retro. Appoggiò in fretta la sua borsetta sul tavolo della cucina e corse in camera. Una donna teneva Maryann, e Russell sedeva con Juanita sulla sedia a dondolo. Che diamine? Guardò suo marito.

"Russell. Chi è questa donna?"

"Dove sei stata?"

Maryann cominciò a piangere, e la donna la cullò un po', canticchiando per calmarla.

"Dammi la mia bimba." Evelyn le corse incontro e le strappò la bambina. "Chi cavolo sei tu?"

Anziché rispondere, la donna si rivolse a Russell. "Devo andare. Ci vediamo al lavoro." Evelyn si sollevò la bambina sulla spalla, dandole piccole pacche sulla schiena, e guardò la donna uscire.

"Che cosa diamine avevi in testa?"

Evelyn diede le spalle a suo marito. Non riusciva a ricordare l'ultima volta che aveva visto Russell così arrabbiato. Il fuoco nei suoi occhi la lasciava senza parole.

"Hai lasciato le bambine. Di nuovo. Dopo che avevi promesso che non l'avresti fatto."

"È stato solo per qualche ora. Stavano dormendo."

Russell non disse nulla per un tempo lunghissimo, poi si alzò e mise Juanita sulla sedia a dondolo, dandole un orsacchiotto da abbracciare. Uscì dalla camera, passando attraverso il breve corridoio ed entrando in cucina. Evelyn mise velocemente Maryann nella culla e lo seguì. Entrando in cucina, vide un secchio vicino al lavello pieno di acqua sporca. Una pezza galleggiava. "Che cos'è?"

"C'era merda su tutta la culla. Eileen ha dovuto pulirla quando è arrivata."

"Eileen? È così che si chiama? È una tua amica?" Evelyn non trattenne il tono sarcastico della sua voce.

Russell alzò il secchio e versò l'acqua. La pezza cadde nel lavello. "Lavora con me, Evelyn. Nulla di più."

Evelyn si sfilò la giacca e la appese su un piolo vicino alla porta che portava al pianerottolo sul retro e alla cantina. "Perché è venuta?"

"Per controllare le bambine. Tu non c'eri." La sua rabbia si accese di nuovo, ed Evelyn guardò le macchie rosse ingrandirsi sulle sue guance. "Sapevi che oggi avrei fatto un turno doppio."

La propria rabbia si affiancò alla sua. "Questo è il problema. Lavori sempre, e io sono sempre bloccata qui con due bambine."

Si fissarono l'un l'altra per qualche momento, poi Russell si gettò su una sedia della cucina. "Non posso credere che le hai lasciate sole."

Ci fu un lungo minuto di silenzio, poi Evelyn chiese, "Come sapevi che non c'ero?"

"Mary mi ha chiamato."

"Mary? La nostra vicina?"

"Sì. Ha sentito le bambine piangere ed è venuta. Quando ha scoperto che non eri a casa, mi ha chiamato. Non potevo venire subito a casa, così ho chiesto a Eileen di venire a vedere che cosa stava succedendo."

"Hai chiesto a una perfetta estranea di occuparsi delle nostre bambine?"

Russell sospirò. "Non è un'estranea."

"Come? Quanto bene conosci quella donna?" Evelyn era ben consapevole di quanto suonasse maligna la sua domanda , ma non riusciva a fermarsi. La gelosia scatenava ogni tipo di irrazionalità.

"Dal lavoro. Lei fa il turno di notte, quindi qualche volta la vedo quando faccio il doppio turno. Vive a qualche isolato da qui."

"È molto comodo."

"Oh per l'amore del cielo, Evelyn. Puoi smetterla?"

Quando cominciò a parlare, lui alzò una mano. "Non adesso. Sono esausto. Vado a dormire."

"E la cena? Non hai fame?"

"No. Non andartene di nuovo."

Con quel commento, Russell corse nella camera sul davanti e sbatté la porta. Il rumore scatenò dei pianti nell'altra stanza, ed Evelyn accorse. Dovette calmare le bambine così che lui potesse dormire, ma una parte di lei era ancora furiosa. Non le era piaciuto il modo in cui quella donna aveva guardato Russell prima di andarsene. Lui poteva dirle quanto voleva che non c'era niente tra di loro, ma c'era qualcosa in quello sguardo. O era solo la sua immaginazione?

Quel pensiero la travolse non appena prese in braccio Maryann e la calmò. Non c'erano basi per quella gelosia, giusto? Poi pensò a sua sorella. Per così tanto tempo, Evelyn aveva combattuto i suoi sospetti su Viola e Russell. Che sciocca era stata.

Se non avesse dovuto tenere tranquille le bambine, Evelyn avrebbe urlato per la frustrazione.

Evelyn aveva appena messo Juanita e Maryann a fare un risposino quando qualcuno bussò alla porta. Fu sorpresa nel vedere sua madre e Henry. Raramente intraprendevano il viaggio dal centro di Detroit al Distretto Van Dyke. Regina diceva sempre che era troppo lontano per raggiungerla, ma non sembrava mai pensare che per Evelyn fosse troppo lontano viaggiare nella direzione opposta per far loro visita.

"Henry. Regina. Che bello vedervi." Evelyn aprì la porta abbastanza per farli entrare. "Ho appena messo a dormire le bambine. Posso prenderle se..."

"No. Lasciale stare," disse Regina. "Siamo solo venuti per vedere se è tutto a posto."

"Tutto a posto?" Evelyn prese lo scialle di sua madre e il cappello di Henry e si diresse all'appendiabiti.

"Che cosa intendi?"

"Abbiamo parlato con Viola."

"Oh."

"Ci ha detto del vostro litigio della scorsa settimana."

Evelyn si voltò verso di loro. "Forse avrebbe dovuto essere più discreta."

Henry sorrise. "Quando mai tua sorella è stata discreta?"

Evelyn fece un sorriso d'approvazione. 'Avanti tutta' era il modo in cui Viola affrontava ogni cosa.

"Volete del caffè?"

"Non mi dispiacerebbe," disse Regina.

Evelyn andò in cucina e accese la fiamma sotto alla caffettiera. Regina e Henry si sedettero al tavolo. Quando il caffè fu servito, Regina disse, "Viola era piuttosto turbata che tu te ne fossi andata in quel modo."

"Ti ha detto perché me ne sono andata?"

Regina prese un sorso del suo caffè prima di rispondere, come se quella pausa potesse evitare che si passasse da una semplice conversazione a un litigio. "Ha detto che l'hai accusata di comportamenti inappropriati."

Evelyn non poté fare a meno di ridere. "Io non l'ho accusata di niente," disse quando ebbe calmato a sufficienza la risata. "Mi ha detto della sua relazione con Russell."

Regina alzò una mano. "Non hanno avuto una relazione."

"E che mi dici del sesso con lui?"

Quelle parole rimasero sospese nell'aria per alcuni imbarazzanti secondi. Henry si alzò e portò il suo caffè in soggiorno, chiaramente a disagio per la piega che aveva preso la conversazione. Evelyn aspettò che sua madre rispondesse. Finalmente, Regina disse, "Viola ha detto che il sesso è avvenuto prima che tu e Russell vi metteste insieme seriamente. Viola non credeva che fosse importante."

Oh, importava. Dava credito ai sospetti con cui Evelyn aveva vissuto così a lungo. I dubbi arrivavano in onde che a volte erano alte e forti e la sopraffacevano. Altre volte finivano negli angoli della sua mente, e lei riusciva a ignorarli. Dal suo litigio con Viola, le onde l'avevano colpita senza sosta, ed era stanca. Così stanca.

Provava ancora molta rabbia. Quella rabbia l'aveva seguita a casa la settimana precedente e rifiutava di andarsene, non importava quanto duramente lei provasse a ignorarla. Quel giorno aveva tenuto a bada la rabbia e trattenuto le risposte a tono che il suo rancore voleva dare. Che senso avrebbe avuto litigare con sua madre?

Evelyn si alzò, sistemò dei biscotti di avena su un piatto, e li portò al tavolo. Sua madre lo prese come un chiaro segno che l'argomento di Viola e Russell era chiuso. Prese un biscotto e lo assaggiò. "Sono molto buoni," disse dopo aver inghiottito. "Li hai fatti tu?"

"Sì. Con una ricetta sulla scatola di avena."

Regina finì il suo biscotto, poi disse, "Viola si trasferisce."

"Lo so. Mi ha detto del lavoro al Nord."

"Dovresti risolvere le cose con lei prima che se ne vada. Ne ha passate tante, sai."

Ancora una volta Evelyn inghiottì le parole che lottavano per uscire. Prese un respiro profondo e sospirò. "Non sono sicura di portelo fare ancora," disse.

Henry rientrò con il suo caffè. "Ho sentito che ci sono dei biscotti?"

Evelyn fece cenno verso il piatto. "Serviti pure."

Henry si sedette di nuovo al tavolo, e il silenzio che calò sulla stanza fu un po' teso, allora Regina chiese, "Le cose vanno bene tra te e Russell?

Evelyn la guardò sorpresa. "Perché me lo chiedi?"

Henry si allungò e le toccò la mano. "Ora, non arrabbiarti di nuovo. Ma ci ha chiamati la settimana scorsa. Per sapere se eri con noi."

"Non avrebbe dovuto disturbarvi."

"Era preoccupato."

Evelyn prese un sorso del suo caffè. "Non avrei mai pensato vi avrebbe chiamati."

Regina disse, "Non è stata la prima volta. Lo sapevi?"

"Prima volta di cosa?"

"Lo sappiamo. Ogni volta che tu te ne vai, Russell ci chiama."

Evelyn si alzò e andò verso il bancone, dando loro le spalle. "Mi dispiace che vi disturbi."

"Non ci disturba," disse Henry. "Solo non sappiamo mai dove sei. Quindi non possiamo aiutarlo." Per un momento nessuno disse niente, così Evelyn si sciacquò le mani e tornò al tavolo.

"A volte vado in biblioteca. E qualche volta vado da Viola."

"Perché senti il bisogno di andartene?" chiese Henry.

Evelyn alzò le spalle.

"Russell dice che non porti con te le bambine," disse Regina.

Era una constatazione e non un'accusa, ma lo sembrava, così Evelyn balzò dalla sedia. "Sei proprio la persona adatta per giudicarmi."

Gli occhi di Regina si spalancarono, e le sue guance si infiammarono mentre si alzava dalla sedia.

"Almeno io non ho abbandonato le mie bambine in qualche dannato orfanotrofio," finì Evelyn. Lo schiaffo colse Evelyn di sorpresa e, a giudicare dall'espressione sulla faccia di sua madre, fu doloroso anche per lei. "Mi dispiace davvero." Regina fece un passo avanti, ma Evelyn si allontanò.

"No. Non mi toccare."

Henry allungò una mano verso Evelyn, ma lei si allontanò anche da lui. Incontrò lo sguardo di sua madre. "Vattene."

"Per favore Evelyn," disse Henry.

"No. Tutti e due. Andatevene."

Regina rimase piantata al pavimento mentre Henry prendeva le loro cose. Avvolse lo scialle intorno alle spalle di Regina e la accompagnò alla porta. Poi guardò di nuovo Evelyn. "Tua madre ci sta provando."

"Avrebbe dovuto provarci molto tempo fa."

"Non c'è bisogno di avere quel tono," disse Henry.

Evelyn rimase ferma in un rigido silenzio mentre Henry e sua madre uscivano. Poi andò alla pesante porta di legno e vi si appoggiò. Era dispiaciuta. Dispiaciuta per tutto quel disastro. Ma non era dispiaciuta per ciò che aveva detto. Forse avrebbe dovuto dire a sua madre come si sentiva molto tempo prima e togliersi dal petto quel grande peso.

Per quanto tempo era rimasto lì, quel macigno?

Quando Russell tornò a casa dal lavoro, Evelyn aspettò che finisse con la cena, ma poi gli raccontò della visita inaspettata di Regina e Henry. "Non mi piace che tu gli dica cose su di me," concluse.

"Non gli racconto cose su di te." Spinse da un lato

il suo piatto vuoto e sospirò. "Gli chiedo solo dove sei."

"Beh, non farlo." Si alzò e portò i piatti vuoti al lavello.

"Allora stai a casa, dannazione."

"Russell, per favore. Non voglio litigare."

"Nemmeno io." Inclinò la sua tazza. "C'è dell'altro caffè?"

"Certo." Portò la caffettiera e gli riempì la tazza. Dopo aver messo la caffettiera sul fornello, tornò al tavolo e si sedette. "Forse starei meglio se facessimo benedire il nostro matrimonio."

"Cosa?" Del liquido marrone sciabordò dal bordo della sua tazza e si sparse in un cerchio sulla tovaglia bianca.

"Sai quant'è importante la chiesa per me." Evelyn tamponò il caffè versato col tovagliolo. "E non posso ricevere la comunione perché non siamo sposati in chiesa."

"Perché adesso? Perché dopo quasi tre anni?"

Evelyn esitò poi disse, "L'ultima volta ho chiesto al prete. Ha detto che ero bandita dalla chiesa per sempre. E ha detto che i nostri figli erano..." esitò sull'ultima parola. "Bastardi."

"Che cosa?" Russell la fissò. "Come può un prete dire una cosa così orribile su un bambino?"

"Non lo so." Evelyn alzò le spalle. "Il prete ha detto che se facciamo benedire il nostro matrimonio, sarà tutto legale per la chiesa."

"Non mi interessa quello che pensa la tua chiesa."

"Speravo che..."

"Speravi cosa?" Si alzò e alzò le mani. "Sono così stanco delle tue speranze e dei tuoi sogni."

La sua rabbiosa interruzione la aveva ridotta a balbettare. "Io... Io..."

Si guardarono in un silenzio teso per un momento, poi lui disse. "Ti avevo detto prima che ci sposassimo che cosa penso di ogni tipo di chiesa. E continuo a dirtelo. Lagnarti con me non mi farà cambiare idea."

"Non mi stavo lagnando."

"Donna. Lagnarti è tutto ciò che fai. Se non è per quella dannata chiesa, è per la casa. 'Russell, quando finirai la credenza in cucina? Russell, quando potremo avere un vero portico? Russell, non moriresti se andassi in chiesa una volta ogni tanto."

Si girò e si avviò verso la porta. "Beh, non moriresti," gli gridò mentre lui faceva per andarsene. "E se tu passassi più tempo qui, magari potresti finire questa maledetta casa."

Lui si girò. "Passerei più tempo qui se l'atmosfera fosse più piacevole."

"Oh. Giusto. Dai tutta la colpa a..."

L'ultima parte della sua frase fu interrotta dalla porta che sbatteva.

Evelyn non menzionò più la chiesa. O la casa da finire. E riuscì a stare a casa per i mesi successivi. Lester era tornato, così Viola aveva lasciato i bambini con lui ed era andata al Nord. La notizia aveva sconvolto Evelyn quando Regina gliel'aveva riferita, rompendo la guerra silenziosa che c'era stata dopo l'ultima disastrosa visita. Come avevo potuto Viola lasciare i suoi bambini? Dopo quello che avevano passato senza una madre. E lasciarli con Lester?

Nonostante tutta la sua occasionale infelicità, Evelyn non aveva mai pensato di lasciare le sue bambine per più di qualche ora, e semplicemente non riusciva a comprendere come Viola avesse abbandonato i suoi figli.

Il rancore tra lei e Russell si era finalmente calmato, ancora una volta, ed Evelyn faceva ogni sforzo per evitare di abbandonarsi all'urgenza di fuggire, per liberarsi dallo stress di occuparsi delle sue figlie. A volte andava in bagno per lunghi periodi di tempo, ma almeno non usciva di casa lasciandole sole. E non raccontava a Russell delle volte in cui perdeva il controllo e le picchiava per farle smettere di piangere. Era grata che nemmeno Juanita dicesse mai niente.

Eppure, Evelyn percepiva il suo scontento e desiderava ci fosse qualcosa di più che lei potesse fare per renderlo felice. Qualcosa che potesse fare per rendere se stessa felice. Qualcosa che potesse fare per impedire alla propria vita di disintegrarsi.

25

EVELYN - MARZO 1945

EVELYN STAVA FACENDO SOBBOLLIRE UNA pentola di pollo e ravioli sul fornello quando Russell rientrò dal lavoro. Qualcosa, dei suoi pesanti passi sul lineolum, la fecero voltare per guardarlo. Non sorrideva. Nemmeno il sorriso forzato che qualche volta indossava quando le cose andavano particolarmente male tra di loro e provava a comportarsi come se tutto fosse a posto. Il Manuale della Donna diceva che una moglie doveva sempre accogliere suo marito con gioia, ma quello non sembrava il momento per gioire. Era successo qualcosa di brutto al lavoro? "Che c'è?" chiese lei.

Lui si appoggiò alla porta della cucina e la guardò per un lunghissimo istante prima di rispondere. "Sono stanco."

"Allora siediti. La cena è quasi pronta." Si girò di nuovo verso i fornelli.

"Non voglio sedermi. E non voglio mangiare."

Il suo tono, freddo e senza vita, la colpì. "Russell? Va tutto bene?"

"No. Non va tutto bene. E niente di tutto questo

va bene..." Mosse una mano, come per abbracciare tutta la stanza.

"Che cosa stai dicendo?"

"Non siamo felici insieme, Evelyn."

Lei lo guardò, ammutolita per l'incredulità.

"Mi trasferisco. Voglio il divorzio."

Evelyn si aggrappò al piccolo mobile vicino al fornello mentre le parole la colpivano. Perché adesso? Sembrava che le cose stessero migliorando. "Non capisco, Russell."

Persino nel momento in cui lo diceva, in effetti capiva. Anche se aveva provato a credere che tutto fosse a posto tra di loro, sapeva che non lo era. Dall'ultima volta in cui Evelyn se n'era andata, Russell si era lentamente allontanato da lei. Tutta la finzione del mondo non avrebbe reso la realtà in alcun modo differente.

Russell non disse nulla, così Evelyn chiese. "Dove andrai?"

"Prenderò una stanza alla pensione."

Il modo in cui lo disse le fece accendere una lampadina. Non una pensione qualsiasi. La Pensione.

"Quella di Eileen?"

Lui annuì.

"Lei...? È questa la ragione?"

"No," disse in fretta lui. "È sposata. Suo marito è appena tornato dalla guerra. Come potrei?"

"Nello stesso modo in cui ti sei scopato mia sorella."

Lui allora si precipitò su di lei, dandole un forte schiaffo in faccia. "Non ti azzardare ad accusarmi."

I loro occhi si incontrarono, gli sguardi avrebbero potuto tagliare il cemento. Allora Evelyn lo colpì forte sul petto e si allontanò. "Vattene. Fuori di qui."

Russell corse via, ed Evelyn crollò su una sedia. Anche se in segreto aveva avuto paura di una cosa del genere, non riusciva a credere che stesse succedendo davvero. Le coppie non divorziavano. Risolvevano le cose. Ma anche mentre quei pensieri le passavano per la testa, sapeva che i problemi tra lei e Russell erano ormai troppo gravi per essere risolti. Eppure, la sua mente vacillava nel realizzare che era finita, e non sapeva che cosa avrebbe fatto. A chi poteva rivolgersi? Viola era troppo lontana, ed Evelyn non era sicura che quella fosse una cosa di cui voleva parlare con sua madre. Forse Regina avrebbe tratto qualche piacere dal fallimento di Evelyn?

No. Quella era una cosa terribile da pensare. Regina l'aveva delusa in molti modi, ma non era così cattiva. Evelyn si sentì arrossire per l'imbarazzo per aver solo concepito quel pensiero.

Russell tornò tardi quella sera, quando le bambine erano già a letto. Salutò con un cenno Evelyn, che sedeva sul divano in soggiorno, poi andò nella camera da letto di fronte e uscì poco dopo con una valigia in una mano, la custodia della chitarra nell'altra. "Posso vedere le bambine prima di andarmene?"

Evelyn per poco non disse di no, solo per fargli uno spregio, ma poi si ammorbidì e annuì. Lui appoggiò la valigia e la chitarra ed entrò piano nella seconda camera da letto. Quando uscì qualche minuto dopo disse, "Ci sono dei soldi nella cassettiera nella nostra stanza. Dovrai farli bastare per la spesa fino a che... ecco, non sistemiamo tutto."

Evelyn si alzò. "Non voglio sistemare nulla. Perché non puoi restare?"

Lui si avvicinò e la prese per le spalle. Per un momento, pensò che lui stesse per stringerla in un abbraccio. Avrebbe voluto che lo facesse, ma lui rimase lì, a guardarla negli occhi. "Evelyn, mi dispiace per tutte le parole cattive. E mi dispiace per tutti i litigi. Ma non lo vedi? Non possiamo continuare a vivere così. I litigi non finiranno mai con tutti e due insieme, così... così..." Lui sembrava non riuscire a trovare le parole giuste, così lasciò cadere le braccia e si allontanò.

"Devo andare," disse, prendendo di nuovo la valigia e la chitarra. "Mi farò sentire."

Mi farò sentire? Come se lei fosse stata solo una conoscente che lui stava salutando.

La realtà e il dolore la colpirono nello stesso momento, e soffocò un pianto rumoroso correndo nella sua stanza. Buttò giù dalla cassettiera tutte le statuette di vetro con un colpo della mano, provando un senso di liberazione mentre si schiantavano sul pavimento in un mucchio di cocci. Poi aprì i cassetti e gettò alcuni dei vestiti che Russell aveva lasciato in un mucchio sopra a quel disastro.

La mattina dopo, Evelyn si svegliò di soprassalto quando sentì Maryann piangere. Evelyn non era sicura di quando si fosse addormentata, ma era stesa sul letto, con ancora indosso il suo vestito da casa. Si alzò in fretta, andò in bagno, poi andò a prendersi cura delle sue figlie.

Maryann aveva bagnato il letto, di nuovo, ed Evelyn represse un fremito di frustrazione. Quando avrebbe imparato a usare il vasino, quella bambina? Quel pensiero la fece ridere istericamente. Il vasino era l'ultimo dei suoi problemi adesso.

Una Juanita dal volto serio guardava con attenzione sua madre che disfaceva il letto, ed Evelyn sapeva che era perché la bambina non sapeva quale sarebbe stata la reazione all'incidente. Evelyn era consapevole di quanta insicurezza ci fosse nella vita delle bambine a causa delle volte in cui lei aveva scatti di rabbia, e c'erano troppe volte in cui non riusciva a controllarsi. "Va tutto bene," disse a Juanita. "Porta tua sorella in cucina e dalle dei cereali."

Juanita prese in fretta la mano di Maryann e la condusse fuori dalla stanza. Evelyn mise da parte la coperta. Fortunatamente non era bagnata, e appallottolò il lenzuolo. Più tardi avrebbe dovuto lavare anche il coprimaterasso, ma per ora avrebbe lavato solo le lenzuola.

Ci volle un altro giorno prima che Juanita chiedesse di suo padre. A Evelyn spezzava il cuore che le bambine fossero così abituate al fatto che lui fosse via tutto il giorno e molte sere, che la sua assenza fosse notata solo ora. Evelyn non sapeva quanto dire, o come, ma prese un respiro profondo e cominciò. "Papà si trasferisce."

"Dove va?" chiese Juanita.

"In una pensione."

"Tornerà?"

Quella era la domanda più difficile a cui rispondere, così Evelyn decise di aggirarla per il momento. "Non lo so."

Ciò sembrò soddisfare le bambine, così Evelyn non disse altro.

Per due settimane, Evelyn si occupò delle sue figlie, occupandosi a stento di se stessa, finché un giorno il cattivo odore del suo corpo la condusse alla vasca da bagno. Si mise dei vestiti puliti. Non perché volesse, ma perché quelli che indossava puzzavano come spazzatura vecchia di un giorno. Li buttò via. Sapeva che non poteva andare avanti in quel modo.

Le sue emozioni erano in tumulto, e sentiva che sarebbe scoppiata se non avesse parlato con qualcuno. Così, vestì le bambine con caldi cappotti per proteggerle nella fredda giornata di marzo e andò in autobus all'appartamento di sua madre. Era un mercoledì, una delle solite giornate libere di sua madre. Probabilmente sarebbe stata a casa.

L'autobus le lasciò a tre isolati dal condominio, ed Evelyn teneva in braccio Maryann mentre Juanita camminava accanto a loro, portando una borsa che Evelyn aveva riempito di biberon e pannolini. Quando arrivarono alla porta di Regina a Evelyn facevano male le braccia, e suonò il campanello con una mano mentre teneva in equilibrio la bambina su un fianco. Fortunatamente la porta fu aperta in fretta, ed Henry si affacciò. "Evelyn, che bello vederti. Entra."

Henry si allungò e prese Maryann, così Evelyn aiutò Juanita a entrare con la borsa. Poi si tolse il cappotto e lo appese vicino alla porta, insieme a quello di Juanita. Henry si avviò verso il soggiorno, gridando, "Regina. C'è Evelyn."

Qualche secondo dopo, Regina arrivò dal corridoio che portava alle camere da letto. Si avvicinò e abbracciò Evelyn. Un abbraccio caldo, accogliente, così desiderato che le difese di Evelyn caddero. Scoppiò in lacrime.

"Evelyn, che succede?" Regina fece sedere Evelyn sul divano.

Evelyn si accomodò sui morbidi cuscini e si sforzò di parlare tra i singhiozzi. "Russell... vuole... il divorzio."

Henry teneva ancora in braccio Maryann, e prese Juanita per mano. "Andiamo in cucina e prendiamo dei biscotti."

Dopo che lui se ne fu andato, Regina disse, "Direi che è una sorpresa."

Evelyn prese un fazzoletto dalla borsa e si asciugò le guance. "Non so che cosa fare."

"Aspetta un minuto. Fammi prendere qualcosa da bere."

Regina si alzò e andò in cucina, tornando alcuni momenti dopo con due bicchieri di liquido color ambra. Evelyn prese un grande sorso e si strozzò. "Che cos'è?"

"Whisky. Ho pensato che ne avessi bisogno."

"Non bevo."

"Lo so. Ma eri bianca come un cencio quando sei entrata. Ora hai un po' di colore." Evelyn non poté trattenersi. Rise. Poi le lacrime ripartirono. Prima solo poche e tiepide, a rigarle le guance, poi un torrente che le scottava la pelle. Regina le mise le braccia intorno, e si strinsero.

Ci vollero alcuni minuti perché le lacrime si fermassero ed Evelyn parlasse, "Oh, Mamma, che cosa farò? Sarò persa senza Russell. E le bambine? Come farò a occuparmi delle bambine?"

"Farai quello che servirà. Ce la farai."

Evelyn si staccò dall'abbraccio. "Ce la farò? Come? Ce la faccio a malapena adesso con la paga di Russell."

"Ce la farai. Sei una donna forte. Più forte di quello che pensi."

Evelyn provò a crederci. Portò le parole a casa con sé e provò ad aggrapparvisi.

La sera successiva, Evelyn aveva appena messo le bambine a dormire quando sentì bussare alla porta d'ingresso. Aprì la porta e vide Russell. "Beh, ecco... non importava che bussassi. Questa è casa tua."

"Ho pensato fosse meglio."

Non disse altro, così lei si fece da parte per farlo entrare. Raggiunse la piccola sedia di fronte al divano, appoggiò il cappotto sullo schienale e si sedette.

"Vuoi del caffè?"

Lui scosse la testa. "Non mi tratterrò. Voglio solo parlare delle condizioni."

"Condizioni?"

"Del divorzio."

"Oh." Sprofondò lentamente nel divano.

"Tu puoi tenere la casa. Hai bisogno di una casa per le bambine."

Lei non disse nulla, così lui continuò. "Io starò all'affittacamere. È vicina. È comoda. E posso venire a vedere le bambine."

"Hai organizzato tutto?" disse lei piano.

"Ho parlato con un avvocato. Lui mi ha suggerito questa sistemazione."

"Sistemazione?"

"Sì. Quello su cui possiamo metterci d'accordo."

"Ma io non sono d'accordo. Non voglio il divorzio."

Russell sospirò e si strofinò il viso con una mano. "Sarà meglio per tutti se non ti opponi."

"Meglio?... Meglio per chi? Per te e la tua baldracca?"

"Non ti sto lasciando per un'altra donna. Ti sto solo lasciando." Di nuovo si passò una mano sulla faccia. "Dio, Evelyn, non lo vedi. Non facciamo altro che litigare. Io non ce la faccio. E non sopporto non sapere quando te ne andrai di nuovo. E forse non tornerai indietro. Non posso lavorare e crescere due figli. Diamine, non avremmo dovuto nemmeno sposarci."

Quel commento l'aveva colpita come una frusta piena di spine. Che cosa doveva rispondere? Quei quattro anni erano forse stati una grossa bugia? Tutto nella sua vita era una sola grande bugia?

"Va bene." Sussurrò. "Che cosa?"

"Ho detto, va bene. Tu vuoi il divorzio. Io non mi opporrò."

Ma Evelyn voleva opporsi. Nonostante le difficoltà degli ultimi anni, lo amava. L'avrebbe sempre amato. Come poteva vivere senza di lui?

26

EVELYN - APRILE 1946

EVELYN SI SEDETTE SULLA SEDIA CON LO schienale alto di fronte alla scrivania dell'avvocato, George J. Amos. Russell sedeva su una sedia simile, alla sua destra. L'avvocato era stato raccomandato da Hoffman e Russell le aveva detto che, se lei non contestava il divorzio, quel solo avvocato poteva occuparsi di compilare l'istanza. Si erano già incontrati con quell'uomo diverse volte per pianificare l'accordo, ed Evelyn aveva faticato a mantenere la propria compostezza in ciascuna di esse. Come poteva annuire e sorridere e dire che era d'accordo, quando non era d'accordo? Dannazione! Non voleva tutto questo, ma non aveva il potere di fermarlo. Russell non si sarebbe piegato alle sue preghiere di provare a sistemare le cose, così doveva accettarlo.

Quello era il giorno della revisione finale dei termini. C'era anche Henry, per assicurarsi che tutto fosse equo nei confronti di Evelyn.

"Va bene," disse Amos. "Come precedentemente stabilito e accordato, Evelyn Van Gilder avrà la proprietà della casa in via Timpken numero 804. La custodia dei due figli minori, Juanita Van Gilder e

Maryann Van Gilder, sarà conferita alla madre, Evelyn Van Gilder. Russell Van Gilder avrà la proprietà della macchina, una coupé modello T, e gli saranno concesse visite settimanali presso i figli minori. Avrà inoltre il permesso di portare i figli in vacanza nel West Virginia."

Si fermò e alzò lo sguardo su Evelyn e Russell. "È corretto?"

"Dovete verbalizzare la vostra risposta."

Evelyn annuì.

"Sì," disse lei, e quella parola le si incastrò nella gola e suonò come un gracidio. Russell non ebbe difficoltà nel dire sì.

"I termini del mantenimento sono i seguenti." Amos andò alla seconda pagina del documento. "Russell Van Gilder fornirà 17 dollari al mese per ogni figlio minore finché il suddetto figlio non raggiungerà l'età di 18 anni." In un precedente incontro, Henry aveva provato a ottenere qualcosa di più. Qualcosa per Evelyn, ma Russell era stato irremovibile. Guadagnava solo 130 dollari al mese. Con i quali doveva pagare la stanza e il vitto, la quota dell'Unione e altre spese.

"Se è tutto in ordine, domani compilerò l'istanza nel tribunale della zona. Vi contatterò quando dovrete presentarvi davanti al giudice per la dichiarazione finale. Avete domande?"

Evelyn aveva finito le domande, così scosse solo la testa. Anche Russell lo fece. Due settimane dopo erano allo stesso tribunale dove si erano sposati, a divorziare. Mary stava guardando le bambine, ed Evelyn aveva preso l'autobus della mattina presto verso il centro. Henry si era offerto di accompagnarla in macchina, ma lei aveva declinato. L'unica persona che voleva con lei quel giorno era lontana diverse centinaia di miglia, e non sentiva sua sorella da diversi mesi.

Stava in piedi rigida mentre il giudice leggeva le carte; l'avvocato stava tra lei e Russell. Grazie al cielo, non erano di fronte allo stesso giudice che aveva ufficializzato il matrimonio e, grazie al cielo, quello non li guardava sorridendo. Sarebbe stato un colpo mortale per Evelyn.

Il giudice fece domande a lei e Russell a turno, e al momento appropriato ciascuno di loro disse "Acconsento."

Il giudice rese la cosa ufficiale. "In base alle istanze presentate di fronte alla corte e alle prove esaminate oggi, la concordata sentenza di divorzio è concessa questo 19 aprile dell'Anno Domini 1946. La proposta divisione della proprietà e il piano di genitorialità sono concessi e dunque ordinati da questa corte. Il vostro avvocato fornirà la sentenza finale all'assistente perché sia archiviata, ed entrambi ne avrete una copia approvata. Buona fortuna a entrambi."

Evelyn rimase ferma per un momento, i suoi piedi come piombo. Non sapeva che cosa fare. Aveva paura di non essere in grado di muoversi. Aveva paura di scoppiare in lacrime.

Aveva semplicemente paura.

L'avvocato le toccò delicatamente il braccio. "Venga nella sala."

Lei lo seguì, chiedendosi perché le sue scarpe non suonassero come cemento colpendo il pavimento di legno duro a ogni passo. Era così difficile muoversi.

Russell li seguì, ma rimase diversi passi lontano

dal punto in cui l'avvocato aiutò Evelyn a sedersi su una panca. "Si sente bene?" chiese Amos.

"Sì. Mi serve solo un minuto."

"Devo compilare questi." Alzò il fascicolo di carte che il giudice gli aveva consegnato.

"Certo."

"La sua copia della sentenza le sarà spedita."

Evelyn annuì, senza guardare l'avvocato mentre quello se ne andava. I suoi occhi erano su Russell, che camminava avanti e indietro tra le strette pareti in fondo alla sala. Era perso come lo era lei? Avrebbe voluto salutarlo. Parlargli. Chiedergli di poter ritrattare tutto. Ma prima che potesse muovere una mano, lui le diede un ultimo sguardo, poi uscì dall'edificio, portandosi via con sé le sue ultime forze.

Lei si accasciò sul pavimento come una bambola di pezza. Era sola. Così completamente sola. Chi l'avrebbe amata adesso?

27

EVELYN - OTTOBRE 1946

Svegliata improvvisamente da un rumore che all'inizio non riuscì a riconoscere, Evelyn si alzò malvolentieri dal divano e si affrettò in cucina per guadare l'orologio. "Oh, no," mormorò. "La casa è un disastro, e l'assistente sociale sarà qui da un momento all'altro."

Sentì Maryann piangere e Juanita che le diceva di fare silenzio. "Mamma dorme. Non possiamo svegliarla."

Non sapendo se era meglio occuparsi della bambina che piangeva, o provare a riordinare il disastro di fogli e giocattoli e piatti sporchi in soggiorno, Evelyn rimase incollata al pavimento della cucina. Erano passati sei mesi dal divorzio. All'inizio, Evelyn era riuscita ad aggrapparsi alla promessa che aveva fatto dopo che Russell era uscito dalla sua vita. Non le avrebbe lasciate. Sarebbe stata a casa e si sarebbe presa cura di loro.

La determinazione era durata solo alcuni mesi prima che Evelyn venisse sopraffatta dal peso delle responsabilità. La mancanza di soldi. Le continue lamentele delle bambine affamate. La fine del mese era il momento più duro, quando non aveva nemmeno un quarto di dollaro per comprare un pacco di crackers o una pagnotta di pane.

C'erano momenti in cui pensava a come la sua vita sarebbe stata facile senza le bambine. Le possibilità le danzavano per la mente, stuzzicandola, tentandola. Avrebbe potuto andarsene come aveva fatto sua sorella. Lasciare le figlie e iniziare una nuova vita da qualche altra parte. E magari qualcuno di nuovo che la amasse.

Poteva?

L'avrebbe fatto?

Per quanto il pensiero la tentasse, la risposta era sempre no.

Non avrebbe abbandonato le sue bambine. Non nel modo in cui lei era stata abbandonata.

Maryann aveva smesso di piangere, così Evelyn tornò in soggiorno e tolse delle vecchie riviste dal tavolino e stese la coperta afgana sullo schienale del divano. Dopo essersi presa qualche altro prezioso momento, andò a occuparsi della bimba, cambiandole i pantaloni bagnati e dicendo a Juanita di tenere calma sua sorella. In bagno, si lavò in fretta il viso e si pettinò i capelli. Era meglio apparire pulita e curata.

Qualche minuto dopo, si sentì bussare alla porta d'ingresso. Evelyn corse ad aprire e fece entrare l'assistente sociale dell'*Aiuto famiglie con figli a farico*. Henry le aveva detto che avrebbe potuto chiederne l'assistenza e l'aveva aiutata a riempire le scartoffie necessarie per candidarsi tre mesi prima. La settimana prima aveva ricevuto una lettera che le comunicava che la richiesta era stata accettata, e una visita a casa era imminente. Così ora, una donna di mezza età con folti capelli rossi che sbucavano fuori da un cappello nero si trovava nell'ingresso.

Evelyn si fece da parte, così che la donna potesse entrare nel soggiorno, e indicò il divano. "Entri e si sieda pure."

Passarono del tempo a ripercorrere i dettagli della richiesta e cosa Evelyn potesse aspettarsi come assistenza, poi la donna fece a Evelyn un veloce sorriso e si alzò. "Posso vedere i bambini?"

Evelyn si alzò e condusse la donna nella camera da letto dove le bambine stavano giocando, sperando che la donna non notasse il debole odore di urina dei vestiti bagnati che Evelyn aveva frettolosamente gettato nel cesto della biancheria. "Questa è Juanita," disse Evelyn, facendo cenno verso la bambina più grande. "La più piccola è Maryann."

"Ciao," disse la donna alle bambine, poi si rivolse a Evelyn. "Sembrano in salute."

"Faccio del mio meglio."

La donna si guardò intorno, poi annuì. "Va bene. Possiamo finire nell'altra stanza."

"Certo." Evelyn guardò Juanita. "Occupati di tua sorella per un altro po'."

"Sì, mamma."

Ancora una volta, la donna aprì la sua valigetta e tirò fuori un foglio. "Questo è il documento ufficiale che ti autorizza a ricevere 20 dollari al mese dall'*Assistenza famiglie con figli a carico*. Sei anche in regola per ottenere il sussidio pubblico per i generi alimentari." Indicò una riga sul foglio. "Firma qui."

Mentre Evelyn scriveva con attenzione il suo nome sulla riga indicata, la donna le passò un piccolo opuscolo oltre il tavolo. "Questo ti spiega come i cibi in eccesso del Dipartimento dell'agricoltura vengono distribuiti. Puoi usare questa carta per prendere il cibo."

La donna diede a Evelyn una piccola tessera, non più di tre pollici quadri.

"Sei sicura che sia questo ciò che vuoi fare?" Chiese la donna, cominciando a chiudere la sua valigetta. "Alcune madri nella tua situazione prenderebbero in considerazione un'opzione."

Evelyn non dovette nemmeno chiedere quale fosse l'opzione. La conosceva.

Toccò la carta che le avrebbe procurato il cibo per le sue bambine. "Non cambierò idea," disse. "Non abbandonerò mai le mie figlie."

EPILOGO

Sebbene mia madre non smise mai di amare mio padre, il giorno in cui sposò la sua seconda moglie fu il giorno in cui lei smise di avere speranza nel futuro. Questo accadde tre anni dopo il divorzio, e il suo secondo matrimonio rese la cosa definitiva. Russell non sarebbe mai più stato suo, e lei rimase con due bambine, senza istruzione e senza lavoro. Anche con il supporto del governo, i tempi erano duri e ogni giorno era una lotta.

Quando ero molto giovane, non sempre amavo mia madre. In effetti, c'erano momenti in cui la odiavo. Non quel "ti odio" come risposta al non ottenere ciò che volevo, che è così tipico dei bambini, ma un odio che scaturiva da una paura e da un'incertezza ben sedimentate. Non capivo perché la rabbia governasse la nostra casa per una buona parte del tempo. Non capivo perché lei avesse scatti di rabbia e picchiasse me e mia sorella. Non capivo perché facesse scorta di spuntini e li mangiasse in mezzo alla notte quando io e mia sorella saremmo dovute essere addormentate, ma la fame ci teneva sveglie.

C'erano così tante cose che non capivo, finché

non sono cresciuta e ho realizzato che mia madre non conosceva alcuna altra via. Era un prodotto della sua educazione, che era stata dura e spesso crudele.

Eppure è sopravvissuta, e la sopravvivenza l'ha resa forte, anche se lei non si è mai vista in questo modo. Questo romanzo, basato sui veri avvenimenti della sua vita, è il mio modo di riconciliarmi con la madre di cui avevo paura da bambina, e la donna che ho finito per amare, ma che non ho mai conosciuto fino in fondo. Nascondeva i segreti nello stesso modo in cui nascondeva le patatine.

Fine

Caro lettore,

Speriamo che leggere *L'evoluzione di Evelyn* ti sia piaciuto. Per favore, prenditi un attimo per lasciare una recensione, anche breve. La tua opinione è molto importante.

Saluti

Maryann Miller e il team di Next Chapter

L'evoluzione di Evelyn
ISBN: 978-4-82411-916-2
Tascabile in edizione economica

Pubblicato da
Next Chapter
1-60-20 Minami-Otsuka
170-0005 Toshima-Ku, Tokyo
+818035793528

2 dicembre 2021

CPSIA information can be obtained
at www.ICGtesting.com
Printed in the USA
LVHW041753141221
706194LV00012B/715

9 784824 119162